编译文库

文学

张宇慧 著

本书系教育部社科研究青年基金项目"中国古代诗学记忆研究"（项目批准号：17YJC751052）成果

中国古代诗学记忆研究

A Study on the Memory of Ancient Chinese Poetics

图书在版编目（CIP）数据

中国古代诗学记忆研究 / 张宇慧著． —北京：中央编译出版社，2023.12
ISBN 978-7-5117-3822-6

Ⅰ．①中… Ⅱ．①张… Ⅲ．①古典诗歌-诗歌研究-中国 Ⅳ．①I207.22

中国版本图书馆 CIP 数据核字（2019）第 287633 号

中国古代诗学记忆研究

责任编辑	李小燕
责任印制	李　颖
出版发行	中央编译出版社
网　　址	www.cctpcm.com
地　　址	北京市海淀区北四环西路 69 号（100080）
电　　话	（010）55627391（总编室）　　（010）55627301（编辑室）
	（010）55627320（发行部）　　（010）55627377（新技术部）
经　　销	全国新华书店
印　　刷	北京印刷集团有限责任公司印刷一厂
开　　本	710 毫米×1000 毫米　1/16
字　　数	217 千字
印　　张	15.25
版　　次	2023 年 12 月第 1 版
印　　次	2023 年 12 月第 1 次印刷
定　　价	98.00 元

新浪微博：@中央编译出版社　　　微　信：中央编译出版社（ID：cctphome）
淘宝店铺：中央编译出版社直销店（http://shop108367160.taobao.com）　（010）55627331

本社常年法律顾问：北京市吴栾赵阎律师事务所律师　闫军　梁勤
凡有印装质量问题，本社负责调换，电话：(010) 55627320

目 录

前言　诗与记忆 …………………………………………………… 1

第一章　理论基础 …………………………………………………… 5

　第一节　集体记忆与文化记忆 …………………………………… 5

　　一、集体记忆 …………………………………………………… 5

　　二、交往记忆与文化记忆 ……………………………………… 9

　　三、记忆媒介 …………………………………………………… 12

　　四、个体记忆与集体记忆 ……………………………………… 17

　　五、社会—文化范式 …………………………………………… 22

　第二节　中西文化传统中的记忆 ………………………………… 25

　　一、何为"记忆" ……………………………………………… 25

　　二、记忆力的探索 ……………………………………………… 32

　　三、记忆的媒介 ………………………………………………… 37

　第三节　文学记忆 ………………………………………………… 42

　　一、文学与记忆的交会 ………………………………………… 43

二、外部记忆与内部记忆 ··· 44

第二章　记忆的媒介 ··· 48
　第一节　文字与图像 ··· 48
　　一、文字与图像内在的记忆力量 ··· 48
　　二、诗与画 ··· 51
　第二节　意象记忆 ··· 60
　　一、意象与记忆 ··· 61
　　二、意象如何记忆 ·· 65
　第三节　偶然记忆 ··· 73
　　一、记忆与原始经验 ·· 73
　　二、偶然与自然 ··· 76
　　三、偶然记忆的获得与书写 ··· 80
　　四、偶然记忆的意义 ·· 88

第三章　个体记忆 ··· 91
　第一节　个体的不朽 ·· 91
　　一、白居易自编文集与主动保存 ··· 91
　　二、欧阳修的怀古情怀 ·· 103
　　三、个体何以不朽 ·· 107
　第二节　自我认同的失落与重构 ··· 110
　　一、知识阶层"自我"的失落 ··· 111
　　二、苦吟与"自我"重构的选择 ·· 115
　　三、苦吟中的"自我重构" ·· 117
　第三节　李白的"谪仙"角色记忆 ·· 121
　　一、"谪仙"角色的由来 ·· 121

二、"谪仙"角色的解读 …………………………………… 124

三、"谪仙"角色与帝王的"互动" …………………………… 127

四、"谪仙"角色对李白命运的影响 …………………………… 132

第四章 历史记忆 …………………………………………… 134

第一节 诗、史与记忆 …………………………………… 134

一、历史与记忆的异同 ………………………………… 135

二、诗与史的关系 ……………………………………… 143

三、"诗史"的记忆 ……………………………………… 145

四、咏史怀古诗 ………………………………………… 155

第二节 记忆的伦理 ……………………………………… 158

一、文学记忆的伦理 …………………………………… 158

二、"诗史"与诗学记忆的伦理 ………………………… 159

三、"诗史"的伦理意义 ………………………………… 161

第五章 记忆与经典 ………………………………………… 168

第一节 文化经典与文学经典 …………………………… 168

一、早期经典的文学性 ………………………………… 168

二、文学经典与文化传统 ……………………………… 174

第二节 文学经典与个体记忆 …………………………… 176

第三节 文学经典与文学史 ……………………………… 181

第六章 记忆与互文性 ……………………………………… 189

第一节 互文性与记忆研究 ……………………………… 189

一、互文性和记忆的交会 ……………………………… 189

二、口语与书面的互文性 ……………………………… 192

第二节　模仿与创新 …………………………………… 194
　　　　一、互文性源于模仿 ………………………………… 194
　　　　二、创新的压力与策略 ……………………………… 199
　　第三节　共享中的阅读 ………………………………… 207

第七章　创伤记忆 ………………………………………… 210
　　第一节　怀乡记忆与创伤记忆 ………………………… 210
　　第二节　乡愁难解 ……………………………………… 211
　　第三节　回不去的故乡与忘不了的乡愁 ……………… 219

结论 ………………………………………………………… 226

参考文献 …………………………………………………… 228

前言　诗与记忆

诗与记忆有着原始、天然的联系。诗的节奏、音调、重复的形式、格言式的语言都是为了便于吟诵和记忆。记忆的内容自然也是最重要的，关乎起源、身份认同以及世界的维持与运转。因此，在各类早期文明中，诗都扮演着重要角色。记忆是人的自然禀赋，也是一种关乎生存的本能。如果没有记忆，我们不知道自己是谁，从哪里来，将要去往何方。"我是谁"的问题从来都不仅仅是个体的问题，同时，每个人也都要在时间之流中确认自己的位置，即处理死亡的问题。

当人类意识到记忆功能的存在，就开始了对记忆功能的探索和应用，至今仍未停止。从本能出发，探索自然记忆的能力，也就是通常所说的记忆力的训练，逐渐发展出各种各样的记忆术，即使是人工记忆极为发达的今天，记忆力仍被认为是十分重要的能力。诸多复杂的人类实践活动都源于对人工记忆的探索，由此形成的各种符号系统构成文化的方方面面。文字无疑是迄今为止最重要的人工记忆。文字的发明与书写为人类社会带来了深刻的变革，人的记忆终究会随着身体的消失而消逝，文字摆脱了口语时空一维性和不可逆的限制，为记忆提供了超越时空的物质载体。借由文字，人们可以和过去任何时空的人交流，过去的思想、情感、经验，哪怕刹那的情绪，只要诉诸文字，都可能被保存下来并在未来的时空被激活。文字使得记忆迅速超越了自然赋予人的本能，几乎无限地扩展了记忆的容量。当连续的过去成为可能，跨越千年，回望历史，过去不再是被时间吞噬的黑洞，文字照亮了过去，也照亮了未来。被记忆的重要内容获得了一种历史性的规范力量，过去和连续性的意义更加突出。文字在解放记忆的同时，极大地激发了人的内在潜力。作为外在于人体的物理媒介，文字拉开了人与自身的距离，强化了自我意识，培育了人的主体性，从而使人的自省成为可能。文字还使人本身和对外部世界的已有认识相分离，打开了心灵通往外部世界的大门。文字成为很多人类文化实践活动的主要媒介，甚至逐渐成为保持文明延续的核心要素，被赋予无尽的想象和希望，在人类社会多数时空背景下，有文字记载的历史才被认为是确定的历史。在这些活动中，文学无疑与文字最具亲密性，也最具优势。

就中国古代诗歌而言，虽然文字逐渐成为最主要的媒介，但口头性始终伴随着诗歌，或者说从未完全失落。近体诗从某种程度上促进了诗的书面化，但诗从未成为文字的俘虏，因为，诗从未放弃对在场性的追求。作为记忆的媒介，诗编码、存储、激活的过程依靠的都不仅仅是文字，它可以激发图像的记忆力量。在文字发明之后，图像的竞争力大大下降，甚至成为了文字的附庸，但在文学领域绝非如此，图像是提供在场性和视觉直观性的绝佳媒介，有时甚至给人以可以绕过语言直达所指的感觉。古典诗歌最重要的构成要素之一——意象，正是语言系统和心理表象系统双重编码的结果，它借由文字流传，被阅读，被激活，但其穿透历史的能力超越文字，不同时空的人通过意象可以就内心哪怕最幽微的情绪进行对话，在文字无法到达的地方。意象是古典诗歌独特的记忆方式和媒介，具有强大的记忆力量。同样能引发不同时代作者共鸣的还有原始经验，古典诗歌常常会记录一些非功利的、生活中不易被关注的，甚至未被加工的、没有进入意识的经验，也就是原始经验。这些经验可能无法被确切描述，却让我们倍感亲切，好像曾经经历过，是自己记忆的一部分。

尽管只有少数人可以获得学习和应用的机会，尽管需要经过长时间的学习和训练才能掌握，但文字，相对于仪式性活动，为个体提供了可能性。礼崩乐坏之际，《诗》逐渐脱离仪式活动以文本的形式发挥作用。汉儒通过历史化的阐释模式确立了《诗》的经典地位，这种阐释模式在赋予诗具体情境的同时也向个体开放，当然这不意味着诗成为纯粹的私人表达。事实上，在中国古代，诗很少被当作纯粹的私人表达，或多或少都具有公共性和道德意味，以至于人们常常认为那些隐秘朦胧的作品也是某种政治隐喻。这些特征与文字无可比拟的存储能力共同构成了古代文人以诗追求不朽的基础。个体性发展的直接结果是抒情性的发展，但诗抒情性的发展并不意味着记录功能即"史"的功能的失落，在史学高度发达的情况下，诗的记录仍然具有文化和道德上的优势。甚至在史书被官方控制或社会动乱时期，诗在时事记录方面扮演更加重要的角色。对于群体而言，记忆不仅是功能也是义务，群体成员有记住他们的义务。

随着书写与保存技术的发展和参与人数的增加，文本以惊人的速度增长，逐渐建构了自己的空间和网络，文本间的联系自然不可避免，联系的复杂也远超人们的想象。脱颖而出或者说至少不被淘汰的难度越来越大，某种程度上可以说，文字社会的重点不是保存而是筛选。文本的世界需要秩序的建构，想要在其中获得自己的位置，每个诗人都要面对创新的压力。建构文本秩序的过程是文学记忆自身的过程，也是记忆外部世界的过程。

在人类诸多文字实践活动中，文学无疑是自我探索与表达、抵御记忆冷漠、克服文字异己性与工具化最有效的途径。文学特别是诗歌，通过语言的技巧把生命经验，甚至记忆的碎片凝结成特定情境，使之成为探索世界、认识自我以及自我与外部世界关系的独特方式。某种程度上，当文字逐渐成为文明的核心要素和文学最主要的媒介，克服文字异己性成为文学发展的内在动力和重要使命之一。通过神经科学和心理学的探索，人们已经对记忆有越来越多的了解，但记忆很多时候还是让人觉得神秘、复杂。透过记忆似乎可以照见个体内心的隐秘，但又无法准确捕捉和描述；它可以十分真实，充满细节，极为精确地保存最细微的经历，又极其感性，充满不确定性；它是个体自我认知的基础，个人基于记忆获得连续感，也隐含着随时可能出现的断裂；它可以是极端个人的，无法言说的，又可以直接通向群体；可以无限接近，而又难以看清背后的真相。诗与记忆一样，始终在过去与未来之间，在个体与集体之间，在天然与人工之间。最后用瓦莱里的一段话结束本篇，他没有提及"记忆"却道出了艺术与记忆的本质联系。

  人之所以为人，就在于他有意愿和能力去保存或重建对他来说重要的东西，使其免于事物的自然消逝。于是，人为这种高级情感做了他曾为一切要消亡的令人遗憾的事物所做或试图做的事。他寻找并且找到了方法从而按照自己的意愿固定或重现自己最美或最纯粹的状态，以复制、传递和长久地保留自己的热情、陶醉和心情激荡的程式；而且由于一种幸运而奇妙的结果，这些保存手段的发明同时给了他想法和能力去发展和人为地丰富其天性不时赋予他的诗意生活的片断。他学会了从时间的流逝中去提取、从环境中去分离出这些美妙而又偶然的形成和感知，如果这个人只停留在瞬间的感觉而没有创造力和洞察力的话，如果不用创造来补救纯粹感性的自我的话，这些形成和感知很可能会无可挽回地失去了。一切艺术的建立，根据各自的本质，都是为了将转瞬即逝的美妙延续和转化为对无限的美妙时光的把握。①

---

① ［法］瓦莱里：《文艺杂谈》，段映虹译，百花文艺出版社2002年版，第328页。

第一章 理论基础

第一节 集体记忆与文化记忆

一、集体记忆

20世纪20年代,法国社会学家莫里斯·哈布瓦赫提出"集体记忆"的概念,认为不存在纯粹意义上的个体记忆,记忆只能在社会框架下进行。"人们通常正是在社会之中才获得了他们的记忆的。也正是在社会中,他们才能进行回忆、识别和对记忆加以定位。"① 个体属于不同群体、家庭、宗教以及社会阶层等,即使是最具个体性的回忆行为也只能在集体框架下进行,"我之所以回忆,正是因为别人刺激了我;他们的记忆帮助了我的记忆"。"正是在这个意义上,存在着一个所谓的集体记忆和记忆的社会框架;从而,我们的个体思想将自身置于这些框架内,并汇入到能够进行回忆的记忆中去。"②

---

① [法] 莫里斯·哈布瓦赫:《论集体记忆》,毕然、郭金华译,上海人民出版社2002年版,第68—69页。
② [法] 莫里斯·哈布瓦赫:《论集体记忆》,毕然、郭金华译,上海人民出版社2002年版,第69页。

"既然我们已经理解了个体在记忆方面一如在其他许多方面一样,都依赖于社会,那么,我们也就可以很自然地认为,群体自身也具有记忆的能力,比如说家庭以及其他任何集体群体,都是有记忆的。"① 哈布瓦赫所谓的"集体"是"拥有共享过去的群体"②,共享的过去将个体聚合在一起,集体记忆是群体的黏合剂,保障群体的一致性和独特性,维持群体的运行,而个体通过分享共同记忆参与群体,获得自我身份认同。

哈布瓦赫认为"集体记忆在本质上是立足现在而对过去的一种重构"③。因此,被施瓦茨等学者认为持有"现在中心观",忽视集体记忆的历史延续性,阿斯曼也是据此认为哈布瓦赫讨论或处理的主要是交流记忆。但正如刘亚秋所说,"哈布瓦赫所谓的'现在中心观'本意仅指现在的社会框架相对于过去的社会框架的优先作用",并且"更为重要的是,在《福音书中圣地的传奇地形学》(1941)中,哈布瓦赫对集体记忆(观念)的稳定性/神圣性进行了细致讨论"④。

历史与记忆都是关于过去的,在哈布瓦赫看来,记忆与历史是二元对立的,"历史通常始于传统终止的那一刻——始于社会记忆淡化和分崩离析的那一刻。只要回忆还存在,就没有必要以文字的形式将其确立下来,甚至根本没有确立的必要。同样,只有当一段时期的历史、一个社会的历史乃至于某个人的历史处于太遥远的过去,以至于人们不能指望在他们生活的环境里还能找出许多对那些历史至少还有一点回忆的见证人时,我们才需要将这些历史写下来。如果一系列的事件已经不再有群体作为记忆的承载者——包括

---

① [法]莫里斯·哈布瓦赫:《论集体记忆》,毕然、郭金华译,上海人民出版社2002年版,第95页。
② 刘亚秋:《记忆研究的"社会—文化"范式:对"哈布瓦赫—阿斯曼"研究传统的解读》,载《社会》2018年第1期。
③ [法]莫里斯·哈布瓦赫:《论集体记忆》,毕然、郭金华译,上海人民出版社2002年版,第59页。
④ 刘亚秋:《记忆研究的"社会—文化"范式:对"哈布瓦赫—阿斯曼"研究传统的解读》,载《社会》2018年第1期。

那些卷入其中或知道其结果的，参与其中或听到过当事人生动描述的——当它们分散于若干个体记忆，而这些记忆在由于完全陌生而对这些事件不感兴趣的新的群体中被遗失，那么唯一能拯救这些回忆的办法就是将它们按顺序用书面形式记录下来"①。也就是说，历史开始于记忆的停止。而"集体记忆是一种连续的思潮——是一种非人为的连续性，因为它从过去那里只保留了存在于集体意识中的对它而言活跃并能够存续的东西。根据集体记忆的定义，它不能逾越该群体的界限"②。集体记忆关注相似性与连续性，历史当然也追求连续性，只不过在哈布瓦赫看来，历史的时间序列是一种人工延续，而记忆是鲜活的、对群体有现实意义的，关乎认同的过去。历史从整体着手或者说从群体的外部着手，涵盖了很长的时间跨度，而集体记忆从群体内部进行观察，不能脱离群体，只能以某个时间和空间内的群体为载体，并且因为群体的不同可以有很多种。保罗·康纳顿也认为社会记忆与历史重构不同，历史重构并不依赖社会记忆，历史学家有自己的自主性，保持学科的独立性，但历史重构的实践可以从社会记忆中获得指导性动力。③"集体记忆"概念在20世纪70年代之前并未得到历史学界的重视。

法国历史学家皮埃尔·诺拉继承了哈布瓦赫历史与记忆二元对立的观点，在他看来历史与记忆有天渊之别，甚至本质上是对立的。"记忆和历史远不是同义语，我们应注意到，一切都让它们处于对立状态。记忆是鲜活的，总有现实的群体来承载记忆，正因为如此，它始终处于演变之中，服从记忆和遗忘的辩证法则，对自身连续不断的变形没有意识，容易受到各种利用和操纵，时而长期蛰伏，时而瞬间复活。历史一直是对不再存在的事物的可疑的、不完整的重构。记忆总是当下的现象，是与永恒的现在之间的真实联系；历

---

① ［德］阿斯特莉特·埃尔、冯亚琳主编：《文化记忆理论读本》，余传玲等译，北京大学出版社2012年版，第87页。
② ［德］阿斯特莉特·埃尔、冯亚琳主编：《文化记忆理论读本》，余传玲等译，北京大学出版社2012年版，第87页。
③ ［美］保罗·康纳顿：《社会如何记忆》，纳日碧力戈译，上海人民出版社2000年版，第10页。

史则是对过去的再现。……从本质上说，记忆既不断繁衍又不断删减，既是集体、多元的，又是个体化的。相反，历史属于所有人，又不属于任何人，这就使得它具有某种普世理想。记忆根植于具象之中，如空间、行为、形象和器物。历史关注的只有时间之流、事物的演变及相互关系。记忆是绝对和纯粹的，历史只承认相对性。"①与哈布瓦赫不同的是，诺拉主要的研究"记忆之场"却是源于他认为20世纪的法国民族记忆已经无法构成集体记忆和身份认同，即记忆的危机。在其主编的《记忆之场》第一卷的序言中，他指出，"对记忆之场的研究发生于两场运动的交汇点上"，"一场运动纯粹是历史编纂学方面的，即史学开始反省自身，另一场运动就其本质而言是历史运动，即记忆传统的终结"②。而"本来想通过碎化和独立的'记忆场所'研究来破除民族神话，颠覆神圣化的法国史，对抗纪念式的历史，但到头来，仍然没有逃脱'民族'的魔咒，'记忆场所'成了民族遗产，受到全民族的追捧"，因为其背后难掩的民族情感失落使其"在新的历史背景下仍然不忘拯救'民族记忆'，通过'记忆场所'研究，留住'残存'的民族记忆，找回正在失去的记忆，找回群体、民族和国家的认同感和归属感"③。因此，正如阿莱达·阿斯曼所说，"诺拉完成了记忆理论中从哈布瓦赫研究的空间上和时间上共同出现的团体到抽象的、由超越空间、时间的符号来定义的团体的跨越。这种集体记忆的载体共享一个共同的身份认同，但并不需要彼此认识。民族国家就是这样一个团体，它通过政治符号系统这一媒介把它毫无道理的统一性具体化。"④她将"历史和记忆定位成回忆的两种模式，它们彼此并不一定相互对立和排斥"，认为"要超越把记忆和历史或两极分化或等量齐观

---

① [法]皮埃尔·诺拉：《记忆之场：法国国民意识的文化社会史》，黄艳红等译，南京大学出版社2015年版，第5—6页。
② [法]皮埃尔·诺拉：《记忆之场：法国国民意识的文化社会史》，黄艳红等译，南京大学出版社2015年版，第10页。
③ 沈坚：《记忆与历史的博弈：法国记忆史的建构》，载《中国社会科学》2010年第3期。
④ [德]阿莱达·阿斯曼：《回忆空间：文化记忆的形式和变迁》，潘璐译，北京大学出版社2016年版，第144—145页。

的关键步骤是,把有人栖居的和无人栖居的记忆的关系理解为回忆的两种相互补偿的模式"。有人栖居的记忆被她称之为功能记忆,"它最重要的特点是群体关联性、有选择性、价值联系和面向未来"。无人栖居的记忆称之为存储记忆,"它收录的是与现实失去有生命力的联系的东西",但"在与历史相关学科的大屋顶下面,这些无人栖居的遗留物和变得无人认领的库存可以得到保存,也可以重新得到整理,使它们重新提供与功能记忆相衔接的可能性"。① 同时,这种"记忆的记忆,能够发挥的作用是批判地校正、或在需要时更新或改变现有的功能记忆。它本身并不赋予意义,不论证价值,但它可以为这些行为提供或起稳定作用,或起纠偏作用的大背景"②。

艺术史家阿比·瓦尔堡也从记忆媒介或者说物质载体入手,同样在20世纪20年代,与哈布瓦赫差不多的时间,瓦尔堡通过对艺术作品主题和结构的考察指出,有些图像具有记忆功能,可以存储情感体验,在未来的时空再次释放,也就是所谓的"激情公式"。较之哈布瓦赫的集体记忆,瓦尔堡关注和辐射的范围更加宽泛。

二、交往记忆与文化记忆

20世纪80年代德国学者扬·阿斯曼和阿莱达·阿斯曼夫妇在集体记忆理论的基础上提出文化记忆理论,扬·阿斯曼认为,"作为社会心理学家,哈布瓦赫没有超越群体层面,没有考虑将其记忆理论扩展到文化理论领域,文化进化的视角在他这里也被排除在外。"③ 阿斯曼立足文化的延续考察记忆:

> 如果我们可以回顾人类的过去的话,会发现它一直生活在充满记号

---

① [德]阿莱达·阿斯曼:《回忆空间:文化记忆的形式和变迁》,潘璐译,北京大学出版社2016年版,第146—147页。
② [德]阿莱达·阿斯曼:《回忆空间:文化记忆的形式和变迁》,潘璐译,北京大学出版社2016年版,第150页。
③ [德]扬·阿斯曼:《文化记忆:早期高级文化中的文字、回忆和政治身份》,金寿福、黄晓晨译,北京大学出版社2015年版,第39页。

的世界里，它所生活的群体、组织和集体越庞大、越复杂，这个世界就越丰富、越复杂。这些记号为人类开发"世界"，使之象征化并唤回它，而他的"环境"也被置于其中，这使得人类成为这样一种生物，用尼采的话说，不是像动物一样"被束缚于眼前的楔子上"，而是可以在更广阔的关联中灵活地寻找方向，甚至有能力超越自己的生死来思考。我们可以将这个有记号的世界称之为"文化"，甚至也可以将其理解为"记忆术"，因为它着眼于赋予精神的内心和中间世界以稳定性和持续性，取消其易逝性和生命的短暂性。①

阿斯曼将集体记忆分为交往记忆和文化记忆，交往记忆相当于哈布瓦赫的集体记忆，"所包含的是对刚刚逝去的过去的回忆。这是人们与同时代的人共同拥有的回忆，其典型范例是代际记忆。这种记忆在历史演进中产生于集体之中；它随着时间而产生并消失，更确切地讲：是随着它的承载者而产生并消失的"②。也就是说，交往记忆是发生在三至四代人之间的以个体生平为框架、所经历的历史，没有专职的承载者。交往记忆一般通过与他人交往产生，存在于日常生活中，是自然发展的、非正式的，尚未形成具体的形式。而"文化记忆"有专职的传统承载者，传承的是绝对的过去，以被固定下来的客观外化物，即文字、图像、舞蹈等进行传统的、象征性的编码和展演为媒介，其形式是被创建的、高度成型的、庆典仪式性的社会交往。③显然，阿斯曼的研究涵盖了更长的时间，可以跨越千年，"文化记忆打开了时间的深度"④。这种跨越很大程度上靠媒介符号和象征系统实现，在阿斯曼的理论

---

① [德]阿斯特莉特·埃尔、冯亚琳主编：《文化记忆理论读本》，余传玲等译，北京大学出版社2012年版，第3—4页。
② [德]扬·阿斯曼：《文化记忆：早期高级文化中的文字、回忆和政治身份》，金寿福、黄晓晨译，北京大学出版社2015年版，第44页。
③ [德]扬·阿斯曼：《文化记忆：早期高级文化中的文字、回忆和政治身份》，金寿福、黄晓晨译，北京大学出版社2015年版，第51页。
④ [德]扬·阿斯曼：《宗教与文化记忆》，黄亚平译，商务印书馆2018年版，第29页。

中，最突出地体现为文字这一媒介。

文字具有无可比拟的生产能力和存储能力，随之而来的是信息的无限堆积，必然会出现"存储的东西能够多于被使用或被更新的东西"①。但大量存在的，杂乱的，未被分类、整理的，脱离特定载体，不被辨认，没有归属的，没有被使用或更新的东西并非毫无意义，如同心理学中的潜在记忆一样，它们可能被保存、唤醒或激活，如上所述，阿莱达·阿斯曼将其称为"存储记忆"，或"未被居住的记忆"。"存储记忆"从个体层面，"部分是不活跃且不具有生产力的；部分是潜在的未受关注的；部分是受制约而难以被正常地重新取回的；部分是因痛苦或丑闻而深深被埋藏的"②。"在集体层面，存储记忆包含了变得不可使用的、废弃的、陌生的东西以及中性的、身份抽象化的属于数据或资料类的知识，当然也包含了错过的可能性以及可供选择的全部内容。"③ 而功能记忆是"记忆中真正被居住的那一面"④，是经过选择、被建构的、产生意义的，"它最重要的特点是群体关联性、有选择性、价值联系和面向未来"⑤。但存储记忆与功能记忆不是判然有别的，或者说界线并不总是那么清晰或不可撼动的，它们更像是前台和背景的关系。一方面，它们的内容和存储媒介有可能存在多方面的一致。另外一方面，它们可以相互交流和转化，存储记忆可以转化为功能记忆，更为重要的是，存储记忆可以成为功能记忆的修正器。需要注意的是，"与功能记忆一样，存储记忆的自然程度也不高"，需要特殊的形式和特殊的机构保存，"存储记忆需要两个条

---

① [德] 阿斯特莉特·埃尔、冯亚琳主编：《文化记忆理论读本》，余传玲等译，北京大学出版社 2012 年版，第 26 页。
② [德] 阿斯特莉特·埃尔、冯亚琳主编：《文化记忆理论读本》，余传玲等译，北京大学出版社 2012 年版，第 27 页。
③ [德] 阿斯特莉特·埃尔、冯亚琳主编：《文化记忆理论读本》，余传玲等译，北京大学出版社 2012 年版，第 27 页。
④ [德] 阿斯特莉特·埃尔、冯亚琳主编：《文化记忆理论读本》，余传玲等译，北京大学出版社 2012 年版，第 27 页。
⑤ [德] 阿莱达·阿斯曼：《回忆空间：文化记忆的形式和变迁》，潘璐译，北京大学出版社 2016 年版，第 147 页。

件:文本的稳定化和/或一个直接脱离了社会使用功能语境的稳定化"①。这样才能作为功能记忆的背景和外部视域,批判、校正功能记忆。"实现文本的稳定化,一方面是通过文字形式的物质化,文字使语言成为不可变更的存在;另一方面是通过固定化或经典化",保证文本的形态。②

三、记忆媒介

强调媒介(或物质性)研究是文化记忆理论极具融合性并获得广泛应用的重要原因,因为关于记忆媒介或者说符号系统的研究几乎关涉所有人类文化实践活动。"在一个口传的记忆文化中,个人记忆再加上结绳、文身、节奏、舞蹈和音乐等身体或物质的支撑,构成了文化记忆的仓库,在功能记忆和存储记忆之间进行区别是不可行的。记忆的空间是如此有限,记忆的技术如此繁复,根本不可能去保留那些对群体的身份认同或生存并非至关重要的东西。随着文字这种范式性的身体外部的存储媒介的出现,口传记忆文化的界限得以超越,因为用文字可以记录、存储比人记得住的更多的东西。因此回忆和身份认同之间的关系松弛了;存储记忆和功能记忆的区别正是产生于这种松弛之间。文字的潜力在于它们可以把离开了鲜活载体的信息编码储存起来,不受制于集体演绎中的更新。文字的问题在于它无限制地积累信息的倾向。有了身体外部的、不受制于人的记忆的存储媒介,以身体为基础的活的回忆的界限就被突破了,产生文化档案、抽象知识、被遗忘的传承的条件也就具备了。"③ 文字,无疑是人类社会迄今为止最重要的记忆媒介和最成功的人工记忆。"文字既是记忆的媒介又是它的隐喻。书写和写入的过程是记

---

① [德]阿斯特莉特·埃尔、冯亚琳主编:《文化记忆理论读本》,余传玲等译,北京大学出版社2012年版,第32页。
② [德]阿斯特莉特·埃尔、冯亚琳主编:《文化记忆理论读本》,余传玲等译,北京大学出版社2012年版,第32页。
③ [德]阿莱达·阿斯曼:《回忆空间:文化记忆的形式和变迁》,潘璐译,北京大学出版社2016年版,第150页。

忆最古老的、经过漫长的媒介历史仍然最常用的隐喻。"① 语言的发展与交流需求密切相关，而文字的发明则可以让交流不受时空限制。文字使人们可以和过去任何时空的人交流，过去的思想、情感、经验，哪怕刹那的情绪，只要诉诸文字，都可以被保存下来并在未来任何时空被激活。对于个体而言，这无疑是抵御死亡最有效的武器，借由文字，个体可以获得不朽和永生。跨越千年，回望历史，过去不再是被时间吞噬的黑洞，文字照亮了过去，也照亮了未来。人类社会多数时空背景下，有文字记载的历史才被认为是真正的历史，文字也逐渐成为保持文明延续的核心要素，被赋予无尽的想象和希望。"和所有的高级工具一样，文字以无可比拟的、更为剧烈的形式引发了扩展与外化这种辩证关系的出现"，如同"机动车作为一种外在代步工具极大拓展了人类的活动范围，但同时，如果过分使用这种代步工具，人类的自然活动能力便会萎缩"②。

文字的异己性在东方和西方文化早期都曾遭受强烈的批判。他们认为文字遮蔽了记忆本身或者导致了记忆的异化，作为记忆媒介的强大功能使"人觉得从此可以避免用不完美的和费力的方式去练习和操作，媒介可以更好更简单地做到这些事情。这也就是说，文字会助长记忆冷漠"③。"它不能提供真正的智慧而只能提供智慧的表象，不能提供真正的回忆而只能提供一种可怜的物质上的支撑。文字的预言是虚幻的：它只能让有知识的人回忆，却从不能教育无知识的人。"④ 但文字仍然以极其强劲的势头逐渐成为人类最重要的记忆媒介，甚至获得与思想比肩的地位。因为，除了超强的存储能力，作

---

① ［德］阿莱达·阿斯曼：《回忆空间：文化记忆的形式和变迁》，潘璐译，北京大学出版社2016年版，第206页。

② ［德］扬·阿斯曼：《文化记忆：早期高级文化中的文字、回忆和政治身份》，金寿福、黄晓晨译，北京大学出版社2015年版，第14页。

③ ［德］阿莱达·阿斯曼：《回忆空间：文化记忆的形式和变迁》，潘璐译，北京大学出版社2016年版，第206页。

④ ［德］阿莱达·阿斯曼：《回忆空间：文化记忆的形式和变迁》，潘璐译，北京大学出版社2016年版，第207页。

为外在于人体的物理媒介，文字具有极强的反身性。不同于口头表达的语言，文字可以拉开人与自身的距离，强化自我意识，培育人的主体性，从而使人的自省成为可能。对于个体而言，文字不仅提供不朽的保证，更是探索自我的重要途径。因此，很多时候，文字被看作是透明的，是思想的直接溢出。可以说，文字是强大的记忆媒介，同时也具有抵御记忆冷漠和工具化的能力，因为它永远有朝向个体的一面。不朽可能是终极诱惑，但创作更多的时候开始于自我探索和表达，毕竟，只有打上自己专属印记的文字才能真正实现个体的不朽和永生。在人类诸多文字实践活动中，文学无疑是自我探索与表达、抵御记忆冷漠、克服文字异己性与工具化最有效的形式。文学特别是诗歌，通过语言的技巧把生命经验，甚至记忆的碎片凝结成特定情境，探索万事万物生存的真相，认识自我以及自我与外部世界的关系。某种程度上，当文字逐渐成为文明的核心要素和文学最主要的媒介，克服文字异己性也成为文学发展的内在动力之一。正是在这个意义上，文学记忆是记忆研究不可或缺的面向，而文学记忆研究则不能忽略文学与文字之间的张力，文字是主要的记忆媒介也是文学的主要媒介，但文学作为记忆媒介并非仅仅是文字记忆的一种形式，而是始终保持与文字的张力，克服文字的异己性和工具化，也发掘、更新文字的记忆能力，使文字保持活力和生机。另外，接受教育或者说学习运用文字是区隔和保持社会阶层的主要途径之一，但文字也在一定程度上提供了公平的可能性，至少相比于仪式社会，文字为个体提供了自我实现的可能。因此，尽管有各种批判，在漫长的历史中，人们始终对文字抱有乐观的信任和希冀。文字并没有遮蔽记忆，而是以有意义的方式建构人们的经验和思维方式。正如艾柯所言：

> 文字并没有消除记忆，反而使它更加强大了。用于保存记忆的文字诞生了，同时也出现了文字自己的记忆。通过记忆书籍内容，并让它们彼此对话交流，我们的记忆也增强了。一本书并不是由于记录思想而阻碍思想发展的机器，而是制造"解析"的方式，也就是生产全新

思想的机器。①

阿斯曼认为，在文字发明之前，或者说口头文化时代，促成和保持文化一致性的是仪式。仪式主要的运行方式是重复，"只要一种仪式促使一个群体记住能够强化他们身份的知识，重复这个仪式实际上就是传承相关知识的过程。仪式的本质就在于，它能够原原本本地把曾经有过的秩序加以重现。正因为如此，每一次举行的仪式都与前一次相吻合，对于没有文字的社会来说，由此生成了时间循环往复的观念"②。文字建构社会凝聚性和维持文化一致性的方式是经典的确立与阐释。不同于口头文化，文字存储的内容无须记在心里，也能在事后完整重现，不需要专门的记忆收藏者，这将人们从仪式的重复中解放出来，但并不意味着知识从此可以完美、高效地传承，保持文本的可读性成为头等大事。"需要的是一整套文化学习、注释、理解，并且需要内化的一系列高度复杂的装置。从仪式到文本一致性的转换暗含了一个参与结构的改变。文本一致性要想存在，文本知识就必须尽可能广泛地被传播开来。"③ 因此，早期文本有很强的教育功能，这些文本需要熟记于心，以此来学习运用文字、训练思维、传递知识、传承和履行社会观念与规范。"文字是一种社会化的行为，是把人类教育成一个文明的、社会存在的行为。文字的学习不是习得一种技巧的问题，而是一种综合性意义上的教育。"④ 中国古代的"五经"最初即是以贵族子弟教科书的形式出现的，是周代礼乐教育的基本内容，旨在培养具有道德精神的君子。

在文字社会或历史中，断裂依然随处可见，甚至表现得更加明显，无论技术如何发达，过去文本物理形态上的保存都不可能万无一失，保持可读性

---

① ［意］翁贝托·艾柯：《植物的记忆与藏书乐》，王建全译，译林出版社2014年版，第22页。
② ［德］扬·阿斯曼：《文化记忆：早期高级文化中的文字、回忆和政治身份》，金寿福、黄晓晨译，北京大学出版社2015年版，第87—88页。
③ ［德］扬·阿斯曼：《宗教与文化记忆》，黄亚平译，商务印书馆2018年版，第151—152页。
④ ［德］扬·阿斯曼：《宗教与文化记忆》，黄亚平译，商务印书馆2018年版，第136页。

也并非易事,对于汉代人而言,面对的不仅是先秦典籍的散佚,还有如何阐释,以保证其作为建构新的社会秩序的基础和合法性的来源。首要的也是最重要的工作是经典的确立,汉代与其说是解经的时代,毋宁说是一个建构经典和传统的时代。经典和传统具有规范性,意味着标准和典范,"能够促进身份认同。那些被神圣化的文本、规则、价值能够支撑和助长一个特定的(集体)身份"①。更为重要的是,也能在一个文化面临分裂与断裂的时候,起到重新确立规范、维持文化凝聚和延续的作用。当然,"形成了文字形式并不等于有了持续性。相反,呈现为文字形式的作品本身就包含被遗忘、自动消失、过时和被尘封的危险"②,也要面对老化的压力。特别是随着掌握、运用文字的人越来越多以及印刷和保存技术的发展,文字文本的数量极速增长,所有新产生的文本都要面临被筛选的命运,这是渴望通过文字实现不朽的人们的终极焦虑。记忆永远伴随着遗忘,记忆的过程就是筛选的过程。新的文本要面对经典及其确立的标准,在已有传统中获得自己的位置,也要面对所有被保存下来的文本,创新是每个作者都要面对的压力。

从仪式一致性向文本一致性的过渡意味着建构文化凝聚性和延续性的方式发生了重大改变。作为个体和集体认同来源的过去不再是一片混沌,似乎清晰可见,不因任何人的离世而失落。关于过去、回忆和时间,人们都有了新的看法,也对过去产生了更浓厚的兴趣,虽然当下总是不断变化的,但回溯过去变得更加容易,过去也变得更加有意义,或者说过去的意义得以真正显现。当过去向我们展开,可以看到复古、传统、超越、断裂、冲突、革新等。

需要说明的是,仪式一致性向文本一致性的过渡不意味着仪式丧失了保持世界运转、延续文化的作用和意义,事实上,直到今天,仪式仍然在社会生活的很多方面发挥重要作用,仪式也是记忆研究持续关注的重要领域;也

---

① [德]扬·阿斯曼:《文化记忆:早期高级文化中的文字、回忆和政治身份》,金寿福、黄晓晨译,北京大学出版社2015年版,第128页。

② [德]扬·阿斯曼:《文化记忆:早期高级文化中的文字、回忆和政治身份》,金寿福、黄晓晨译,北京大学出版社2015年版,第101页。

不意味着文字成为唯一的记忆媒介,或记忆研究的唯一焦点。就文学研究而言,文学是语言的艺术,但文学涉及的媒介并非只有文字,至少还应包括声音、图像、身体、地点等,确切地说,文学作品是在这些媒介交织、互动甚至竞争中形成的。并且,在文学逐渐书面化的过程中,这些媒介有助于抵御文字的异己性,这一点在诗歌中体现得尤为明显。

四、个体记忆与集体记忆

哈布瓦赫提出记忆的社会性,这一观点不仅在社会科学领域获得了广泛认同,神经科学和心理学等学科也将其作为研究方向,并从很多方面证明了记忆不是纯粹的生理机能和现象。但"集体记忆"概念也常常遭到批评,因为这一概念被认为是一种隐喻,背后隐含的疑问是:集体能够拥有记忆吗?集体记忆的动力是什么?针对这种批评,扬·阿斯曼为哈布瓦赫也是为他自己做了辩驳。

> 哈布瓦赫备受指责的一点就是他对记忆概念的使用。批评者认为,他以"个体心理学隐喻"来描述社会心理学现象的做法是不可行的,它掩盖了"过去在人类文化与交往中存在的特殊方式。"可是对哈布瓦赫来说,集体记忆的概念恰恰不是隐喻,因为他的重点在于证明,即便是个人的回忆也是一个社会现象。虽然只有个人才能拥有记忆,因为人具有相应的神经组织,但这并不能改变个人记忆对社会"框架"的依赖。……哈布瓦赫关注的是那些只能通过交往传播而不能通过生理遗传的现象,这属于"自主记忆"(mémoire volontaire)的领域。过去可以在社会交往及文化层面上以特殊形式被现时化,将记忆概念扩展到社会建构的层面并不会遮蔽这些特殊形式,反倒是将记忆狭隘地视作个体心理学问题的做法会导致这种后果。①

---

① [德]扬·阿斯曼:《文化记忆:早期高级文化中的文字、回忆和政治身份》,金寿福、黄晓晨译,北京大学出版社2015年版,第40页。

我们把记忆的概念从精神领域扩展到社会和文化传统领域不仅仅是隐喻。到目前为止，正是对"集体"和"文化记忆"概念的误解妨碍了我们对文化动力的理解。重要的不是（非法的）转让来源于个体心理学到社会和文化现象的概念，而是精神、意识、社会和文化之间的交互作用。①

身份认同归根结底涉及记忆和回忆。正如每个人依靠自己的记忆确立身份并且经年累月保持它，任何一个群体也只能借助记忆培养出群体的身份。两者之间的差别在于，集体记忆并不是以神经元为其基础。取而代之的是文化，即一个强化身份的知识综合体，表现为诸如神话、歌曲、舞蹈、谚语、法律、圣书、图画、纹饰、标记、路线等富有象征意义的形式。②

集体记忆或文化记忆不是脱离个体基础将记忆转化为文化现象，而是从更广阔的维度认识记忆，通过各维度的互动进一步理解记忆。不可否认的是，这确实容易忽视个体的主体性，集体记忆理论中个体明显是被动的，处于集体的掌控之中。哈布瓦赫也承认"个体通过把自己置于群体的位置来进行回忆，但也可以确信，群体的记忆是通过个体记忆来实现的，并且在个体记忆之中体现自身"③。阿斯曼试图在他的论述中修正这一情况，当讨论"个人的认同和集体的认同"时，他认为：一方面，"自我的形成是一个由外而内的过程"；另外一方面，"个体是集体或者'我们'的组成部分和载体，集体或者'我们'的认同不能独立于这样的个体之外而存在，而是与个体的知识和意识密切联系在一起"④。他强调："每个人都具有一些可以将自身与那些

---

① ［德］扬·阿斯曼：《宗教与文化记忆》，黄亚平译，商务印书馆2018年版，第10—11页。
② ［德］扬·阿斯曼：《文化记忆：早期高级文化中的文字、回忆和政治身份》，金寿福、黄晓晨译，北京大学出版社2015年版，第87页。
③ ［法］莫里斯·哈布瓦赫：《论集体记忆》，毕然、郭金华译，上海人民出版社2002年版，第71页。
④ ［德］扬·阿斯曼：《文化记忆：早期高级文化中的文字、回忆和政治身份》，金寿福、黄晓晨译，北京大学出版社2015年版，第134页。

('能指'意义上的)他者区分开来的个体特征,具有建立在身体基础上的对自我存在的不可或缺性、自身与他者的不可混同性及不可替代性的意识,在此基础上,人的意识中会形成和稳固一个对自我形象的认同。"① 但在他的分析实践中,仍然很少看到个体的主动性,如在不同文化传统中,仪式主导的和文本主导的,个体如何参与集体记忆或者说个体如何发挥作用,以及随着媒介的发展,个体参与的方式、发挥的作用有什么变化等。事实上,无论哈布瓦赫还是扬·阿斯曼,除了"集体记忆"的出发点,社会学、史学或者文化学的研究,也相对难以安置个体的主体性。但在文学艺术领域,个体的主体性却是需要关注的,这一点在阿莱达·阿斯曼的相关研究中可以看到。社会学者刘亚秋提出"记忆的微光",以期"成为探寻社会记忆另一种状态的线索","记忆的微光""可能出现在个体记忆遭遇集体记忆之时,也可能出现在个体记忆的喃喃自语之时,它一般是被宏大叙事所忽略的那部分内容","或者是明确被现实打压的,而顽强力挺的存在","类似于跃跃欲试的心态,或是'欲说还休'的状态,其可能非常细小,甚至构不成权力打压的对象,权力允许它若隐若现,甚至它根本不存在权力线索中,它游离在权力之外,如普鲁斯特的小点心茶回忆、知青 ZSS 的病痛讲述"。她指出文学在这方面的重要作用,即文学作品对个体记忆的展现,"其间的生动微妙之处是社会学家无法触及的。虽然,文学家向我们展示的似乎完全是个体性的生命记忆,而且,似乎完全是来自个体的心理体验。不过,我们依然可以得到事关'真相'的启示"②。当然文学作品展现的也并非全是个体的主动性。陶东风指出,"如果在为个体记忆辩护的过程中走向另一个极端,则会导致对个体记忆的本质化、理想化、浪漫化和神秘化"③。

---

① [德]扬·阿斯曼:《文化记忆:早期高级文化中的文字、回忆和政治身份》,金寿福、黄晓晨译,北京大学出版社 2015 年版,第 135 页。
② 刘亚秋:《从集体记忆到个体记忆——对社会记忆研究的一个反思》,载《社会》2010 年第 5 期。
③ 陶东风:《"文艺与记忆"研究范式及其批评实践——以三个关键词为核心的考察》,载《当代批评》2011 年第 6 期。

在某种程度上，个体记忆是记忆研究的起点和终点，因此，无论如何，记忆研究，特别是文学记忆研究，不能缺少个体记忆的维度。讨论个体记忆的主要路径是个体记忆与集体记忆的互动，或者如阿斯曼所说"精神、意识、社会和文化之间的交互作用"，个体记忆除了集体维度还应有"精神、意识"维度，也就是心理学、神经科学甚至哲学取向的、从个体生理机能出发的记忆。这方面的研究当然是无法穷尽的，并且随时可能产生新的研究成果，就现有研究而言，至少以下几方面内容是研究记忆问题需要了解的。

1. 短时记忆与长时记忆

当我们面对新的事物或知识时，记忆活动最先开始于感觉记忆，就是当"外部刺激直接作用于感觉器官而产生感觉象后，虽然刺激的作用停止，但感觉象仍然维持极短的片刻"[①]。感觉记忆又称感觉登记，实质上是一种感觉滞留，真正引导记忆活动开始的是短时记忆，短时记忆是对当前的信息进行加工和贮存，持续时间通常约一分钟。长时记忆是相对于感觉记忆和短时记忆而言的，一般指信息存储时间在一分钟以上，最长可以保持终生的记忆。[②] 虽然短时记忆是一个独立的过程，但当我们说记住了什么，或者说习得的知识、经验在我们的生活中发挥了或显或隐的作用，通常指长时记忆，以下的记忆类型基本都属于长时记忆。

2. 情景记忆与语义记忆

如上所述，长时记忆是我们通常所说的记忆，它涉及我们认识世界、认识自我和我们在世界中生存所必需的许多事物和信息，加拿大心理学家托尔文将这些信息分为两种：情景记忆和语义记忆。情景记忆接收和贮存关于个人的特定时间的情景或事件以及这些事件的时间—空间联系的信息，它常常与我们亲身经历的事情相关；语义记忆则是运用语言所必需的记忆，它是一个心理词库，是一个人所掌握的有关字词或其他语言符号、其意义和指代物、

[①] 杨治良等编著：《记忆心理学》，华东师范大学出版社1999年版，第38页。
[②] 杨治良等编著：《记忆心理学》，华东师范大学出版社1999年版，第61—62页。

它们之间的联系，以及有关规则、公式和操纵这些符号、概念和关系的算法的有组织知识，它通常与一般知识相关。一般来说，情景记忆表述为"我记得"，语义记忆表述为"我知道"。扬·阿斯曼指出，情节（景）记忆的结构，"可以进一步区分为由视觉构组起来的实景记忆和由语言构组起来的叙述性记忆。实景记忆趋于支离散乱，并且远离意义，而叙述性记忆则趋向于有意义的和连贯性的结构。……这些区别可以被看作是马塞尔·普鲁斯特（Marcel Proust）提出的有意识记忆和无意识记忆的区分"①。

3. 内隐记忆与外显记忆

记忆之于我们的意义很多时候体现在当我们失去它的时候，当一个人无法回忆起自己的生活经历和所学习的知识与经验，他或她将很难在社会中生存；但心理学的实验证明，他们中的很多人还是能够学习一些知识和技能，尽管他们还是无法回忆起学习的过程，这种自动的、无意识的记忆活动就是内隐记忆。内隐记忆并不只存在于那些失忆症患者身上，它是普遍存在的，人们常常无法回忆起那些可以运用的知识和经验的学习过程。外显记忆则是个体在完成当前活动时对已有经验的有意识的提取。内隐记忆与外显记忆的区别主要体现在记忆提取中，在完成某项任务时，内隐记忆的提取是无意识的，而外显记忆的提取则是有意识的。

4. 自传体记忆

我们对世界的认识并不是生来就有的，是在学习和体验中获得并且靠记忆保存的。同样，我们对自我的认识也不是生来就有的，是个人在生活历程中不断建构的。回答我是谁的问题，我们要能描述出自己的生命历程，也就是我们关于个人生活事件的记忆，这种记忆就是越来越受到关注的自传体记忆。自传体记忆的研究来自日常生活而非实验室，它与以上几组概念都有密切联系。自传体记忆研究关注时间属性、情绪、体验和想象等问题。托尔文说自传体记忆是一种"万能熟悉性体验，它是人类所独有的"，这足以说明

---

① ［德］扬·阿斯曼：《宗教与文化记忆》，黄亚平译，商务印书馆2018年版，第2—3页。

自传体记忆的重要性。

5. 情绪记忆、闪光灯记忆

记忆活动受很多因素影响,情绪是其中非常重要的因素,记忆与情绪的关系是记忆研究不可或缺的命题,因此,"有些心理学家主张存在某种关于情绪的特殊的记忆机制,并把类似闪光灯记忆的诸如创伤性事件以及实验诱发情绪事件的记忆统称为情绪记忆(emotional memories)"[①]。闪光灯记忆代表情绪记忆的主要特征,它指"有新闻价值的创伤事件(如国家元首的逝世)体验者不仅经常报告关于情绪性震动消息本身的鲜活记忆,而且亦经常报告关于听到这一消息时所处的具体环境的记忆这一现象"[②]。很多人自认为对这类公共性情绪事件的记忆相对于中性事件更加准确并且具有持久性,事实上很多时候并非如此,情绪记忆也可能被扭曲或修饰。鲁枢元认为,文学艺术家具有超出常人的情绪记忆,这种情绪记忆不同于心理学家使用的情绪记忆,而是包含两方面的含义:"对于记忆对象的性质而言,它是对于人类生活中关于情感、情绪方面的记忆;对于记忆主体的心理活动特征而言,它是一种凭借身心感受和心灵体验的记忆,体现为主体的一种积极能动的心理活动过程。""对于从事文学艺术创作活动的人们来说,情绪记忆在其全部记忆活动中占有着更大的比重。"[③]

五、社会—文化范式

从哈布瓦赫提出"集体记忆"至今,虽然各学科、领域在理论和实践方面进行了诸多探索,相关研究仍在不断涌现,"记忆"不仅是学术研究领域的关键词,也成为常识话语体系的关键词。但关于记忆研究尚未形成相对明确的范式,甚至可以说,随着不断涌现的各类研究,对记忆的认识非但没有

[①] 杨治良等编著:《记忆心理学》,华东师范大学出版社1999年版,第553页。
[②] 杨治良等编著:《记忆心理学》,华东师范大学出版社1999年版,第554页。
[③] 鲁枢元:《文学的跨界研究:文学与心理学》,学林出版社2011年版,第222页。

更清晰，反而更加复杂、混乱。建构记忆研究的范式仍然十分困难，也有学者试图在一定范畴内构建记忆研究范式。

刘亚秋从记忆研究两个主要的理论，即哈布瓦赫的集体记忆和扬·阿斯曼的文化记忆理论出发，认为在哈布瓦赫和阿斯曼之间"存在着一个隐而未彰的'社会—文化'范式"。社会，"来自涂尔干—哈布瓦赫的传统，强调的是其神圣性的维度"，即"社会中规则和结构的制约"；文化，"来自扬·阿斯曼的定义，"它是一种符号，多着眼于精神层面的稳定性和一致性，当然也内在受制于某种规则的限制"。它们之间关键性的联系是社会的"神圣性"，文化记忆"着眼于精神层面及其稳定性和持续性，并与易逝性和生命的短暂性相对。这样，文化就与神圣社会建立了内在的关联性"①。无论是理论还是实践方面，这一范式还不能说有实质性的突破，也存在如她自己所说的一些问题，如"容易忽视个人主体性问题"，却指出了目前记忆研究存在的某种偏向或问题，"学界通常认为，扬·阿斯曼与哈布瓦赫的关系更像是一个批评和补充的关系，是用文化记忆概念来弥补哈布瓦赫的集体记忆理论的不足。但本文的分析表明，这个判断并不充分，事实上，他们之间还有接续的成分，其关键点就是'神圣记忆'。扬·阿斯曼通过神圣记忆确立了自己的文化记忆理论对哈布瓦赫的集体记忆理论的继承关系。这样一种关系基本奠定了记忆研究的'社会—文化'范式的基础"②。虽然在记忆研究中，哈布瓦赫的集体记忆理论已无可置疑地成为经典理论，被反复征引，对后来的研究具有决定性的影响，但确实存在刘亚秋所说的情况，很多研究的理论阐述和分析实践往往将集体记忆作为文化记忆的一个过渡或序幕，或者也可以说，文化记忆在某种程度上涵盖了集体记忆。

这与文化记忆本身的解释力和融合性不无关联，但刘亚秋强调，集体记

---

① 刘亚秋：《记忆研究的"社会—文化"范式：对"哈布瓦赫—阿斯曼"研究传统的解读》，载《社会》2018年第1期。

② 刘亚秋：《记忆研究的"社会—文化"范式：对"哈布瓦赫—阿斯曼"研究传统的解读》，载《社会》2018年第1期。

忆是文化记忆的理论基础。"我们不能简单地用'交流记忆'代替哈布瓦赫的'集体记忆',后者包含'社会—文化'在其中的基础作用。这正是哈布瓦赫'社会框架论'和扬·阿斯曼的文化记忆理论发生集成的一个重要基点。"她还指出在哈布瓦赫的论述中,虽然"集体记忆在多数情况下是随着历史的变更而变化的","但他也论及集体记忆的稳定性来源,而且,他的记忆建构论背后是对社会品质的强调,即对相对不容易发生变化的'社会框架论'的强调。更为重要的是,在《福音书中圣地的传奇地形学》(1941)中,哈布瓦赫对集体记忆(观念)的稳定性/神圣性进行了细致讨论"①。在《论集体记忆》中,哈布瓦赫也指出集体记忆的二重性,"集体记忆具有双重性质——既是一种物质客体、物质现实,比如一尊塑像、一座纪念碑、空间中的一个地点,又是一种象征符号,或某种具有精神涵义的东西、某种附着于并被强加在这种物质现实之上的为群体共享的东西"②。

作为社会学研究者,刘亚秋希望借助"社会—文化"范式,"促进过分关注'现在'的社会学延展自己的历史视野",同时"有助于反思记忆研究中的权力因素的地位问题"③。这一范式突出了"记忆的社会维度和文化维度的结合,它以历史中文化规制的意义为基础,系统讨论历史社会何以可能的问题"④,也隐含了记忆的历史维度。除了社会学和历史社会学,对于广泛或一般意义上其他领域的记忆研究,这一范式的意义在于提供了一个更加广阔而又更加具体的背景。记忆是复杂的,个体的、集体的、历史的、文化的、心理的,关于记忆的研究很难就单一维度展开,通过"社会—文化"范式可

---

① 刘亚秋:《记忆研究的"社会—文化"范式:对"哈布瓦赫—阿斯曼"研究传统的解读》,载《社会》2018年第1期。

② [法]莫里斯·哈布瓦赫:《论集体记忆》,毕然、郭金华译,上海人民出版社2002年版,第335页。

③ 刘亚秋:《记忆研究的"社会—文化"范式:对"哈布瓦赫—阿斯曼"研究传统的解读》,载《社会》2018年第1期。

④ 刘亚秋:《记忆研究的"社会—文化"范式:对"哈布瓦赫—阿斯曼"研究传统的解读》,载《社会》2018年第1期。

以分析出记忆存在的主要维度，从中可以生成具体的思考路径和考察维度。相对地，这一范式是否过大，仍有待进一步讨论。更值得思考的是，目前的记忆研究，社会学和历史学显然处于主导地位，这是否遮蔽了记忆研究应有的其他维度？

哈布瓦赫集体记忆理论的突破性和开创性在于指出了记忆的社会性。此前，记忆被视为人的生理现象和心智活动。在被视为心理活动的漫长的历史中，记忆并不是隐匿的，关于记忆有着非常丰富的思考和研究。德国著名心理学家赫尔曼·艾宾浩斯曾说：心理学有一个漫长的过去，但是只有一段短暂的历史。古代社会关于记忆的探索更多地体现在哲学领域，当代记忆研究几乎完全被实践性研究主导，记忆研究中哲学视角的失落是"哲学自身的内在性所导致，追求知识与真理的强大传统使得哲学自身遗忘了记忆现象及其问题"[①]。这一方面与20世纪人类社会的巨变有关，另外一方面，如上所述，集体记忆和文化记忆确实具有很强的融合性和解释力。但如果要真正认识记忆，或者进行某一领域的记忆研究，特别是关于古代社会的研究，梳理记忆研究史，更确切地说是梳理不同历史时期、不同文化传统中人们如何认识记忆是十分必要的，也是此类研究应有的路径和维度。对中国古代诗歌的研究，这一点无疑更不应忽视。事实上，阿斯曼的文化记忆理论正是在对古代文化进行研究的过程中形成的。

第二节　中西文化传统中的记忆

一、何为"记忆"

在中国古代，"记忆"一词是"记"和"忆"的组合，即记住和回忆，

[①] 杨庆峰：《当代记忆研究的哲学透视》，载《华东师范大学学报（哲学社会科学版）》2017年第5期。

与今天"记忆"的含义大体相同,如"夫子在讲筵,必广引博喻,以晓人主。一日,讲既退,范尧夫揖曰:'美哉!何记忆之富也。'子对曰:'以不记忆也。若有心于记忆,亦不能记矣。'"① 关于记忆,更常用"记""忆""志""识""藏",以及"记诵""诵记"等词来表述。

> 人生而有知,知而有志。志也者,臧也,然而有所谓虚,不以所已臧害所将受谓之虚。②
>
> (荀)悦年十二,能说《春秋》。家贫无书,每之人间,所见篇牍,一览多能诵记。③
>
> 存,谓识其理于心而不忘也。变者,阴阳顺逆事物得失之数。尽知其必有之变而存之于心,则物化无恒,而皆豫知其情状而裁之。存四时之温凉生杀,则节宣之裁审矣;存百刻之风雨晦明,则作息之裁定矣。化虽异而不惊,裁因时而不逆,天道且惟其所裁,而况人事乎!④

孔子已经意识到了记忆是人心理过程的一部分,"学而不思则罔,思而不学则殆。""学而时习之,不亦说乎?"从感性认识、抽象推理到巩固复习是一般的心理过程。

古人认为记忆是"心"的活动,如朱熹说"心官至灵,藏往知来"。他又说:"人之能思虑计画者,魂之为也;能记忆辨别者,魄之为也。"⑤ 即魂是思维的器官,魄是存储记忆的器官。以魂魄论心是非常古老的观念,《左传·昭公二十五年》载乐祁曰:"心之精爽,是谓魂魄。魂魄去之,何以能久?"⑥ 认为魂魄是人的生命源泉和动力。《左传·昭公七年》:"人生始化曰

---

① 程颢、程颐:《二程集》,中华书局1981年版,第1197页。
② 王先谦:《荀子集解》,中华书局1988年版,第395页。
③ 范晔:《后汉书》,中华书局1965年版,第2058页。
④ 王夫之:《张子正蒙注》,见《船山全书》(十二),岳麓书社1992年版,第71页。
⑤ 黎靖德编:《朱子语类》,中华书局1986年版,第43页。
⑥ 十三经注疏整理委员会整理:《春秋左传正义》,北京大学出版社2000年版,第1665页。

魄，即生魄，阳曰魂。用物精多，则魂魄强。"孔颖达疏曰："人禀五常以生，感阴阳以灵。有身体之质，名之曰形。有嘘吸之动，谓之为气。形气合而为用，知力以此而彊，故得成为人也。此将说淫厉，故远本其初。人之生也，始变化为形，形之灵者名之曰魄也。既生魄矣，魄内自有阳气。气之神者，名之曰魂也。魂魄神灵之名，本从形气而有。形气既殊，魂魄亦异。附形之灵为魄，附气之神为魂也。附形之灵者，谓初生之时，耳目心识，手足运动，啼呼为声，此则魄之灵也。附气之神者，谓精神性识，渐有所知，此则附气之神也。是魄在于前，而魂在于后，故云'既生魄，阳曰魂'。魂魄虽俱是性灵，但魄识少而魂识多。"① 朱熹关于魂与魄的阐述与亚里士多德的主动心智与被动心智相似，分别行使思维和记忆功能。方以智认识到记忆等心理活动的物质器官不是心而是"脑髓"，"我之灵台，包括悬寓，记忆古今，安置此者果在何处？质而稽之，有生之后，资脑髓以藏受也。"② 他进一步指出："髓清者，聪明易记而易忘，若印版之摹字；髓浊者，愚钝难记亦难忘，若坚石之镌文。"③

前引《张子正蒙注》中，王夫之认为了解事物的变化及其规律，将其保存，才能对未来有所判断。其《尚书引义·多方》篇对于人之记忆功能的重要性有更进一步的阐述。

孔子曰："默而识之。"识也者，克念之实也。识之量，无多受而溢出之患，故日益以所亡，以充善之用而无不足。识之力，无经久而或渝之忧，故相守而不失，以需善之成。存天地古今于我而恒久不失物，存于君民亲友而恒不失我。耳以亶聪，目以贞明，知以知至而知终，行以可久而可大。一日知克，终身不舍；终身之念，终食无违。此岂非"终

---

① 十三经注疏整理委员会整理：《春秋左传正义》，北京大学出版社2000年版，第1437—1438页。

② 方以智：《物理小识》，台湾商务印书馆1978年版，第81页。

③ 方以智：《物理小识》，台湾商务印书馆1978年版，第81页。

日乾乾夕惕若"之龙德乎?

乃其为功也，岂圣之专能而人所不可企及哉？晨而忆起，晦而忆息，客而忆反，居而忆行，亦其端矣。孩提而念亲，稍长而念兄，言而念其所闻，行而念其所见，尤其不妄者也。夫人终日而有此矣，故曰易也。①

王夫之指出，人记忆的容量是无限的，容纳多少都不会满溢，所以可以日进增益所欠缺的，充实为善能力进而无所欠缺。他还指出，圣人君子之"龙德"的达成建基于人之记忆本能，随时可以见诸日常生活，即晨起夜息，客居思归，居家思行，孩童时期眷恋双亲，稍长敬重兄长，言事行事能参照已有的见闻和经验。同时他也强调，"克念"虽非圣人专属、人人可为，但并非易事，不能一蹴而就，仍需持久的努力和不断的探索与实践。同时，人的记忆具有持久性和巩固性，故而能持理不失，以待善的达成。因此，"识"不是单纯存储知识或信息的记忆活动，也包括道德精神的追求和持守。正如他在《四书笺解》中对"识"的解读：

"默识"重一识字，谓在默而能识。有云"惟默故识"者，邪说也。"识"者，常常记忆其心之所得也。人即心有所得，而言则有，不言则忘；默时便忘，则不能为主于心，而意之所发，有非其志之所持者矣。当静默时常常在心目间，无有断续，则心统乎理，而随其所发，左右逢原，终身终食皆得所依据，语亦识也，默亦识也，其得乃真得也。"识之"之字虽有所指，然不可于此捉定说何所识，但是心所得之理皆常存而不忘。②

王夫之之所以强调记忆的重要性，是因为他认为主体不能脱离时间而存在，关于"克念"，他的解读是：

---

① 王夫之：《尚书引义》，见《船山全书》（二），岳麓书社1988年版，第391页。
② 王夫之：《四书笺解》，见《船山全书》（六），岳麓书社1991年版，第197页。

> 彼之言曰：念不可执也。夫念，诚不可执也。而惟克念者，斯不执也。有已往者焉，流之源也，而谓之曰过去，不知其未尝去也。有将来者焉，流之归也，而谓之曰未来，不知其必来也。其当前而谓之现在者，为之名曰刹那；不知通已往将来之在念中者，皆其现在，而非仅刹那也。庄周曰："除日无岁"，一日而止一日，则一人之生，亦旦生而暮死，今舜而昨跖乎！故相续之谓念，能持之谓克，遽忘之谓罔，此圣狂之大界也。①

"念"包含过去与未来，或者说，过去和未来汇于当下，每一个当下都蕴含着过去与未来，"非仅刹那也"。"念"是会通过去与将来，"克"是持之不懈。因此，人是历史实践的主体。王夫之不同意朱熹人心如镜、要保持虚明的观点，认为这无异于佛教的"无念"和庄子的"坐忘"。

> 奈之何为君子之学者，亦曰："圣人之心如鉴之无留影，衡之无定平，已往不留，将来不虑，无所执于忿恐忧惧而心正！"则亦浮屠之无念而已，则亦庄周之坐忘而已。前际不留，今何所起？后际不豫，今将何为？狂者登高而歌，非有歌之念也；弃衣而走，非有走之念也。盗者见箧而胠之，见匮而发之，不念其为何人之箧匮也。夫异端亦如是而已矣。庄周曰"逍遥"，可逍遥则逍遥耳，不撄于害，所往而行，蔑不利也，固罔念夫枋榆溟海之大小也。浮屠曰"自在"，可自在则自在耳，上无君父，下无妻子，蔑不利也，固罔念夫天显民祇之不相离也。故异端者狂之痼疾，跖之黠者也。②

在王夫之看来，如果没有过去和将来，现在将陷于虚无，进而导致妄为。而庄子的"逍遥"和佛教的"自在"取消了价值判断和人生在世的基本伦理。

---

① 王夫之：《尚书引义》，见《船山全书》（二），岳麓书社1988年版，第389—390页。
② 王夫之：《尚书引义》，见《船山全书》（二），岳麓书社1988年版，第390页。

西方文化传统中对记忆和回忆的论述大体而言也始于对学习的探讨,柏拉图认为,"探索和学习实际上不是别的,而只不过是回忆罢了"①。回忆是知识的再次获得。作为知识的来源,柏拉图赋予回忆本体性,并以此为基点构建他的哲学体系,所以,罗素认为回忆说是柏拉图哲学中最重要的内容之一。亚里士多德认为记忆是灵魂的一部分,关于回忆,他认为:

> 当一个人初次学习或者接受某种感官印象时,还不存在什么记忆的恢复(因为以前什么也没有),也没有在一开始就获得它;只是当产生了那种状态或影响时才会有记忆。所以记忆不可能在影响刚产生时就形成……时间不成为过去,在本质意义上的记忆就不可能发生;因为人是在现在记起过去所看见或遭受过的事情的;他在现在不能记忆他在现在正在经历的事情……回忆的过程蕴含了记忆,并且记忆伴随着回忆。笼统地说回忆是对先前即存在于我们之内的某事物的重新引入是不正确的……因为同一个人完全可能两次学习或发现同一事物。因此回忆一定是与这些行为有所不同,它必定包含有某一在我们起先所学习的东西之外的不同的原则。②

在《论记忆》中,亚里士多德还讨论了记忆对象、记忆与时间、记忆与想象等问题。

> 将来是不可能记忆的,因为将来是猜想和希冀的对象(甚至会有某种有关希冀的知识,如有些人认为存在着有关预测的知识);对现在也无可记忆,而只能感觉,因为对将来和过去我们都无法靠感觉来认识,只有对现在才能这样。③

---

① 《柏拉图全集》(第1卷),王晓朝译,人民出版社2002年版,第507页。
② 苗力田主编:《亚里士多德全集(第三卷)》,中国人民大学出版社1992年版,第137—138页。
③ 苗力田主编:《亚里士多德全集(第三卷)》,中国人民大学出版社1992年版,第133页。

记忆既不是感觉也不是判断,而是当时间流逝后它们的某种状态或影响。人们不可能在此刻记忆此刻的事物,正如前面所说的那样,感觉属于现在,希冀属于将来,记忆属于过去。因此,所有记忆都表明着时间的逝去。①

记忆和想象属于灵魂的同一部分;所有可以记忆的对象在本质上都是想象的对象,而那些必然包含想象的事物则是偶然地成为记忆的对象。②

不同于柏拉图认为学习即回忆,奥古斯丁认为它来自于居于我们内心之上的真理,即"光照"。奥古斯丁还指出记忆与思考的关系,"把记忆所收藏的零乱混杂的部分,通过思考加以收集,再用注意力好似把概念引置于记忆的手头"③。罗马帝国时期,对记忆关注的重点转向对实用性的探索,最为典型的是记忆术的发展。奥古斯丁的研究延续了柏拉图和亚里士多德的传统,但在当时是孤立的,这与其神学取向不无关联。记忆始终影响西方文化,正如叶兹(Yates)所说,直到文艺复兴时期记忆仍有重要影响。洛克重新回归了理论研究,他将人类心理活动明确分类,强调记忆的重要性,"在有智慧的生物中,记忆之为必要,仅仅次于知觉。记忆很重要,我们如果缺少了它,则我们其余官能便大部分失了效用。因此,我们如果没有记忆的帮助,则我们在思想中、推论中和知识中,便完全不能越过眼前的对象。"④洛克反对笛卡尔的"天赋观念",认为主体由经验和回忆构成。休谟同样持经验论,但作为怀疑论者,他对经验和记忆的对象是否存在真实的因果关系持怀疑态度。

伯格森区分了"习惯—记忆"与"形象—记忆"。伯格森不同意亚里士多德、奥古斯丁等人认为大脑是记忆的存储器,也不同意心理学将记忆归于

---

① 苗力田主编:《亚里士多德全集(第三卷)》,中国人民大学出版社1992年版,第133—134页。
② 苗力田主编:《亚里士多德全集(第三卷)》,中国人民大学出版社1992年版,第135页。
③ [古罗马]奥古斯丁:《忏悔录》,周士良译,商务印书馆1963年版,第196页。
④ [英]约翰·洛克:《人类理解论》,关文运译,商务印书馆1959年版,第119页。

大脑功能。他认为过去"被以两种极端的形式存储起来了：一种形式是利用它的运动机制；另一种形式是个人的'记忆—形象'，它勾勒出全部过去事件的轮廓、色彩和在时间里的位置。这两种记忆中，前一种遵循自然的指导；后一种自我独处，则宁愿朝相反的方向发展。前一种被努力所征服，仍旧依靠我们的意志；后一种完全是自发的，其再现形象的不确定性与其保存形象的忠实性相差无几。后一种记忆能为前一种记忆补充的规则确定机能"①。

尽管概念、表述和理论系统不尽相同，但显然对记忆这一人之本能的关注与探索在中西方都很早就开始了，具体而言，主要都集中在记忆作为人的心理过程如何实现，以及与其他心理活动和过程的关系等方面。在中西传统中，记忆都被认为是"学习"和"知识"的来源，认为记忆与人们认识世界、寻找真理密切相关。而记忆也都不可避免地在这一过程中被知识遮蔽。由此，两个传统中的记忆研究都转向了实用性，即如何快速、有效地记住更多知识，也就是如何提高记忆力。事实上，这是社会日益复杂、知识不断生成与累积的必然结果。而中西之间明显的差别正是在这里开始显现。

二、记忆力的探索

罗马时期，对记忆研究和关注的重点转向对其实用性的探索，最典型的无疑就是记忆术的发展。西塞罗在《论雄辩家》中讲述了记忆术的起源。

> 塞撒利（Thessaly）的一位名叫斯寇帕（Scopas）的贵族宴客，来宾中的诗人——凯奥斯的赛莫尼底斯（Simonides of Ceos）——吟了一首诗向主人致敬，这诗中有一段赞美了天神宙斯的双胞胎私生子卡斯特（Castor）与波鲁克斯（Pollux）。斯寇帕很小气地告诉赛莫尼底斯，原先说好的吟诗酬劳他只能付一半，另一半应该去找那对双胞胎神祇去要。稍后，有人通报，宴客厅外面有两个年轻男子要见赛莫尼底斯。赛莫尼

---

① [法] 亨利·伯格森：《材料与记忆》，肖聿译，华夏出版社1999年版，第72页。

底斯便离席走出厅外，却没有看见人。就在他走出去的这个时候，宴客厅的屋顶塌下来，把斯寇帕和所有客人都压死了；尸体个个血肉模糊，来收尸的亲友都认不出谁是谁。可是，赛莫尼底斯记得客人们在宴席上的座次，所以能根据座位告诉收尸者哪一个是他们的亲人。①

赛莫尼底斯成为记忆术的创始人。记忆术的另外两个源头，也都与修辞雄辩的作品有关，即佚名的《献给赫伦尼》和公元 1 世纪的昆蒂里安的《雄辩教育》。记忆术，简单来说，就是"利用把'场所'和'影像'印入脑海的方法来达成记忆"。"在印刷术尚未发明的时代，拥有记忆本领是至关重要的。"② 叶兹指出，"记忆术属于修辞学的一部分，是雄辩者用来增进记忆力的技巧，演说者凭记忆术可以做到把长篇讲辞背得一字不漏"③。

根据《献给赫伦尼》的记载，记忆术操作的方式是："技巧记忆是凭借场所和影像而确立的"。"场所是指记忆容易掌握的地点，例如房子、柱子与柱子之间的空间、拱门等等都是。影像是指我们想记住的事物的形状、记号、幻影（formae, notae, simulacra）。例如，我们想记的如果是马或狮子、老鹰这个物属，就必须把它们的影像放在特定的场所位置上。"④ "如果想记住大量的素材，就必须备有很多场所位置。这些场所必须是连成一串的，必须按次序记住"，这样才可以从任意一点开始，接续下去。场所可以反复运用，随着要记忆的事物的改变可以安排不同的影像在场所中，因此场所是必须要记住的。为了记住场所的次序，可以做一些记号。"记忆场所选择空无人迹

---

① ［英］法兰西丝·叶兹：《记忆之术》，薛绚译，台北大块文化出版股份有限公司 2007 年版，第 13 页。
② ［英］法兰西丝·叶兹：《记忆之术》，薛绚译，台北大块文化出版股份有限公司 2007 年版，第 7 页。
③ ［英］法兰西丝·叶兹：《记忆之术》，薛绚译，台北大块文化出版股份有限公司 2007 年版，第 14 页。
④ ［英］法兰西丝·叶兹：《记忆之术》，薛绚译，台北大块文化出版股份有限公司 2007 年版，第 19 页。

或静僻的地方为佳，因为人群来往会削弱记忆的印象"，"记忆场所不可以彼此太相似"，容易混淆。场所应大小适中，不能光照太明亮，也不可以太暗，场所间的距离也要适中。影像应当选择醒目而不常见的，通过情绪刺激帮助记忆。① 这里影像的选择主要看是否适合记忆，到了托马斯·阿奎那那里发生了变化。阿奎那也说要"找一些方便的、不宜太常见的比喻"，但他又提出影像要"在某种程度上与某些有形物质的喻象相似，因为人类对可感觉的事物的认知比较强"②，这意味着影像的选择不仅出于其记忆特质，也隐含着人们对事物、对外部世界的认知和把握。影像不仅是选择的问题，还有组合以及场所安排，这些也都将随着人们对事物认知的改变而改变。这确实是脱胎换骨的改变，记忆术不再仅仅是记忆的技术，它与思想、艺术等都息息相关，特别是艺术。直到文艺复兴时期，记忆术对艺术都有着广泛而深刻的影响，主要体现在视觉艺术方面。阿奎那还提出，想要记住的事物"必须挂念依恋着；因为深深印在灵魂上的东西才比较不容易悄悄溜走"③，如叶兹所说这带有浓厚的虔诚意味，是经院哲学式的技巧记忆。

中国古代虽然没有发展出记忆术，但对记忆实用性的关注同样强烈，古人普遍认为，记忆力是极为重要的天赋，因此，称赞某人"强记"是史书传记常见的书写模式之一。如《三国志》对王粲的记载：

> 初，粲与人共行，读道边碑，人问曰："卿能闇诵乎？"曰："能。"因而使背而诵之，不失一字。观人围棋，局坏，粲为覆之。棋者不信，以帕盖局，使更以他局为之。用相比较，不误一道。其强记默识如此。④

---

① ［英］法兰西丝·叶兹：《记忆之术》，薛绚译，台北大块文化出版股份有限公司2007年版，第19—20页。

② ［英］法兰西丝·叶兹：《记忆之术》，薛绚译，台北大块文化出版股份有限公司2007年版，第101页。

③ ［英］法兰西丝·叶兹：《记忆之术》，薛绚译，台北大块文化出版股份有限公司2007年版，第101页。

④ 陈寿：《三国志》，中华书局1964年版，第599页。

《晋书·苻坚载记》载苻坚弟苻融：

> 融聪辩明慧，下笔成章，至于谈玄论道，虽道安无以出之。耳闻则诵，过目不忘，时人拟之王粲。①

虞世南也以博闻强识闻名：

> 帝数出畋猎，世南以为言，皆蒙嘉纳。尝命写《列女传》于屏风，于时无本，世南暗疏之，无一字谬。帝每称其五绝：一曰德行，二曰忠直，三曰博学，四曰文词，五曰书翰。世南始学书于浮屠智永，究其法，为世秘爱。②

拥有超强的记忆力不一定意味必然成功，记住也不等于学会，但记忆是整个学习过程的基础。张载认为记忆是理解的先决条件，"书须成诵精思，多在夜中或静坐得之，不记则思不起，但通贯得大原后，书亦易记。"③ 他还说："经籍亦须记得，虽有舜禹之智，吟而不言，不如聋盲之指麾。故记得便说得，说得便行得。故始学亦不可无诵记。"④ 朱熹进一步阐释：

> 读书须是成诵，方精熟。今所以记不得，说不去，心下若存若亡，皆是不精不熟之患。若晓得义理，又皆记得，固是好。若晓文义不得，只背得，少间不知不觉，自然相触发，晓得这义理。盖这一段文义横在心下，自是放不得，必晓而后已。若晓不得，又记不得，更不消读书矣！横渠说："读书须是成诵。"今人所以不如古人处，只争这些字。古人记得，故晓得；今人鲁莽，记不得，故不晓得。紧要处、慢处，皆须成诵，

---

① 房玄龄等：《晋书》，中华书局1974年版，第2934页。
② 欧阳修、宋祁：《新唐书》，中华书局1975年版，第3972页。
③ 《张载集》，中华书局1978年版，第275页。
④ 《张载集》，中华书局1978年版，第277页。

自然晓得。今学者若已晓得大义，但有一两处阻碍说不去，某这里略些数句发动，自然晓得。今诸公尽不曾晓得，纵某多言何益！无他，只要熟看熟读而已，别无方法也。①

若能将文义熟记于心，虽一时不能通晓，终会在不知不觉之间相互触发，因为没弄清的文义会一直徘徊心间，直到彻底明白才能放下。朱熹甚至认为这不失为一个捷径。"近与学者讲论，尤觉横渠成诵之说，最为径捷。盖未论看得义理如何，且是收得此心有归着处，不至走作。然亦须是专一精研，使一书通透烂熟，都无记不起处，方可别换一书，乃为有益。"② 关于如何提高记忆效率的具体方法，古人也有很多讨论与探索，如张载所说的"静中""夜坐"就是强调环境和心理状态的重要性。"诵记"是古代读书人最常用的方法，按照现代心理学的观点，是视觉器官、听觉器官共同作用，"诵记"的另外一个要点是反复诵读，重复无疑是最有效的记忆方法。相对于西方记忆术的复杂、精密，中国古代的记忆方法似乎更多地体现为直接记忆，完全依靠人的天赋和纯粹的刻苦，直接记忆知识甚至文字。但这并不意味着效率低下，或能记住的内容少。一方面，如上所述，古人十分重视记忆，因此，记忆训练通常开始得很早，并且背诵活动通常是建立在对文字充分理解和吸收的基础上，即熟读精思，虽然并不一定一开始就能完全理解，但并不是单纯的记忆活动，而是整个学习过程。另外一方面，这与文字的特征密切相关。不同于西方的记忆术，中国古人直接记忆文字，这与文字的发达有关，也与汉字的特点不无关联，汉字能指和所指的贴近给人以文字符号即所指本身的感觉，因此，我们很难也没有必要建构如记忆术那样复杂的联想。许慎明确了文字起源与文化本原的关系，所谓"依类象形"是根据一类事物具体可感的表象进行描述，"文"与其说是对外部世界的模仿，不如说是对外部世界的把握，是当时人认识外部世界的思维方式。分类的依据是具体可感的表象，后来衍生的字基于类的联想，而这种联想依凭的主要还是

---

① 黎靖德编：《朱子语类》，中华书局1986年版，第2917页。
② 朱熹、吕祖谦：《近思录集释》，岳麓书社2010年版，第410页。

对事物的具体感知，通过联想可以把属于同一类的字符联系起来。文字反过来也建构人的思维，因此，汉字始终与经验世界、现象世界保持紧密联系。当然，"类"观念与联想依据的形成是一个漫长的过程。与经验世界的紧密联系促成了文字的稳定性，而文字的稳定性"制造了一种语言、文化稳定性的幻象，这本身就产生了一种令人望之生畏的现实，即一个历经三千年而连绵不断的文学传统；其中，任何新的书面文本都能从各种更早的书面文本的表达中丰富自己，既不需要披上复古的外衣，也不存在语音不相容的问题"①。

三、记忆的媒介

文字是迄今为止人类最重要的人工记忆。文字的发明与书写为人类社会带来了深刻的变革，人的记忆终究会随着身体的消失而消逝，文字为记忆提供了超越时空的物质载体，不同时代的人通过文字可以沟通，远古的记忆借由文字可以在任何时空被激活。文字以其无与伦比的存储能力逐渐走向文明的中心，遮蔽了记忆。自此，只有用文字写下来的才是最重要的。但文字对记忆的遮蔽是一个漫长、复杂的过程，文字产生之后的相当长时期内，人们并未因为文字解放了记忆、解决了遗忘的焦虑而欢欣鼓舞，一方面，书写活动不容易开展，另一方面，彼时社会生活中起主导作用的，也就是说保持延续性、维持社会规则和指导群体生活的是仪式，文字的大规模应用也与仪式密不可分。殷商时期的甲骨文已经是成熟文字，文字的大量使用，或者说文献的大量生成是在西周，西周的仪式较商代更为复杂，这些仪式虽然继承了商代的宗教性，但更多的是为了构建政治秩序。

那么西周是否有明确的文字意识？《周礼·春官·宗伯》说："（外史）掌达书名于四方。"郑玄注："或曰：古曰名，今曰字。使四方知书之文字，得能读之。"②《中庸》载孔子曰："今天下车同轨，书同文，行同伦。"西周

---

① ［美］孙康宜、宇文所安主编：《剑桥中国文学史》上卷，刘倩等译，生活·读书·新知三联书店2013年版，第30页。

② 孙诒让：《周礼正义》，中华书局1987年版，第2138—2139页。

可能存在统一文字并推广使用的活动。顾炎武说:"春秋以上言文不言字。"①可见,当时不是以"字"来指文字。高度仪式化的西周社会,文字与其他符号的作用一样或与其他符号一起发挥作用,明确的文字意识可能尚未形成,但文献的大量生成与应用客观上为后世寻求历史经验提供了依据,也在沿着文字回溯的过程中获得了奠基性意义,这就是郁郁乎文哉的西周文明。

"西周文献的生成方式,也是不断发展变化着的,从最初的卜辞、祷祝辞、诰誓等载录,发展到各类文献搜集、整理,文献所涉及范围越来越大,生成方式也越来越多。"② 在这个过程中,无论撰制、载录仪式活动,保存掌管文献以及从事教学活动的巫史、乐官,还是进献诗歌的贵族大夫,文字或多或少都与他们个人发生了联系,他们有更多机会接触脱离了仪式背景和语境的语言形态——文字。这其中隐隐酝酿着个体表达。而来自仪式的文字则可以为这种表达提供合法性甚至神圣性,并且这种合法性和神圣性并未随着仪式社会的解体而消失,对于个体来说,文字始终具有某种魅力。相对于仪式而言,文字具有私人性,更易与个体发生关系,而仪式是典型的公共活动。某种程度上可以说,文字朝向个体记忆,仪式朝向集体记忆。无论仪式还是文字,对于社会生活而言,更为重要的是如何有效地联系个体与群体。这些与文字亲密接触的人构成了春秋战国时期的知识阶层,也就是"士"。春秋战国时期各家学说都是围绕"礼崩乐坏"展开思考的。儒家主张坚持西周的礼乐制度,"必也正名乎"表明孔子对仪式象征意义的坚持。虽然在《礼记》和《论语》中处处可以看到孔子对"礼"的外在形式,也就是仪式规则的重视,但他思考的重点在于如何重构"礼"的合理性和价值依据,他提出"仁"的思想,也就是个人道德律令和自我人格的养成。"述而不作"表明孔子对历史经验和过去文献的重视,也说明此时文字还未走出仪式,仍是试图通过整理过去文献呼唤仪式(更准确地说是过去秩序)的出场。孟子虽然不再明确表示"述而不作",但重视历史经验和过去文献已成为儒家的传统,

---

① 黄汝成:《日知录集释》,上海古籍出版社2006年版,第1200页。
② 过常宝:《制礼作乐与西周文献的生成》,中国社会科学出版社2015年版,第111—112页。

孔子将过去的文献经典化，这些经典构成了儒家学派的基本知识和话语体系，这对思想流派而言十分重要，后世所有学习儒家经典的人都认为自己是孔子的学生，共享的知识塑造了身份认同。孟子关于著述观念的转变也与文字不无关系，战国时期，文字开始作为独立的语言性符号，除了王官失守、学术下移背景下知识阶层的发展，还存在一个技术上的突破，即书写方式的简易化。傅斯年在《战国子家叙论》中指出："春秋战国间书写的工具大有进步。在春秋时，只政府有力作文书者，到战国初年，民间学者也可以著书了。"[①]文字开始记录个人的思想和语言，不再只是传达神的旨意和帝王的训诫，至此，文字走出了仪式。这对个体无疑是极大的诱惑，基于对过去文献的崇拜，当个体思想的片段以文字的形式保存意味着其也有成为经典的可能，此时人们发现，虽然通过文字可以回到过去理想的社会状态甚至追溯文化的起源，但文字绝不是朝向过去，而是朝向无尽的未来。

文字在解放记忆的同时，极大地激发了人的内在潜力。作为外在于人体的物理媒介，文字拉开了人与其自身的距离，强化了自我意识，培育了人的主体性，从而使人的自省成为可能。文字还使人和对外部世界的已有认识相分离，打开了心灵通往外部世界的大门。这无疑使得文字成为最适合个体表达的媒介。通过文字，个体可最大程度地表达自我，探索自我，也就是麦克卢汉所说的"听觉向视觉的转换，建立了人的心灵生活"[②]。同时，文字外在的物理形态不仅使其与人体区分开来，也与外部世界的其他物质区分开来，从而为人们进入形上世界提供了可能。春秋战国的各家学派基本都认识到"名"与"实"不可能等同，儒家一派认为"名"与"实"的对应关系虽然是约定的，但这种约定是有传统和意义的，借此可以规范和确认传统的社会秩序，对于"名"与"实"可能存在的分裂，孔子采取强调其象征性来克服，即"立象尽意"。儒家始终相信语言的力量，甚至认为语言可以行使道

---

① 傅斯年：《史学方法导论：傅斯年史学文辑》，中国人民大学出版社2004年版，第122页。
② ［加］埃里克·麦克卢汉、［加］弗兰克·秦格龙：《麦克卢汉精粹》，何道宽译，南京大学出版社2000年版，第426页。

德和价值的判断,即"微言大义"的表述和阐释传统。

和柏拉图一样,庄子质疑文字的异己性。老子和庄子站在本体论即"道"的立场,认为"道"不仅超越语言文字,还要超越经验。在那个用语言争辩的时代,当文字逐渐成为语言性符号,透过文字不仅可以看到"词"与"物"分裂,还有"词"与"人"的分裂。庄子认为所谓"名"无非是人们为了把握现象与经验世界对其进行的区分,而语言和世界是变动不居的,区分永远是相对的,所以"其分也,成也;其成也,毁也",区分不但毫无意义,更是对世界本原也就是"道"的破坏。天与人都是自然存在的,只有保持与自然一体,才能达到绝对的自由和永恒,就像"混沌凿七窍",理性的开发意味着天性的沦丧。抛开儒家对确定性的维护和道家对确定性的质疑,就人的思维而言,正如王国维所说"事物之无名者,实不便于吾人之思索"。春秋战国时期真正对"名"与"实"进行形上之思和逻辑分析的是公孙龙:"物莫非指,而指非指。天下无指,物无可以谓物。非指者天下,而物可谓指乎?指也者,天下之所无也;物也者,天下之所有也。以天下之所有为天下之所无,未可。天下无指而物不可谓指者,非有非指也。非有非指者,物莫非指也。物莫非指者而指非也。"[①] 外部世界是真实的物质存在,词语指称的没有实际形态,因此词语只是符号,本身没有意义,但没有符号就无法在思维和观念中把握现象世界。

伽达默尔说:"希腊哲学正是开始于这样的认识,即语词仅仅是名称,也就是说,语词并不代表真正的存在。"[②] 但柏拉图认为文字使应当存在于人的心灵中的东西外在于人本身,文字使人们依赖外在的载体而不是人自身,因此文字会损害记忆。"文字,替代好的记忆力、替代自然记忆力的助记手段,意味着遗忘。"[③] 海德格尔和德里达基于对西方哲学传统的反思都认为形

---

① 王琯:《公孙龙子悬解》,中华书局1992年版,第49—50页。
② [德] 汉斯-格奥尔格·伽达默尔:《真理与方法》,洪汉鼎译,上海译文出版社1999年版,第517页。
③ [德] 雅克·德里达:《论文字学》,汪家堂译,上海译文出版社1999年版,第50页。

而上学的语言和思维方式遗忘了事物本身,海德格尔主张通过回归原始、自然的语言,也就是诗化语言回到事物本身,德里达解构语言和文字也就是"说"和"写"的同一性,进而解构语言与思想的同一性,他认为文字并不能保证意义的在场,哲学本身也是隐喻的。庄子一般被认为和海德格尔具有一定共通性,他们都反对文字的异己性,回归原初的途径使他们的批判具有引入人生和艺术实践的可操作性。无论如何,文字都没有停止它走向文明中心的脚步。

文字作为人工记忆,也有其脆弱性,先秦经典经秦火之后能够保存下来是因为"遭秦而全者,以其讽诵,不独在竹帛故也"①。所谓"不独在竹帛故",与其说是依靠人记忆的本能不如说是依靠师徒授受,当然传授的形式主要是口头的,这是早期经典文献的主要传递方式。就经典而言,在书写、保存相当发达的时代,仍然需要一字不错地背诵,因为"只有背下来的才是自己的",经典是那些需要记在心里的文本,它们可以引导人们的生活。

德国学者 H. G. 梅勒认为,西方偏向于探讨记忆如何在人的思维和意识中运行,而中国文化中的记忆则主要围绕记忆行为甚至是文献而不是人的意识展开。以上的梳理显示,这样的对比可能过于简单。一方面,如他所说,西方记忆思想不是"整个西方哲学传统中的唯一的一种记忆思想"②,另外一方面,中国文化传统中,也有很多关于记忆作为一种心理过程的思考和论述。但他也指出,中西都强调记忆与真理和知识的关系。他认为中国的哲学传统是一种"存有性"思想,即"维护不断的连续性,保存持久的在世或'存有性'。"③ 因此"在某种意义上说,我们也可以把儒家传统称之为一种'记忆文化'。"④ 宇文所安的《追忆》也持同样的看法,即强调往事在中国文化中的重要价值,认为文明的延续通过对往事的不断追忆完成。儒家并不十分关

---

① 班固:《汉书》,中华书局1962年版,第1708页。
② [德] H. G. 梅勒:《中西哲学传统中的记忆与遗忘》,载《时代与思潮》(年刊),2000年。
③ [德] H. G. 梅勒:《中西哲学传统中的记忆与遗忘》,载《时代与思潮》(年刊),2000年。
④ [德] H. G. 梅勒:《中西哲学传统中的记忆与遗忘》,载《时代与思潮》(年刊),2000年。

心起源问题,他们只追溯可以追溯到的历史,确认其合理性,并通过过去建构当下的合理性,在不断确认当下合理性的过程中保持延续性。因此,这个回忆链条中的每一环都必须扎扎实实、环环相扣,保持在场的连续性或永远在场,而关于过去的追溯或回忆主要是通过过去的文献实现。

第三节 文学记忆

如同其他领域的记忆研究,文学记忆研究也呈现一种热度不减、但仍未形成研究范式的景象。这与记忆本身的复杂性密切相关。如阿莱达·阿斯曼所说,记忆在"不同的传统——记忆术和身份认同话语,不同的角度——个人的、集体的、文化的记忆,不同的媒介——文本、图像、地点,以及不同的话语——文学、历史、艺术、心理等等之间变换"。难以"找到一个统一的理论,因为理论恐怕不能适用于如此充满矛盾的结果"①。同时也与文学自身的特征密切相关。作为一个学科,文学研究已经有非常完备的理论体系和研究范式,但文学,某种程度上又和记忆一样复杂,同样包含上述维度。文学几乎展现或者说关涉全部人类活动,个体的、集体的、探索的、回忆的,文学是很多学科,包括自然科学研究实践的"田野",与诸多学科有或多或少、或深或浅的互动,也互相影响对方的发展。如文学与历史,在不同文化传统和不同社会历史文化时期,都有着千丝万缕的联系,在记忆研究框内尤其如此。但文学记忆研究的优势可能也正在于此。正如阿莱达·阿斯曼指出记忆矛盾性后紧接着指出的,"矛盾性却是这一难题不可或缺的一部分"②。惟此,才能更全面、深入地认识记忆。更为重要的是,惟此,记忆才是"处

---

① [德]阿莱达·阿斯曼:《回忆空间:文化记忆的形式和变迁》,潘璐译,北京大学出版社2016年版,第8页。

② [德]阿莱达·阿斯曼:《回忆空间:文化记忆的形式和变迁》,潘璐译,北京大学出版社2016年版,第8页。

理全社会的总体性问题的一种特别的方式"①。记忆伴随着人类社会的始终，伴随着每个个体和群体的始终，记忆随时可以产生，也可能随时遗忘；记忆可能是无尽的深渊，也可能是刹那的灵光；我们可以随意建构过去，过去也可能如黑洞般挥之不去；而我们就生活在记忆与时间的洪流中，生活在过去与现在的复杂关系之中。文学本身的复杂性可以在一定程度上契合记忆研究的多重维度，为记忆研究提供更广阔的"田野"。

一、文学与记忆的交会

阿斯特莉特·埃尔认为文学与记忆有三个交汇点：密集性、叙述性和体裁模式。所谓密集性指文学和记忆媒介都是符号化的象征系统，聚集诸多意义；叙述性是说回忆只有通过叙述才能获得意义；体裁模式指体裁承担集体记忆载体任务。② 这里所说的记忆是文化记忆或集体记忆而非神经科学或心理学意义上的记忆，但文学与记忆最根本、最原初的联系恰恰是基于作为人之本能的记忆。文学，特别是诗歌与记忆有着天然的联系，诗歌的音调、韵律、节奏、格言式的语言以及重复的形式很大程度上都是为了便于记忆，因此，在各类早期文明中诗常常是重要事件和信息的载体。此时，作为记忆的媒介，诗的物理形态的载体是人本身，通常由专职人员完成信息的保存与传递。当文字发明之后，信息的保存与传递无须再依赖记忆的本能，但是，诗歌的节奏、韵律、重复等与记忆相关的要素并未失落，甚至在文字逐渐成为诗最主要的媒介的过程中，它们仍是诗歌不可或缺的组成部分，也是重要的审美维度。诗从未成为文字的附庸。这也是为什么当人们意识到语言并非被驯服的工具时会向文学寻求答案。作为记忆的媒介，诗始终处在自然记忆和人工记忆之间。

---

① [德]阿莱达·阿斯曼：《回忆空间：文化记忆的形式和变迁》，潘璐译，北京大学出版社2016年版，第10页。

② 冯亚琳：《德语文学中的文化记忆与民族价值观》，中国社会科学出版社2013年版，第73—74页。

早期文明中的诗不是一种文学形式，也不是用来表达个人情志的，彼时，诗是群体的、公共的。诗向个体开放，在中国古代与历史化的阐释模式有关，也就是汉儒解诗的方式，《毛诗》将诗篇置于具体的历史语境中，将其与具体事件或人物联系在一起阐释其题旨，这种历史化的阐释模式当然是为了强调诗政治教化的功能。但在为《诗》提供一个具体背景的同时，也将《诗》的创作追溯到作诗者本身，《诗大序》说诗是个体情感的自然表达。基于《诗》原本的功能，个体表达也在某种程度上获得了公共意义，这无疑是诗最理想的社会状态。因此，公共性始终是古代诗歌的重要特征之一。即使在文学从文化系统中独立，诗成为纯粹的个体表达之后，公共性仍是诗歌重要的价值取向，也是个体获得不朽的重要途径，即直接参与集体记忆，或者说直接写入集体记忆。文字提供的保障看起来更加直接和简单，只要以文字写就的诗篇就有传之后世、获得不朽的可能，即使在当时不为人所知，只要被保存下来，依然有被再次发现、激活的可能。

作为记忆的媒介，诗始终在自然记忆与人工记忆之间、个体记忆与集体记忆之间，这是文学与记忆的交会，也是本研究内在的分析框架。需要说明的是，这里所说的个体记忆不仅指集体记忆或文化记忆视角下的个体记忆，也包含记忆的生物学或者说个体心理学维度。作为记忆的媒介，文学不只是文字的一种呈现形式，文学应用的媒介不仅是文字，还包括声音、图像等，文学运用、激发这些媒介内在的记忆力量，这是其他媒介不具有的，也是文学记忆的力量。

二、外部记忆与内部记忆

外部记忆指文学作为文化记忆的媒介如何记忆外部世界，内部记忆指文学如何延续自身的发展。文学中反复出现的、具有持续性的现象，是文学记忆外部世界，参与集体记忆建构的方式，也是影响文学自身发展的因素。目前的相关研究认为，外部维度主要体现为经典、体裁记忆以及互文性等。事实上所有外部维度都会对文学内部的发展产生影响。因此，就本研究而言，外部与内部也作为考察诗学现象的框架，与上部分的人工记忆与自然记忆，个体记忆与集体记忆一起共同构成分析框架。

在仪式一致性向文本一致性过渡的过程中，文本真正具有的传承意义不在于其记录功能，而在于"具有规范性和定型作用的文本逐渐形成。它们并不是转写口头流传的作品，而是伴随文字而来的精神活动促成的结果"①。经典具有规范性、权威性和约束性。"一成不变的文本与不断变更的现实之间不可避免地存在距离，这种差距只能借助解释来加以弥补。如此一来，解释变成了保持文化一致性和文化身份的核心原则。"② 因此，文本传统中，经典及其阐释是文化和社会延续的重要支撑。教育机构和考试制度也是经典的重要保障。在世界各文明的早期文化经典中都能看到文学经典，很大程度上是因为，在知识分化尚不明确的时代，文学或者说修辞性想象是个体和集体认知、把握自我和外部世界，诠释生活的重要方式。更为重要的是，即使在知识和学科分化以后，当文学成为一种独立、专业的审美范畴，集体记忆或文化观念也常常依赖文学"修辞"实现，因为，作为语言的艺术，文学不仅是语言的编码，也是对世界和生活的编码。早期经典中的文学经典首先是文化经典，随着人类实践活动的日益复杂和分化，各个领域都会形成大大小小的经典，经典是确定某一领域独立性的基础。这些经典在文化记忆框架中形成，处于文化经典的下位，但它们与文化经典之间的边界并非牢不可破，文学经典可能成为文化经典，即使不成为文化经典，文学也是维持文化延续性、建构身份认同的重镇。成为文化经典就是进入了一个更加稳定的系统。这些经典基本不可能动摇基础性文化经典，更多情况下，这些经典只是突破了原有领域，对文化体系内其他领域产生影响。在文本传统中，成为经典无疑是抵抗文字脆弱性、记忆容量逐渐饱和和文字神圣性逐渐消退最有效

---

① ［德］扬·阿斯曼：《文化记忆：早期高级文化中的文字、回忆和政治身份》，金寿福、黄晓晨译，北京大学出版社2015年版，第90页。
② ［德］扬·阿斯曼：《文化记忆：早期高级文化中的文字、回忆和政治身份》，金寿福、黄晓晨译，北京大学出版社2015年版，第95页。

的方式，这对个体而言，具有极大的诱惑性。能否成为经典，个体的作用是渺小的，仅经典所需要的时间沉淀就是个体无法左右的。经典确认需要一定的时间，如希尔斯说传统的形成，无论长短，至少需要三代人的两次延传。① 哈罗德·布鲁姆也说"对经典性的预言需要作家死后两代人左右才能够被证实。"② 如果个人希望能有所作为，最好的方法是依据经典的形成机制进行操作。文学经典是筛选的结果，背后是一整套选择机制。无论文化还是文学都有基本的筛选标准，但都绕不开当下视角和权力语境。经典一旦形成，通过规范性为它们自身建构自我维护和更新的框架和语境，其中蕴含的评价和筛选标准，影响甚至规约着对后来文学作品的评价和阐释。经典本身就蕴含着延续性和一致性。经典从遥远的时空走向我们，是陌生的，但我们也生活在它建构的文化中，经典不能轻易变动，但可以随时转化为当下感受。经典永远在场，这是经典的记忆力量，也是经典实现记忆功能的方式。

"集体记忆的意义（在不同的历史和文化的状况下是可变的）和内容总是通过（同样处于变化中的）记忆的种类而形成和传递"③。体裁是文学形成和传递集体记忆的方式之一。阿斯特莉特·埃尔认为"在很多方面，我们都可以将文学体裁理解为约定俗成的记忆场所，它们对于文学、个体和文化记忆都有着非常重大的意义并且是这三大记忆层面连接和交换的控制中心"④。在文学记忆层面，体裁是记忆过程的产物，或者说，体裁"不断重复的现实化过程本身就是一种记忆的过程。这一过程体现在作者和读者两个方面"⑤。文学体裁不仅在文学框架中形成，很大程度上与社会和文化需求有关，体裁

---

① ［美］E. 希尔斯：《论传统》，傅铿、吕乐译，上海人民出版社1991年版，第20页。
② ［美］哈罗德·布鲁姆：《西方正典》，江宁康译，译林出版社2005年版，第412页。
③ ［德］阿斯特莉特·埃尔、冯亚琳主编：《文化记忆理论读本》，余传玲等译，北京大学出版社2012年版，第218页。
④ ［德］阿斯特莉特·埃尔、冯亚琳主编：《文化记忆理论读本》，余传玲等译，北京大学出版社2012年版，第216页。
⑤ 冯亚琳：《德语文学中的文化记忆与民族价值观》，中国社会科学出版社2013年版，第96页。

及其特点也就是社会共同知识，是个体都会掌握的。某种程度上，体裁也是一个框架或回忆空间，个体，无论读者还作者，在这一空间交流互动，不仅是读者与作者的互动，还有读者与读者的互动，作者与以往模式的互动。具体而言，作者"在创作过程中对某一种体裁的选择不仅意味着对这一体裁基本特征的认可"，"也意味着他必须面对这一体裁中所积累（记忆）的一切文化和审美因素"①。对于读者而言，关于文学体裁的知识构成了期待视野，帮助阅读理解，不仅理解作者的意图，还要理解体裁所承载的社会、文化内涵，这也是读者的社会化过程。在个体记忆层面，体裁对建构和阐释人生经验有重要作用。文学作品首先是个体记忆，体裁是组织个体记忆的重要方式，"能形成个体记忆并在交际记忆的框架内对建构和传递生活经验也起了很大的作用"②。

---

① 冯亚琳：《德语文学中的文化记忆与民族价值观》，中国社会科学出版社2013年版，第96页。
② ［德］阿斯特莉特·埃尔、冯亚琳主编：《文化记忆理论读本》，余传玲等译，北京大学出版社2012年版，第217页。

第二章 记忆的媒介

第一节 文字与图像

一、文字与图像内在的记忆力量

图像作为记忆的媒介早于文字,考古发现证明,文字发明前,图像在原始人生活中发挥着重要作用,当时的人们通过图像表达和传递对世界的认识与信仰。文字的发明极大地推进了语言的发展,有别于口语,文字和图像一样具有物理形态,却以其无可比拟的抽象性和反身性在逐渐成为记忆媒介的同时亦成为思维的载体,进而不仅记录外部世界还记忆人的内心世界,甚至"曾经被阐释为思想的直接的溢出"①。而图像作为记忆的媒介只能是文字的补充。

> 人好观图画者,图上所画,古之列人也。见列人之面,孰与观其言行?置之空壁,形容具存,人不激劝者,不见言行也。古贤之遗文,竹

---

① [德] 阿莱达·阿斯曼:《回忆空间:文化记忆的形式和变迁》,潘璐译,北京大学出版社2016年版,第247页。

帛之所载粲然，岂徒墙壁之画哉？空器在厨，金银涂饰，其中无物益于饥，人不顾也；肴膳甘醢，土釜之盛，入者乡之。古贤文之美善可甘，非徒器中之物也，读观有益，非徒膳食有补充也。故器空无实，饥者不顾；胸虚无怀，朝廷不御也。①

王充这段话首先基于对语言文字的信仰，即了解古之贤人应通过"遗文"，而不是其形象，与文字相比，图画无异于厨房里的"空器"，虚空无用。可见，王充已经意识到图像的虚指性。图像的虚指性指的是图像符号的意指功能建立在相似性原则的基础之上，而"语言符号能指和所指的联系是'任意的'、约定俗成的"，"能指和所指的'任意性'联系为语言提供了充分自由，从而使精准的意指成为可能；'相似性'原则意味着图像必须以原型为参照，并被严格限定在视觉的维度，从而先验地决定了它的隐喻本质。"② 也就是说，图像和文字虽然都在物理形态上保存了古之贤人，但图像如何逼真都不可能等同于原型，也不可能召唤原型出场，而语言因为精准意指，使后来人可以透过文字符号理解前人。

作为记忆的媒介，相比于仪式活动的其他要素，如音乐、舞蹈等，文字和图像更易保存。但文字和图像也有其脆弱性，一方面，它们也要依赖于物质载体；另一方面，随着书写技术和印刷术的发展，书面文本激增，文字文本和图像文本的保存必然要经过筛选。对文字来说，正如先秦典籍"遭秦而全者，以其讽诵，不独在竹帛故也"③，仅靠人的记忆就可以保存，也就是说，当我们说记住文字时，只要说出或写出就算完成，无论声调和字体如何；但图像则不然，要说完全记住，包括线条、色彩等，几乎是不可能的，即使同一个人描摹同一图像，两次也不可能完全一致。对艺术品而言，复制毫无

---

① 黄晖：《论衡校释》，中华书局1990年版，第596—597页。
② 赵宪章：《语图符号的实指和虚指——文学与图像关系新论》，载《文学评论》2012年第2期。
③ 班固：《汉书》，中华书局1962年版，第1708页。

意义，因此，绘画、雕塑等虽有物质载体，相对于文字文本依然非常脆弱。

那么，图像内在的记忆力量来自哪里，或者说通过图像可以回到过去吗？图像内在的记忆力量来自其在场性或视觉直观性。"图像的直观性却把自己装扮成永远的在场，尽管它的言说者和意指对象一般都不在场。"① 也就是通常所说的逼真。阿莱达·阿斯曼引述巴赫奥芬的话："通向每个认识都有两条道路，一条是较远的、较缓慢的、较吃力的理解的集合；另一条是较短的，用闪电般的力量和速度走过的，是想象的道路，这些想象在看到或者直接接触古老的残留物的时候被激发，不需要中间环节，就像被电击一样一下子就把握了真理。"她认为："两种道路与流传的两种模式和两种记忆媒介相联系：直接的冥忆，在图像的接触或者图像的毗连（Kontiguität der Bilder）中起作用，以及间接的传统，即建立在文本的连续性（Kontinuität der Texte）上的传统。流传的一种形式越是衰落，另一种形式就越会获得更大的重要性。"② 在某种程度上可以说，文字趋向于集体记忆，而图像趋向于个体记忆，特别是当文字成为最主要的记忆媒介时。很多经验在记忆中都是以图像或画面的形式保存，回忆时往往直接想起某个画面，就这一点而言，图像似乎具有更强的记忆力量，或者说比语言文字更自然、与人更亲密，"图像首先出现在记忆中无法用语言来加工的地方"③。所以，图像有时给人以可以绕过语言直达所指的感觉，而记忆和回忆一旦说出来就进入了语言或者说叙事。在场和直观与直接经验相关，而直接经验甚少被保存，只有进入我们的意识中被思维经验，也就是被记忆加工过的经验才能保存在记忆中。当然，直接经验也可能沉入人的潜意识中。因此，以画面方式保存在记忆中的往往是给人以强烈印象或刺激的经验，这也是西方记忆术的基础。

---

① 赵宪章：《语图符号的实指和虚指——文学与图像关系新论》，载《文学评论》2012年第2期。
② [德] 阿莱达·阿斯曼：《回忆空间：文化记忆的形式和变迁》，潘璐译，北京大学出版社2016年版，第253页。
③ [德] 阿莱达·阿斯曼：《回忆空间：文化记忆的形式和变迁》，潘璐译，北京大学出版社2016年版，第247页。

文学传统中，文字不仅逐渐成为诗歌创作的主要媒介，也是阅读的主要媒介。脱离即时语境的文字在时间和空间上赋予读者更大的理解自由，从而以更深沉的方式刻印到人的心灵和文化中。但文字文本剥夺了作者与读者面对面交流的共时关系，就诗歌的表现力而言，这种共时关系提供了理解的背景和氛围。仪式是集聚、融合了诗歌、音乐、舞蹈甚至戏剧的萌芽等各种艺术实践的象征体系，这些元素共同作用可以极大地调动在场参与者的情绪。在与音乐、舞蹈、戏剧等分离之后，诗歌努力探索文字的在场性或仪式性，除了音乐性这一文字固有的特征之外，对画面感的追求无疑是最主要的。文字与图像"这两种媒介的不可比较性是与相互的不可翻译性相联系的，但又带着相互翻译的强烈诉求为特点，它们的生理学机制分别处于处理语言和处理图像的脑半球中。这种双重媒介性和交互媒介性的结构是个人记忆以及文化记忆的复杂性和生产力的重要原因，这两种记忆都不停地在意识和无意识的层面之间穿梭运动"①。在我们透过语言认识世界与自我、思考、记忆的过程中，图像或者说形象始终存在，如果下沉到个体心灵和文化传统"更深的层次中"，可以看到图像，"它们与记忆的印记力更为接近，与历史的阐释力相距遥远"②。

二、诗与画

诗之追求画面感或在场性，不始于山水诗，《诗经》《古诗十九首》皆有"叙事如画"的特点；画中出现自然山水也不始于山水画，在山水画中，山水一度作为人物画的背景。当山水成为审美对象时，诗与画才真正开始走向融通。就绘画而言，相对于人物、事物，山水是广袤、无限、变化的，如何在方寸之间展现无限的山水是首要的问题。但恰恰因为其无限与变化，从某种程度上取消了"原型"，从而大大削弱了图像的虚指性，将图像从逼真中

---

① ［德］阿莱达·阿斯曼：《回忆空间：文化记忆的形式和变迁》，潘璐译，北京大学出版社2016年版，第247页。
② ［德］阿莱达·阿斯曼：《回忆空间：文化记忆的形式和变迁》，潘璐译，北京大学出版社2016年版，第256页。

解放出来，给予画家更大的创作自由。更为重要的是将绘画从视觉中解放出来，超越感官，直接与精神活动相联。在早期山水画家那里，将无限山水纳于方寸之间并非难事，因为，彼时，山水画与其说是诉诸视觉的审美活动，不如说是"观道""畅神"的途径。

且夫昆仑之大，瞳子之小，迫目以寸，则其形莫睹，迥以数里，则可围于寸眸。诚由去之稍阔，则其见弥小。今张绡素以远暎，则昆阆之形可围于方寸之内。竖划三寸，当千仞之高；横墨数尺，体百里之迥。是以观画图者，徒患类之不巧，不以制小而累其似，此自然之势。如是则嵩华之秀，玄牝之灵，皆可得之于一图矣。夫以应目会心为理者，类之成巧，则目亦同应，心亦俱会。应会感神，神超理得，虽复虚求幽岩，何以加焉？①

宗炳不仅认为绘画可以再现真实的自然山水，甚至可以取代现实，只要能从画中获得山水之"神"，通过观看绘画就可以获得精神的超越。然而，张彦远对当时画作的评价与宗炳所述有很大的反差："魏晋之降，名迹在人间者，皆见之矣。其画山水，则群峰之势，若钿饰犀栉，或水不容泛，或人大于山，率皆附以树石，映带其地，列植之状，则若伸臂布指。"② 当时的绘画技巧较之后来山水画成熟时期自然比较原始、稚嫩，但并不能说宗炳是在夸大其辞，因为他作画是因为"老之将至。愧不能凝气怡身，伤跕石门之流，于是画象布色，构兹云岭"③，也就是所谓的"卧游"。画中之景都曾亲历，所以画作可能具有"游后感"的性质，因此在观画时能够达成某种心理

---

① 俞剑华：《中国历代画论大观（第一编 先秦至五代画论）》，江苏凤凰美术出版社2015年版，第45页。
② 何志明等：《唐五代画论》，湖南美术出版社1997年版，第162页。
③ 俞剑华：《中国历代画论大观（第一编 先秦至五代画论）》，江苏凤凰美术出版社2015年版，第45页。

上的暗合。当然，想象起了很大作用，事实上，无论观看画作还是真实山水，审美过程都伴随着想象。如果考虑山水画产生的道教与佛教背景，则想象的成分可能更大。况且，想象本身即与视觉密切相关。同时需要注意的是，将自然山水以图像的形式保存，这种行为背后隐含着"占有"的意味，这一意味在山水诗中可能并不明显，但在同一时期最为重要的、也是公认的第一位真正意义上的山水诗人谢灵运的诗中可以看到对自然山水强烈的占有欲望。这是文字与图像的不同之处，图像的在场性更易让人有真实的获得感，观看本身即含有占有的意味，就像我们恋慕一个人，会珍藏他或她的画像一样。

通过山水画，宗炳提供或者说建构了一种观照山水的模式，在这一模式中，作画与观画成为超越纯粹感官的精神活动。更为重要的是，伴随着这种精神活动，一种趋势开始形成，即画中所绘山水更多的是理想中的山水，这并不是要取消真实性，而是要遗形得神。随着技巧的发展，绘画展现或追求的也不是日益趋向真实的山水，而是理想中的山水。当然，这也可能因为从一开始，人们就认识到山水之无限，而这也正是其魅力所在。

相对于山水画的稚嫩甚至笨拙，谢灵运的山水诗则可以从容展现优美的画面，如"步出西城门，遥望城西岑。连鄣叠巘崿，青翠杳深沉。晓霜枫叶丹，夕曛岚气阴。"（《晚出西射堂》）山峦连绵起伏，暮霭中的山色与枫叶构成了一幅优美的秋意图。"时竟夕澄霁，云归日西驰。密林含余清，远峰隐半规。"（《游南亭》）写黄昏雨后，密林中水汽氤氲，远山在雾气中隐现，同样构成精致、典雅的画面。在稍晚一点的诗歌中开始出现"风景如画"的观念：

> 分空临漰雾，披远望沧流。八桂暧如画，三桑眇若浮。烟极希丹水，月远望青丘。（沈约《秋晨羁怨望海思归诗》）

> 枫林暧似画，沙岸净如扫。空笼望悬石，回斜见危岛。绿草闲游蜂，青荇集轻鸨。徘徊洞初月，浸淫渍春潦。非愿岁物华，徒用风光好。

（王僧儒《至牛渚忆魏少英诗》）

巫山高不穷，迥出荆门中。滩声下溅石，猿鸣上逐风。树杂山如画，林暗涧疑空。无因谢神女，一为出房栊。（萧绎《巫山高》）

在沈约与王僧儒的诗中，桂树与枫林因为朦胧形成一个平面，而朦胧是海雾和远望的结果，王诗还有由时间带来的明暗变化，平面因为远近、明暗具有了层次感或空间感，"树杂山如画"则是通过树的大小相间或色彩丰富构成层次感。谢诗同样通过遥望、色彩、山岚水雾等构成画面感。这些画面感与其说来自绘画的视角和技巧，不如说是诗人以图像的方式把握自然山水或自然山水在诗人心中映像的外显。联系当时的绘画技巧，应该说，诗与画在共同寻求展现山水的视角与方法。语言本身具有可视性，就文学而言，语言的可视性主要体现在两个方面：用语言描摹现实；直接运用视觉意象或心理图像建构语言与现实的关系。刻画景致，描摹物像，必然需要或者说出现画面，也就是刘勰所说的"写物图貌，蔚似雕画"。并不是说此时"风景如画"的观念中完全没有画的参与，只不过并不是来自山水画。

浅见洋二认为"风景如画"之"画"可以分为装饰绘画和描写绘画，装饰绘画"侧重于通过色彩、线条等要素的组合而织成的'文'的装饰性所带来的装饰效果（ornamentation）"[①]，而描写绘画"以指示、再现事物的映像即'写真'为主要目的"[②]。在他看来，"树杂山如画"以及初唐宗楚客《奉和幸安乐公主山庄应制》的"日映层岩画图色"、宋之问《初至崖口》的"锦缋织苔藓，丹青画松石"、李峤《山》的"古壁丹青色，新花绮绣色"等诗句，"主要以着眼于自然景色装饰性的形式表现了'如画'的观念"。而

---

① ［日］浅见洋二：《距离与想象——中国诗学的唐宋转型》，金程宇、冈田千惠译，上海古籍出版社2005年版，第184页。
② ［日］浅见洋二：《距离与想象——中国诗学的唐宋转型》，金程宇、冈田千惠译，上海古籍出版社2005年版，第50页。

将自然比作装饰画的看法,"可以追溯到相当久远的时期"①。他还据此分析王维诗"着壁成绘"与"诗中有画"的评价,认为将王维诗比作"着壁成绘"的做法,"继承的是六朝时期'蔚似雕画'、'雕缋满眼'等话中出现的诗画同质论,将诗比作一种装饰绘画来把握的诗学观念体系。"②"与苏轼及其后文人所说'诗中有画'时'画'不同。"③这无疑是极具洞见的看法,当然很大程度上是因为当时山水画的技巧还不发达,在视觉活动中自然会依靠或者说寻求已有的绘画模式。因此,唐诗中很多"如画"观念仍然延续以上所述六朝时的技巧和方法,同时和绘画一起探索观照、表现山水的视角与技巧:

> 岸傍花柳看胜画,浦上楼台问是仙。(张九龄《奉和圣制龙池篇》)
> 江城如画里,山晓望晴空。(李白《秋登宣城谢朓北楼》)
> 晓峰如画碧参差,藤影风摇拂槛垂。(李白《别匡山》)
> 绮陌尘香曙色分,碧山如画又逢君。(杨巨源《酬于驸马二首》其一)
> 湖上春来似画图,乱峰围绕水平铺。(白居易《春题湖上》)
> 夹岸垂杨三百里,只应图画最相宜。(杜牧《隋堤柳》)

中晚唐诗中开始出现画对诗的影响或者说建构:

> 忆昔咸阳都市合,山水之图张卖时。巫峡曾经宝屏见,楚宫犹对碧峰疑。(杜甫《夔州歌十绝句》其八)
>
> 云横峭壁水平铺,渡口人家日欲晡。却忆往年看粉本,始知名画有

---

① [日]浅见洋二:《距离与想象——中国诗学的唐宋转型》,金程宇、冈田千惠译,上海古籍出版社2005年版,第51页。
② [日]浅见洋二:《距离与想象——中国诗学的唐宋转型》,金程宇、冈田千惠译,上海古籍出版社2005年版,第189页。
③ [日]浅见洋二:《距离与想象——中国诗学的唐宋转型》,金程宇、冈田千惠译,上海古籍出版社2005年版,第184页。

工夫。(韩偓《商山道中》)

杜甫所见夔州之景和韩偓所见商山之景在亲到之前,都在画中见过,也就是说当诗人面对景物时,观看画作留下的印象必然产生影响。同时画作不仅作为视觉记忆,在选材造境方面开始对诗歌产生影响,援诗入画也开始出现,郑谷有《雪中偶题》:"乱飘僧舍茶烟湿,密洒歌楼酒力微。江上晚来堪画处,渔人披得一蓑归。"时人"段赞善小笔精微,忽为图画",郑谷作诗谢之:"赞善贤相后,家藏名画多。留心于绘素,得事在烟波。属兴同吟咏,成功更琢磨。爱予风雪句,幽绝写渔蓑。"①

如果说,多数时候唐诗中的画面与绘画作品还有一定的距离,那么,应如何看待王维"诗中有画"的艺术特点?苏轼对王维诗画提出"诗中有画"评价时引用王维的《山中》诗:"蓝溪白石出,玉川红叶稀。山路元无雨,空翠湿人衣。"这首诗的前一联通过色彩建构画面,与以上所论并无差别,常常引发争论的是后一联,明人张岱就对此提出质疑:"'蓝田白石出,玉川红叶稀'尚可入画;'山路原无雨,空翠湿人衣'则如何入画?"② 后一联无论描绘怎样的状态、传达怎样的感觉都和颜色也就是"空翠"密不可分,如果说其中运用或隐含了绘画技巧,主要体现为颜色。王维还有类似的诗:"坐看苍苔色,欲上人衣来。"(《书事》)"声喧乱石中,色静深松里。"(《清溪》)色彩不仅是绘画最基本的要素,也是区别于语言艺术的特征,不是说语言无法表现色彩,但总绕不过视觉。作为成功的诗人和画家,在诗与画的创作实践中,也许王维体会到的更多的是差异。然而,当我们说两种媒介或艺术形式相互借鉴时,不正是应该从彼此的差异出发吗?这可能也是王维没有在诗中明确表达"如画"观念的原因。

诗画同构是有宋一代文人艺术活动的主要兴趣之一。诗句成为画家构思

---

① 彭定求:《全唐诗》,中华书局1960年版,第7725页。
② 张岱:《琅嬛文集》,岳麓书社1985年版,第152页。

和激发画意的训练方式,如郭熙认为,唐诗有"发于佳思,而可画者":"女几山头春雪消,路旁仙杏发柔条。心期欲去知何日,惆望回车下野桥。"(羊士谔《望女几山》)"独访山家歇还涉,茅屋斜连隔松叶。主人闻语未开门,绕篱野菜飞黄蝶。"(长孙左辅《寻山家》)① 诗句还成为画院考试的题目。苏轼的《李思训画长江绝岛图》可以直接视为山水诗。黄庭坚在《次韵子瞻、子由题憩寂图二首其一》中说他的友人用绘画表达诗情:"李侯有句不肯吐,淡墨写出无声诗。""无声诗"就是画,"诗是无形画,画是有形诗"的表达在宋代文坛画苑都是流行语。这一切有赖于绘画技巧的不断发展。沈括提出"以大观小"的方法,不仅超越固定视角,而且超越视觉,以心灵观照山水宇宙,这种方法自有其俯仰往还的哲学基础,也与诗歌传统中"天地入胸臆,呼嗟生风雷。文章得其微,物象由我裁"(孟郊《赠郑夫子鲂》)的气势不无关联。画家要展示的是全景式山水,"凡经营下笔必合天地。何谓天地?谓如一尺半幅纸上,上留天之地位,下留地之地位,中间方立意定景"②。这样的画作当然不可能是真实的自然山水,却不能不说比我们看到的山水更加完美。完全复制真实世界任何媒介都无法做到,所谓"千里之山不能尽奇,万里之水岂能尽秀?"③ 技巧的探索无非是为了展现让观者在心理上觉得真实的画面。这就要在元素的选择、描绘和布局等方面下功夫。"台榭"是诗中常见意象,"何处生春早,春生池榭中。"(元稹《生春二十首》其十二)"春榭笼烟暖,秋庭锁月寒。"(白居易《题洛中宅第》)"过雨郊原浑积翠,送春亭榭尚余红。"(吕陶《晚倚南楼》)"北榭风轻爽醉襟,天涯摇落对登临。"(宋祁《城西晚眺》)在顾恺之看来:"台榭一定器耳,难成而易

---

① 俞剑华:《中国历代画论大观(第二编 宋代画论)》,江苏凤凰美术出版社2016年版,第54—55页。
② 俞剑华:《中国历代画论大观(第二编 宋代画论)》,江苏凤凰美术出版社2016年版,第55页。
③ 俞剑华:《中国历代画论大观(第二编 宋代画论)》,江苏凤凰美术出版社2016年版,第49页。

好,不待迁想妙得也。"① 到了郭熙这里已经成为山水,确切地说是山水画构图的一部分:"山以水为血脉,以草木为毛发,以烟云为神彩;故山得水而活,得草木而华,得烟云而秀媚。水以山为面,以亭榭为眉目,以渔钓为精神;故水得山而媚,得亭榭而明快,得渔钓而旷落,此山水之布置也。"② 显然,画面布局是对在长时间观察中形成的影像的叠加乃至重组。画面呈现的也不是某一特定时刻的景象,因为"真山水之烟岚,四时不同:春山澹冶而如笑,夏山苍翠而欲滴,秋山明净而如妆,冬山惨淡而如睡"③,为了克服绘画作为空间艺术的不足,画家会在不同时间观察自然山水。

总之,画家力求从山水的本质、共性和寄情山水的审美需求出发,选材造境,以此引起观者的共鸣,可以说宋代山水画呈现的山水是理想化的山水。如贡布里希所说:"中国艺术家今天仍然作为山峰、树木或花朵的'制造者'。他能把它们想象出来,因为他知道了它们存在的秘密,但是,这样做是要记录并唤起一种心境,而这种心境深深地根植于中国关于宇宙本质的观念之中。"④ 从共性出发不可避免地隐含着程式化的危险,这也是经典模式无法避免的,除非新的经典形成。事实上,宋代以降,山水诗与山水画都在努力抵御这种倾向。而程式化又容易导致简单化、表面化,苏轼已经意识到这种风险:

> 余尝论画,以为人禽宫室器用皆有常形。至于山石竹木,水波烟云,虽无常形,而有常理。常形之失,人皆知之。常理之不当,虽晓画者有

---

① 俞剑华:《中国历代画论大观(第一编 先秦至五代画论)》,江苏凤凰美术出版社2015年版,第32页。
② 俞剑华:《中国历代画论大观(第二编 宋代画论)》,江苏凤凰美术出版社2016年版,第51页。
③ 俞剑华:《中国历代画论大观(第二编 宋代画论)》,江苏凤凰美术出版社2016年版,第44页。
④ [英]E. H. 贡布里希:《艺术与错觉——图画再现的心理学研究》,杨成凯等译,广西美术出版社2012年版,第133页。

不知。故凡可以欺世而取名者，必托于无常形者也。虽然，常形之失，止于所失，而不能病其全，若常理之不当，则举废之矣。以其形之无常，是以其理不可不谨也。世之工人，或能曲尽其形，而至于其理，非高人逸才不能辨。与可之于竹石枯木，真可谓得其理者矣。如是而生，如是而死，如是而挛拳瘠蹙，如是而条达畅茂根茎节叶，牙角脉缕，千变万化，未始相袭，而各当其处。合于天造，厌于人意。盖达士之所寓也欤。①

这是山水画成熟之后才会出现的问题，可见山水画已经在当时士人生活中扮演重要角色。程式化使得绘画变得更加简单，而随意之作因为山水本身没有客观标准而无法判断其好坏，从而易使毫无内涵的作品鱼目混珠。山水的无限与变化自然无法改变，但苏轼指出，山水之所以成为审美对象是因为其中蕴含的精神可以让人寄托情感、安顿心灵，这是山水画之"常理"。获得"常理"，要像文与可那样身与竹化，把握竹的生命规律，而这又需要保持超越尘俗的虚静之心，因此只有高人逸才才能做到，这无疑与宗炳一脉相承。技巧的高度成熟并没有使山水画朝着更为写实的方向发展，而是力图展现或建构理想中的山水或者说诗意的山水，这是诗画交融互渗的结果。

对理想中山水的描绘反过来又建构了观照自然山水的视角，理想中的山水图像本来就贴近人的内心需求，如前所述，图像的在场性让观者有"占有"或拥有自然的感觉，最让人有占有感的莫过于园林。人工园林将自然山水的气象万千纳于咫尺之间，而园林的建造有着非常明显的绘画视角，透过不同的视角，可以看到不同的画面，而这些都将成为诗的题材。"池"是园林中一个有意味的视角，白居易被贬江州时，在官舍中开凿一个小池，作《官舍内新凿小池》记之。

帘下开小池，盈盈水方积。中底铺白沙，四隅甃青石。勿言不深广，

---

① 《苏轼文集》，中华书局1986年版，第367页。

但取幽人适。泛滟微雨朝,泓澄明月夕。岂无大江水,波浪连天白。未如床席间,方丈深盈尺。清浅可狎弄,昏烦聊漱涤。最爱晓暝时,一片秋天碧。

这一方小池在白居易看来可以照见自然的美景,从而将自然山水移入自己的私人小天地。苏轼的《池上二首》可能是对白居易的效仿和追慕。

小池新凿会天雨,一部鼓吹从何来。有蟾正碧乱草色,时汹出没东南隈。井干跳梁亦足乐,洞庭鱼龙何有哉。能歌德声莫入月,清池与尔俱忘回。

不作太白梦日边,还同乐天赋池上。池上新年有荷叶,细雨鱼儿唼轻浪。男儿学易不应举,幽人一友吾得尚。此池便可当长江,欲榜茅斋来荡漾。

文字满足了集体与个体延续性的需求,具有无可比拟的记忆力量,图像则因其虚指性难以在文学文化传统中获得话语权。但当山水成为审美对象,山水本身的无限与变化消解了山水画的图像虚指性,也为创作者提供了广阔的想象空间,通过想象,图像同样可以照见内心。山水画一开始就以超越形似的姿态出现,进一步将其从逼真中解放出来,超越纯粹感官,成为一种精神活动,更为重要的是,逐渐成为士人表达生命体悟、抒写情志的媒介。山水画的在场性以更直观的方式为个体提供安顿生命与心灵的空间。可以说,山水画以直观的也是深沉的方式刻印在个体和集体的记忆中,与山水诗共同构建审美理想和传统。

第二节　意象记忆

意象之于中国诗学乃至文学的重要性似乎怎么强调也不为过,围绕意象的内涵、意象营造以及艺术效果等进行的讨论从未停止,很多重要论题也已被充分讨论,但还有一个重要维度尚未被充分探讨,即记忆的视角。不同时空的人通过意象可以就内心哪怕最幽微的情绪进行对话,意象穿透历史的能力在某种程度上超越文字——意象的载体,迄今为止对人类产生最深远影响的记忆媒介。意象强大的记忆力量使其成为中国文学乃至文化重要的记忆媒介,意象也是古典诗歌独特的记忆方式。

一、意象与记忆

关于意象概念的内涵,袁行霈认为"意象是融入了主观情意的客观物象,或者是借助客观物象表现出来的主观情意"[1]。陈植锷认为:"所谓意象,表现在诗歌中即是一个个语词,它是诗歌艺术的基本单位。意境说侧重于全篇的构思和立意,所谓意境,即指全首诗所创造的艺术形象。具体到一首诗歌的创作来说,意象的叠加产生了意境,意境等于诗中意象的总和。"[2] 蒋寅引入语象概念,将意象定义为"经作者情感和意识加工的由一个或多个语象组成、具有某种意义自足性的语象结构,是构成诗歌文本的组成部分",而"语象是诗歌文本中提示和唤起具体心理表象的文字符号,是构成文本的基本素材。物象是语象的一种,特指由具体名物构成的语象"[3]。语象概念的引入使意象避免陷"意中之象""客观物象"以及指称客观物象的名词之间的混乱,更为重要的是为意象的探讨提供了一个新的路径——(心理)表象。

在心理学中,表象有时也被称为意象(image)或心象(mental imagery),"它是指当前不存在的物体或事件的一种知识表征。意象代表着一定的物体或事件,传递着它们的信息,具有鲜明的感性特征"[4]。"人在头脑中存储信

---

[1] 袁行霈:《中国诗歌艺术研究》,北京大学出版社1987年版,第63页。
[2] 陈植锷:《诗歌意象论:微观诗史初探》,中国社会科学出版社1990年版,第39页。
[3] 蒋寅:《语象 物象 意象 意境》,载《文学评论》2002年第3期。
[4] 彭聃玲、张必隐:《认知心理学》,浙江教育出版社2004年版,第229页。

息的形式,除了概念或命题以外,意象也是一种重要的形式。"① 关于表象的研究主要集中在心理学领域,但也有学者认为表象本身就是一门学科,袁红章在《表象学》一书中力图证明表象是构成人类思维活动的主要材料,他认为"表象是大脑借助感官反映外部事物获得的在质料构成上与外部事物不同,在形貌上与外部事物一致的物质材料。这种物质材料依存于大脑,因大脑的功能作用造成丰富复杂的思维活动,形成人关于各种事物的认识"②。综合以上观点,表象应包含以下特征:表象要依靠人类大脑的生理结构;表象是思维活动的一部分,与概念等其他思维活动都有联系;表象是人们对外部世界的认识,它不是大脑对于外部事物当下的稍纵即逝的印象,可以存储在大脑中成为知识;表象具有感性与具象特征。文学研究中,已有学者在讨论意象问题时涉及表象,陈伯海认为,"表象来自直观经验的积累,当我们将感知活动中所获得的印象储存于大脑,而又在某种境遇的刺激下让它重新浮现出来时,这就成了表象……表象充当感知印象的留影,通常只涉及事物的外观,未必能揭示其内在的意蕴",因此,"表象所提供的具象性只能用为构建意象的原材料"③。吴晓在分析意象概念时也强调表象的意义:"意象来自于表象,意象运动的最后结果或最终目的是创造诗的情境。""表象是人们对客观外物最基本、最初步的感知,它随着人的认识活动的深化而深化……因此大量的丰富的表象储存与积累是意象活动的重要前提,诗人要使自己的意象创造充满活力,就需要积极拥抱世界以积累表象。意象是表象之上的一个概念。"④ 以上论述都是从认知角度探讨表象及其在意象营造过程中的作用,而表象在记忆活动中的作用才是探讨意象问题的关键。

记忆是信息获得、编码、存储与提取的过程。加拿大心理学家 Paivio 提出双重编码理论,即"大脑中存在两个功能独立却又相互联系的认知系统,

---

① 彭聃玲、张必隐:《认知心理学》,浙江教育出版社2004年版,第231页。
② 袁红章:《表象学》,科学技术文献出版社1995年版,第19页。
③ 陈伯海:《意象艺术与唐诗》,上海古籍出版社2015年版,第10—11页。
④ 吴晓:《意象符号与情感空间:诗学新解》,中国社会科学出版社1990年版,第9—10页。

它们分别是语言系统（来自语言经验）和非语言系统（心理表象系统）"①。"表象系统以表象代码贮存关于具体客体和事件的信息，而言语系统以言语代码来贮存言语信息。这两个系统既彼此独立又相互联系。"② 在信息提取时，经过双重编码的信息被提取的机会更大，也就是说，双重编码有助于记忆水平的提高。人们对经验的记忆往往附着或者说凝固在某个客观物象上，特别是那些难以用语言加工编码和日常生活中大量存在的还没来得及进入语言编码系统即流逝的经验，表象具有巨大的存储潜力。古罗马的记忆术正是根据人类记忆的这一特点，将需要记忆的经验、信息与知识"意象化"。心理表象是高度个人化的，它的形成取决于诸如个人心智水平、生活经历、文化环境以及已有认知经验的影响等因素，不同人对同一事物的认识绝少完全相同，但对处于同一社会历史文化环境或传统中的人而言，则可以勾勒一个范围，一般意义上的社会交往正是借此实现。因此，经典意象多来自日常生活中常见的事物，或自古迄今始终存在于我们生存世界中的事物。当然，艺术活动与一般心理活动有一定区别，以月为例，一般情况下，人们对这一自然物象的编码是月亮的一般形态和它对应的语言符号——"月"，而诗人的编码过程更为复杂。就表象而言，月的形象进入诗人头脑形成表象的过程中，常常伴随着诗人对认知对象的深刻体察与主观情感，相应的言语编码也更加精细，不仅是"月"这个语言符号，而且描绘月不同的状态：

"晓月"——晓月发云阳，落日次朱方。（谢灵运《庐陵王墓下作诗》）

"新月"——夜江雾里阔，新月迥中明。（阴铿《五洲夜发诗》）

"孤月"——行到荆门上三峡，莫将孤月对猿愁。（王昌龄《卢溪别人》）

"风月"——风月自清夜，江山非故园。（杜甫《日暮》）

---

① 丁锦红、张钦等：《认知心理学》，中国人民大学出版社2010年版，第186页。
② 丁锦红、张钦等：《认知心理学》，中国人民大学出版社2010年版，第163页。

"缺月"——缺月殊未生，青灯死分翳。（杜甫《宿凿石浦》）

"水月"——山城苍苍夜寂寂，水月逶迤绕城白。（刘禹锡《洞庭秋月行》）

"星月"——夜长人自起，星月满空江。（李益《水宿闻雁》）

"冷月"——华灯闃艰岁，冷月挂空府。（苏轼《次韵刘景文路分上元》）

"霜月"——凄然对江水，霜月不胜凉。（黄景仁《夜泊闻雁》）

对读者来说，意象的获取是由文字符号唤起心理表象的过程，借由心理表象，读者更容易进入诗人营造的意境，获得难以言喻的审美享受。

因为与经验世界的亲密关系，经典意象极有可能突破诗歌系统建构经验世界，即日常生活中人们对意象所指具体事物的认知，也就是说意象在某种程度上获得了"表象性"，这样的意象显然不仅仅是诗歌或文学意象而是文化意象。文化意象具有极强的稳定性和存储能力，其负载的内涵可以跨越时空无数次被激活和释放，并逐渐获得相对稳定的意涵。随着经典意象的反复出现，激活与释放会变得越来越直接和快速，就诗歌而言，当诗人处于某种情境中，相应的意象自然浮现，读者阅读文字符号时，诗人预设的心理表象能精准地被唤起。这是看似完美的交流，也是经典得以存在的重要基础，但审美效果无疑大打折扣，因为意象的审美价值恰恰在于因唤起的心理表象让读者停下脚步，进而体会其中的美感。更为重要的是，经典意象的陈陈相因使诗歌与经验世界渐行渐远。文学经典不同于一般的文化经典，必须始终保持与经验世界的亲密关系，古代的诗人们已经有所意识并开始探索如何激活意象的体验性，重构诗歌与经验世界的亲密关系，这一问题将在第二部分详述。

无论用客观物象表达情思，还是感物吟志，诗歌中意象运用的最初动机已无法复原，但人们很快就发现或者说发明了意象的妙处——比兴传统。"兴"是汉儒解《诗》的重要方法，而要讨论从《诗》编定到汉代这漫长的历史进程中其对文化心理产生的影响,还要回到孔子的诗教主张,即"小子何莫学夫诗?诗可以兴,可以观,可以群,可以怨。迩之事父,远之事君,多识于鸟兽草木之名。"毛毓松认为,"兴"就是"联想力","'兴'是凭借读者的认知能力,根据诗中提供的具体形象,推及政教义理上去的一种'联想力'。这种由此及彼的'联想力',就是孔安国所说的'引譬连类'……是指在学诗、用诗时,根据实际需要,随时能'举其所易明'之诗句或与事理有相似的具体形象作为譬况,并由此推及到有关政治道德的礼义法则上去,这种由此及彼的思维能力和思维方法,也就是'联想力'。所以,'诗可以兴',就是可以引譬连类,可以培养联想力。"① 学诗、用诗的过程是一个培养联想力的过程,这应当是符合孔子原意的,因为联想力固然是人之本能,更是社会历史文化环境影响的结果。就儒家诗教传统而言,联想力的培养当然是如何由具体形象推及政教义理,而到了刘勰那里,认为"兴者,起也",即人之情志的自然感发,这在魏晋南北朝时期是非常普遍的看法。但这并不意味着刘勰和当时的人们认为联想力是纯粹自发的,结合《文心雕龙·神思》篇的论述,刘勰显然认为在"窥意象"之前,联想需要非常完备的基础,并且这一基础已经较汉儒更为宽泛、明确和具体,即知识系统和经验系统。这既是文学创作逐渐走向成熟之后对创作经验的总结,也是越过汉儒对诗教传统的回归,更是意象之生命力源源不竭的动力。

二、意象如何记忆

1. 在象外之象中记忆

哲学系统中"象"的出现是为了弥补语言特别是文字的局限性,老子、庄子和柏拉图都曾质疑文字的异己性,柏拉图更是认为文字会损害人的记忆。哲学之"象"与文学之"象"有一定区别:

---

① 毛毓松:《关于孔子"诗可以兴"的理解》,载《孔子研究》1989 年第 5 期。

《易》之有象，取譬明理也，"所以喻道，而非道也"。求道之能喻而理之能明，初不拘泥于某象，变其象也可；及道之既喻而理之既明，亦不恋着于象，舍象也可。到岸舍筏、见月忽指、获兔而弃筌蹄，胥得意忘言之谓也。词章之拟象比喻则异乎是。诗也者，有象之言，依象以成言；舍象忘言，是无诗矣，变象易言，是别为一诗甚且非诗矣。故《易》之拟象不即，指示意义之符（sign）也；《诗》之比喻不离，体示意义之迹（icon）也。不即者可以取代，不离者勿容更张。①

意象超越文字的记忆力量体现在其所能引发的想象与联想，也就是"象外之象"，"象外之象"完全可以超出作者的预设，并在不断的阐释中无限扩大。随着诗学理论与创作实践的不断发展，对意象所能引发的联想要求越来越高，技巧也越来越复杂。王廷相在《与郭价夫学士论诗书》中指出："言征实则寡余味也，情直致而难动物也，故示以意象，使人思而咀之，感而契之，邈哉深矣！此诗之大致也。"② 他认为，"意象"要解决"言征实则寡余味，情直致而难动物"的问题就要意蕴深远。这里关注的焦点集中到"象"本身，"象"不再是得意的工具，那么，如何在"象"上下功夫才能意蕴深远、情味悠长呢？欧阳修引述梅尧臣的话："诗家虽率意，而造语亦难。若意新语工，得前人所未道者，斯为善也。必能状难写之景如在目前；含不尽之意见于言外，然后为至矣。"③ "状难写之景如在目前"与"含不尽之意见于言外"历来被认为是两个并行的能力或效果，其实二者之间有内在的关联，倘能"状难写之景如在目前"，则"含不尽之意见于言外"便不是难事。王夫之评价王维《使至塞上》时所说的"用景写意，景显意微，作者之极致也"④，就是这个意思，越是着意刻画"象"，其中蕴含的情意就更深远。因

---

① 钱锺书：《管锥编》，中华书局1979年版，第12页。
② 陈良运主编：《中国历代诗学论著选》，百花洲文艺出版社1995年版，第653页。
③ 欧阳修：《六一诗话》，见何文焕辑：《历代诗话》，中华书局1981年版，第267页。
④ 王夫之：《唐诗评选》，见《船山全书》（十四），岳麓书社1996年版，第1003页。

此，文学之象不能"舍""离"。

关于象外之象，司空图的表述最具代表性："戴容州云：'诗家之景，如蓝田日暖，良玉生烟，可望而不可置于眉睫之前也。'象外之象，景外之景，岂容易可谭哉。"① 象外之象虽然不像意象那样有指向具体事物，"可望"却说明其并非是虚幻不可得的，那么"可望"意味着怎样的对象和范围？来看孙联奎对"超以象外，得其环中"的解读："人画山水亭屋，未画山水主人，然知亭屋中之必有主人也。是谓超以象外，得其环中。"② 这个例子生动地说明了读者如何通过虚象与诗人对话，山水亭屋相当于意象，而未画出的山水主人是象外之象，也就是虚象，是读者根据山水亭屋推想出来的。读者的推想是根据自身已有的经验，更重要的是画家通过精心构思与安排营造出山水亭屋的景象将读者一步步引向对山水主人的想象。不是每一首诗都能在阅读的当下引起读者的共鸣，如王廷相所说要"示以意象"，而意象要"透莹"才能"使人思而咀之，感而契之"③，读者与作者的对话在想象中展开，也就是叶燮所说的"呈于象，感于目，会与心"④。

象外之象是诗人和读者共同作用的结果，并且更多地偏向于阅读效果，只有读者体会到意象之外的意蕴，象外之象才能成立。这当然需要具备一定水平的读者，理想读者也就是"知音"是历代诗人的共同愿望。如王士禛在《香祖笔记》中说自己的《江上》诗是"一时伫兴之言"，"知味外味者"才能体会其中的真意⑤。不妨来看一下这首王氏自认的得意之作："萧条秋雨夕，苍茫楚江晦。时见一舟行，濛濛水云外。"前两句描绘了黄昏秋雨中的楚江（长江），秋雨的迷离和黄昏的幽暗使得楚江呈现一种迷茫朦胧的状态，此时，读者的目光没有明确的焦点，后两句中一叶扁舟的出现使读者的目光

---

① 郭绍虞主编：《中国历代文论选》（第二册），上海古籍出版社2001年版，第201页。
② 孙联奎、杨廷芳：《司空图〈诗品〉解说二种》，齐鲁书社1980年版，第12页。
③ 陈良运主编：《中国历代诗学论著选》，百花洲文艺出版社1995年，第652—653页。
④ 叶燮、薛雪等：《原诗·一瓢诗话·说诗晬语》，人民文学出版社1979年版，第31页。
⑤ 王士禛：《香祖笔记》，上海古籍出版社1982年，第24页。

追随行驶的小舟,而小舟却驶向"濛濛水云外",消失在读者的目光中,将读者引入茫然的沉思,视觉焦点将读者的思绪置于半空,读者心中自然会升起更多的弥补需求。诗人想要表达的情绪不十分明确,却传达出丰富的意蕴,读者也许同样无法明确表达他体会到了什么,但审美体验却是切实的,这就是象外之象生成的过程。应该说,对象外之象的追寻真正开启了读者与诗人的对话,因为读者超越了意象本身,也就是苏轼所说的"有如仙翩谢笼樊"。超越意象意味着直接接触到诗人的情感,达成了心与心的交流。《江上》诗通过朦胧的意境引起读者对象外之象的追寻,给人以身临其境感觉的意象同样能引发读者追寻象外之象的欲望。

> 司空图表圣自论其诗,以为得味于味外。"绿树连村暗,黄花入麦稀。"此句最善。又云:"棋声花院静,幡影石坛高。"吾尝游五老峰,入白鹤院,松阴满庭,不见一人,惟闻棋声,然后知此句之工也,但恨其寒俭有僧态。①

"绿树连村暗,黄花入麦稀"出自司空图的《独望》,这首诗没有朦胧模糊的景象而是以绿树、黄花、春草和水禽展现清新明丽的春日美景,至于"棋声花院闭,幡影石坛高"经过苏轼的"亲证"也证明其能使读者有身临其境之感。苏轼所说的"善"与"工"是说司空图的诗句能让读者迅速地进入诗的情境,体味诗人所要传达的情感。也有很多时候,意象本身可能没有蕴涵太多的意义,它们的作用在于引起读者的联想,所谓"味外之味""象外之象"就体现在这里。

读者与诗人对话的媒介不是文字符号与其所指向的具体事物,而是意象在读者心中激发的情感共鸣与联想。象外之象虽然不像诗中意象那样可以以文字的形式保存下来,却比文字符号更具有沟通的效力和记忆的功能。意象

---

① 《苏轼文集》,中华书局1986年版,第2119页。

和它所蕴涵的意义在不断的阅读与体验中传递，这是意象的记忆方式，也是古典诗歌特有的记忆方式。

2. 思维的训练

> 谢太傅寒雪日内集，与儿女讲论文义，俄而雪骤，公欣然曰："白雪纷纷何所似？"兄子胡儿曰："撒盐空中差可拟"，兄女曰："未若柳絮因风起。"公大笑乐。即公大兄无奕女，左将军王凝之妻也。①

谢道韫因为这段记载而获得才女的名号，"咏絮"也成为才女的代称。在更早之前，当孔子说《诗》"多识于鸟兽草木之名"时人们已经开始以诗的视角认识外部世界、建构外部世界。如果说谢道韫的例子还是一种优雅的游戏式的训练，那么诗格和类书则在帮助人们学习如何营造意象的过程中规范了意象的使用，进而建构诗人和读者对外部世界的认识。

> 天地、日月、夫妇，君臣也，明暗以体判用。钟声，国中用武，变此正声也。石磬，贤人声价变，忠臣欲死矣。②
> 日午、春日，比圣明也。残阳、落日，比乱国也。昼，比明时也。夜，比暗时也。春风、和风、雨露，比君恩也。朔风、霜霰，比君失德也。秋风、秋霜，比肃杀也。雷电，比威令也。③

意象是外部世界的对象化，诗中的意象构建了一个庞大的符号系统，特别是随着诗歌创作实践和技巧的成熟以及已有意象的陈熟，外部世界几乎无

---

① 徐震堮：《世说新语校笺》，中华书局1984年版，第72页。
② 旧题贾岛：《二南密旨》，见张伯伟：《全唐五代诗格汇考》，江苏古籍出版社2002年版，第379页。
③ 虚中：《流类手鉴》，见张伯伟：《全唐五代诗格汇考》，江苏古籍出版社2002年版，第418—419页。

一不可成为意象,所以袁枚才有"物理人情,无有不被古人说过者"的感觉。李白的《古朗月行》虽然摹仿儿童的天真烂漫之语言,却处处流露出月亮这一意象被建构的痕迹。意象的这种发展是唐人努力营造意象的必然结果,唐人作诗:"凡作诗之人,皆自抄古今诗语精妙之处,名为随身卷子,以防苦思。作文兴若不来,即须看随身卷子,以发兴也。"① 无论诗人还是读者,意象逐渐成为思维定式,不仅是经典意象,一般意象也开始与经验世界渐行渐远,要保持意象的活力,必须重构意象与经验世界的联系。

3. 情境记忆

与经验世界关系亲密的意象往往具有一定的独立性,离开整首诗的语境仍能存在,很大程度上因为其本身就能制造一种语境或情境。如杜牧《初冬夜饮》,全诗表达的是一种客居他乡、前途茫茫的孤寂,而其中的名句"砌下梨花一堆雪",单独来看,应该说无法体现诗人的孤寂之感,反而给人一种明净的美感。又如李贺的"桃花乱落如红雨","红雨"二字即能构成一幅美丽的图景。只看"风暖鸟声碎,日高花影重"这一句也只是春日的美景,而无法表达深宫女性的寂寞。这种现象与摘句批评和古人对佳句的追求不无关联,但能引发人们阅读兴趣进而争相传颂的佳句往往是能够建构语境的意象,所谓"张翰黄花句,风流五百年""何如海日生残夜,一句能令万古传"说的就是这种现象。当然,摘句现象也引来了批评,如刘攽认为:"人多取佳句为句图,特小巧美丽可喜,皆指咏风景,影似百物者尔,不得见雄材远思之人也。"② 张伯伟所说"这个批评并未能击中要害",并举杜甫的"锦江春色来天地,玉垒浮云变古今"和"五更鼓角声悲壮,三峡星河影动摇"来证明"雄才远思也并非不能摘句"③。尽管对诗歌的解读总是受到"知人论世"传统的影响,人们也常常会被不知道是哪位诗人在什么样的情况下创作

---

① 旧题王昌龄:《诗格》,见张伯伟:《全唐五代诗格汇考》,江苏古籍出版社2002年版,第164页。
② 刘攽:《中山诗话》,见何文焕辑:《历代诗话》,中华书局1981年版,第285页。
③ 张伯伟:《中国古代文学批评方法研究》,中华书局2002年版,第343页。

的意象所吸引。意象的独立性是意象体验性的极端体现，也是古典诗歌的独特魅力。

体验性是一个意象是否具有生命力的标志，无法引起读者体验的作品只能给人以浮光掠影的印象而无法真正进入人们的体验更不可能进入人们的记忆。经过唐代，"不少意象的再现写实功能逐渐让位于比喻象征功能"，宋人意识到某些意象的体验性正在逐渐流失，意象"唤起的是愈益直接的现成思路，而不是鲜活的生活感受"①。当意象的象征性逐渐增强，作为记忆的媒介从存储到释放的过程变得更加简单和直接，但审美价值逐渐消失。与一般文化意象不同，如果诗的意象成为纯粹的象征符号，则基本失去了记忆的功能。宋人力图重新激活意象的体验性，常对同一意象的优劣进行细致的分析。

> 诗人有俱指一物而下句不同者，以类观之，方见优劣。王右丞云："遍插茱萸少一人"；朱放云："学他年少插茱萸"；子美云："好把茱萸仔细看"。此三句皆言茱萸，而杜当为优。又如子美云："鱼吹细浪摇歌扇"；李洞云："鱼弄清波影上帘"；韩偓云："池面鱼吹柳絮行"。此三句皆言鱼戏，而韩当为优。又如白公云："梨花一枝春带雨"；李贺云："桃花乱落如红雨"；王勃云："珠帘暮卷西山雨"。此三句皆言雨，而王当为优。学诗者以此求之，思过半矣。②

宋人强调炼字很多时候也是为了使陈熟的意象生动、形象，如《唐子西文录》载：

> 东坡作《病鹤》诗，尝写"三尺长胫瘦躯"，缺其一字，使任德翁辈下之，凡数字。东坡徐出其稿，盖"阁"字也。此字既出，俨然如见病鹤矣。③

---

① 周裕锴：《宋代诗学通论》，巴蜀书社1997年版，第513—514页。
② 陈善：《扪虱新话》，见吴文治：《宋诗话全编》，江苏古籍出版社1998年版，第5559页。
③ 强幼安：《唐子西文录》，见何文焕辑：《历代诗话》，中华书局1981年版，第444页。

在"长胫"和"瘦躯"之间置一搁（阁）字，生动形象地描绘出鹤的病弱无力。陈善《扪虱新话》载："公（王安石）尝读杜荀鹤《雪诗》云：'江湖不见飞禽影，岩谷惟闻折竹声。'改云：'宜作禽飞影，竹折声'。"①"飞禽影"和"折竹声"为偏正结构，读之容易让人忽略修饰成分直奔主题，特别是两个都是常见的意象，心理表象的唤起迅速直接，未及进入诗人营造的意境就已经在读者的脑海中轻轻滑过。改"飞禽影"为"禽飞影"、"折竹声"为"竹折声"，强化"飞"和"折"两个动词使得意象更具动态性，更为重要的是延长了唤起心理表象的时间。看到"禽飞影"三个字首先唤起的心理表象是一个禽鸟的形象，可能没有一个明确的状态，待看"飞"字心中自然会浮现明确的形象，最后才是"影"，"竹折声"是同样的道理。

禁体物诗的创作可能是人为激活意象的体验性所做的极致努力。欧阳修在《雪中会客赋诗》题下自注："时在颍州作，玉、月、梨、梅、练、絮、白、舞、鹅、鹤、银等字皆请勿用。"后来，苏轼也模仿欧阳修的做法，《聚星堂雪》序记："元祐六年十一月一日，祷雨张龙公得小雪，与客会饮聚星堂。忽忆欧阳文忠作守时，雪中约客赋诗，禁体物语，于艰难中特出奇丽，尔来四十余年莫有继者。仆以老门生继公后，虽不足追配先生，而宾客之美殆不减当时，公之二子又适在郡，故辄举前令，各赋一篇，以为汝南故事云。"不用"玉""月"等字不是说雪这个自然物已经无法再生成含蓄蕴藉的意象，而是要避免以往的常套，意象的常套可以"通过表现方法的变更"来避免。"禁体物语这种手段，用意在于使咏物诗在表现中遗貌取神，以虚代实；虽多方刻画，而避免涉及物的外形。它只就物体的意态、气象、氛围、环境等方面着意铺叙、烘托，以唤起读者丰富的联想，从而在他们心目中涌现所咏之物多姿多彩的形象。"②

意象是人们对外部世界的诗意认识与建构，它指向我们生存世界的某物，却告诉我们它要表达的不仅于此。它不会因为生成情境的消失而消失，因为

---

① 陈善：《扪虱新话》，见吴文治：《宋诗话全编》，江苏古籍出版社1998年版，第5569—5570页。
② 程千帆：《被开拓的诗世界》，河北教育出版社2000年版，第80页。

它随时可以建构一个情境。它的每一次被使用都将过去带到当下,每一次被阅读都打开一扇通往过去的门,每一次出现引起的共鸣不一定被记忆,但这种共鸣都将融入生命的节奏。这就是意象,它唤起我们心中已有的心理表象,也建构着它们,它进入个体的记忆,也带领我们融入集体记忆和文化记忆。意象是记忆的载体和媒介,也是诗歌特有的记忆方式。正如林庚先生在分析王昌龄的"秦时明月汉时关"时的精辟论述:"这个'月',这个'关',这个'山',从秦汉一直到唐代,其中积累了多少人们的生活史,它们所能唤起的生活感受的深度与广度,有多么普遍的意义!"[①]

第三节 偶然记忆

一、记忆与原始经验

人们在日常生活中的所有行为都依赖于人类记忆系统的运作,如果记忆系统无法有效运作,我们甚至不知道该如何生活。然而我们的记忆系统却并非完美无缺,只要留意哪怕是非常短暂的时间内自己的行为或周遭的情境,就会发现仍然有大量的经历没有进入我们的记忆,甚至没有进入我们的意识之中。人的经历充满了偶然性,如苏轼的诗"人生到处知何似,应似飞鸿踏雪泥。泥上偶然留指爪,鸿飞那复计东西"。人一生的所有经历构成了原始经验,其中只有很少的一部分进入我们的意识之中被记忆、被思考,被书写的更是少之又少。能否被记忆取决于每个人所处的社会环境、个体的人生境遇与不同阶段、不同层次的需求。多数情况下,人们的需求是功利性的,一片飘零的落叶或一朵随风起舞的飞花也许会唤起我们的某种情感或记忆片段,但如果这种情感与记忆不是刻骨铭心的,并且这刹那的体验也没有被记录,

---

① 林庚:《唐诗综论》,人民文学出版社1987年,第96页。

那这个经历并不一定会进入记忆,即使进入记忆也可能随时消失,当然也可能如弗洛伊德所说只是被"压抑"而不是消失。除了催眠之类的心理学治疗,能够捕捉这些原始经验的常常是各种艺术,音乐、绘画和诗歌等,这些艺术用各自的方法捕捉、编码、存储、呈现或者说展演原始经验。事实上,很多时候原始经验恰恰是灵感的重要来源,而艺术对原始经验的关注也赋予原始经验审美意味。

个体的、未被加工的、没有进入记忆的、甚至没有进入意识的经验无疑是很难对其进行考察的,那么这是否意味着它们无法成为考察的对象或者对它们的考察毫无意义呢?当然不是。按照社会学与社会心理学的观点,个体的经历很多时候保存在其他群体成员的记忆中,"如果我们仔细一点,考察一下我们自己是如何记忆的,我们就肯定会认识到,正是我们的父母、朋友或者其他什么人向我们提及一些事情时,对之的记忆才会最大限度地涌入我们的脑海"①。心理学研究显示,人的记忆不仅包括关于个体亲身经历的情景(节)记忆,还包括关于世界一般知识(如语言的学习与运用)的语义记忆。将以上两个领域的研究结合可以大体描绘出个体记忆的轮廓,并且这种结合凸显了个体记忆的一个特点:个体记忆的常识性。如同世界上没有两片完全相同的树叶一样,没有人的经历是与他人完全相同的,但是大多数人的经历还是存在一定的共性,特别是处于同样社会历史文化环境中的人们,更重要的是他们可以相互理解彼此的经历。人们当然不可能完全知道自己遗失了哪些经历,即使有群体成员的帮助,但人们确实意识到了"遗失"。当阅读文学作品或听某人讲述他的经历时,我们往往会跟随作者或讲述人体验他们的经历,因为那很有可能是我们并未注意、无意遗失或沉入潜意识的经历。"采菊东篱下,悠然见南山"是生活中极平常的一个经历,它属于陶渊明,也可以属于任何人,未必每个人都真有这样的经历,但它在人们可能会有的经验范围内,也就是说,它是一个原始经验,更准确地说是带有原始经验性

---

① [法]莫里斯·哈布瓦赫:《论集体记忆》,毕然、郭金华译,上海人民出版社2002年版,第68页。

质的个体记忆。原始经验的范围涵盖每个人生命时限中的全部经历与实践活动，如此宽广的范围会使它的特征被稀释，既然原始经验具有考察的意义，仍然有必要厘清原始经验的特点。如上所述，在某种意义上，原始经验是一个常识系统，是生活在特定社会文化环境中的人们对自己的经历特别是遗失的经历建构或想象的边界，因此，原始经验经常能引起共鸣，并且人们常常会不自觉地将它移植到自己的经历中。另外，大量流失的原始经验通常是那些熟视无睹的经验。寒来暑往，花开花落，随着时间的流逝，我们自己和所处的外部世界时刻都在发生变化，但这些变化只有在某些特定时刻才会引起人们的关注。文学记忆与原始经验的同质性正是体现在这些方面，无论是"遵四时以叹逝，瞻万物而思纷。悲落叶于劲秋，喜柔条于芳春。心懔懔以怀霜，志眇眇而临云"①，还是"人禀七情，应物斯感"②，都是基于文学创作而言，并不是日常生活中人们随时都有的经验。

艺术家以个人经历的视角记录与保存了日常生活中那些不易被人们关注却易于引起共鸣的原始经验。这里将文学的这种记忆方式称之为"偶然记忆"，所谓"偶然"是指文学作品记录了人们在日常生活"偶然"关注的经验而非偶发事件，这种"偶然"可能成为创作的动机，但并非所有关于原始经验的记录都出于"偶然"的动机。"偶然"很多时候体现为刹那的美感，如"烟销日出不见人，欸乃一声山水绿"（柳宗元《渔翁》），刹那的美感同样是不容易被感知和捕捉的，但"偶然记忆"也不仅仅是对转瞬即逝的短暂经历的记录。可以从陈子昂的一首诗来分析"偶然记忆"的特点。

> 兰若生春夏，芊蔚何青青。幽独空林色，朱蕤冒紫茎。迟迟白日晚，袅袅秋风生。岁华尽摇落，芳意竟何成。（陈子昂《感遇三十八首》其二）

---

① 张少康：《文赋集释》，人民文学出版社2002年版，第20页。
② 范文澜：《文心雕龙注》，人民文学出版社1958年版，第65页。

这首诗写兰若从枝叶繁茂的勃勃生机与独具风姿的卓然秀色到秋风乍起时的凋零，不难看出其中浸透着诗人的身世之感。就时间而言，诗中描写的情景不是一时的经验。诗可能写于花繁叶茂之时，想到秋天来临时的凋零，或者由秋日的萧索联想到春日的茂盛，也有可能作诗之时没有看到花，只是将内心的某种情感投射到自然景物上。无论如何，对于诗人和读者而言，在诗中都体验了花开花落的过程，并在其中体味各自的情绪。体验的过程可能是短暂的，在这个意义上可以说"偶然记忆"具有一种瞬间的美感，但在写下或阅读简短的字句之间获得了关于整个生命的感慨与领悟。这里提到"体验"是因为诗中所呈现的不是单纯的日常经历，如伽达默尔所说："如果某个东西不仅被经历过，而且它的经历存在还获得一种使自身具有继续存在意义的特征，那么这种东西就属于体验。以这种方式成为体验的东西，在艺术表现里就完全获得了一种新的存在状态（Seinsstand）。"① 这正是诗歌能引起人们对生活中熟视无睹的经验的关注的原因。因此，"偶然记忆"是诗人基于对自我与外部世界的深刻体验而捕捉到日常生活不常被人们关注而流失的原始经验，以诗的形式将其记录下来，读者可以从中寻回遗失的经历，事实上，这是诗参与构建个体记忆的方式之一。

二、偶然与自然

诗歌记录人们日常生活中易于流失的原始经验与中国古典诗歌一个核心的审美追求密不可分——自然。一般认为，文论中的自然观来源于道家学说，魏晋时期进入文学批评领域。《文心雕龙》开篇就提到"自然"：

> 心生而言立，言立而文明，自然之道也。旁及万品，动植皆文，龙凤以藻绘呈瑞，虎豹以炳蔚凝姿；云霞雕色，有逾画工之妙；草木贲华，

---

① ［德］汉斯-格奥尔格·迦达默尔：《真理与方法》，洪汉鼎译，上海译文出版社1999年版，第78页。

无待锦匠之奇。夫岂外饰，盖自然耳。①

这里出现的两个"自然"意义不同，"自然之道"显然受到道家理论的影响，赋予自然以"文"的本体地位，即自然是"文"的本原。"夫岂外饰，盖自然耳"的"自然"指"文"的美是自然形成的，也就是《隐秀》篇中所说的"思合而自逢，非研虑之所求……自然会妙，譬卉木之耀英华；润色取美，譬繒帛之染朱绿"②。前一个"自然"奠定了自然在文学中的经典地位，而后一个"自然"则以更加具体的形式在以后的文学创作与批评中产生影响，这种"自然"指的是自我与外部世界自在无为的一种无目的性的存在状态。《诗品》在诗歌领域中也推崇"自然"：

> 至乎吟咏情性，亦何贵于用事？"思君如流水"，既是即目；"高台多悲风"，亦惟所见；"清晨登陇首"，羌无故实；"明月照积雪"，讵出经史？观古今胜语，多非补假，皆由直寻。颜延、谢庄，尤为繁密，于时化之。故大明、泰始中，文章殆同书钞。近任昉、王元长等，词不贵奇，竞须新事。尔来作者，寖以成俗。遂乃句无虚语，语无虚字，拘挛补衲，蠹文已甚。但自然英旨，罕值其人。③

钟嵘还提出创作过程要"自然"，即"直寻"。同时，"自然"也出现在对具体诗人与作品的评价中。如鲍照对谢灵运的评价："延之尝问鲍照，己与灵运优劣，照曰：'谢五言如初发芙蓉，自然可爱；君诗若铺锦列绣，亦雕缋满眼。'"④ 这里的"自然"指的是谢灵运诗作呈现的清新自然、不见人工雕饰的效果。萧纲在《与湘东王书》中说谢灵运的诗"吐言天

---

① 范文澜：《文心雕龙注》，人民文学出版社1958年版，第1页。
② 范文澜：《文心雕龙注》，人民文学出版社1958年版，第632—633页。
③ 曹旭：《诗品集注》，上海古籍出版社1994年版，第174—181页。
④ ［唐］李延寿：《南史》，中华书局1975年版，第881页。

拔，出于自然"① 则是指表达方式的自然。"自然"出现在文学创作与批评的诸多环节中，贯穿文学活动的全部过程，诗情的兴起是自然的，构思的过程是自然的，情感的流露是自然的，创作的过程是自然的，表现的方式是自然的，阅读的效果也是自然的。

> 我初无意于作是诗，而是物是事适然触乎我，我之意亦适然感乎是物。是事触先焉感随焉，而是诗出焉，我何与哉？天也，斯之谓兴。②

> 自古文章，起于无作，兴于自然，感激而成，都无饰练，发言以当，应物便是。古诗云：日出而作，日入而息，凿井而饮，耕田而食。当句皆了也。③

> 诗有天机，待时而发，触物而成，虽幽寻苦索，不易得也。④

> "池塘生春草，园柳变鸣禽。"世多不解此语为工，盖欲以奇求之耳。此语之工，正在无所用意，猝然与景相遇，借以成章，不假绳削，故非常情所能到。诗家妙处，当须以此为根本，而苦思言难者，往往不悟。⑤

> 文章本天成，妙手偶得之。（陆游《文章》）

> 酒不逢人还易醉，诗如得句偶然来。（杨万里《冬至前三日》）

> 诗有四种高妙，一曰理高妙，二曰意高妙，三曰想高妙，四曰自然高妙。碍而实通，曰理高妙；出自意外，曰意高妙；写出幽微，如清潭见底，曰想高妙；非奇非怪，剥落文采，知其妙而不知其所以妙，曰自

---

① 萧纲：《与湘东王书》，见郭绍虞编：《中国历代文论选》，上海古籍出版社2001年版，第327页。
② 辛更儒：《杨万里集笺校》，中华书局2007年版，第2841页。
③ 旧题王昌龄：《诗格》，见张伯伟：《全唐五代诗格汇考》，江苏古籍出版社2002年版，第160页。
④ 谢榛：《四溟诗话》，见丁福保辑：《历代诗话续编》，中华书局1983年版，第1161页。
⑤ 叶梦得：《石林诗话》，见何文焕辑：《历代诗话》，中华书局1981年版，第426页。

然高妙。①

　　俯拾即是，不取诸邻；俱道适往，着手成春。如逢花开，如瞻岁新。真与不夺，强得以贫。幽人空山，过雨采蘋。薄言情悟，悠悠天钧。②

　　陶诗独绝千古，在"自然"二字。《十九首》、苏李五言亦然。元气浑沦，天然入妙，似非可以人力及者。后人慕之，往往有心欲求自然，欲矜神妙，误此一关，遂成流连光景之习，如禅家之顽空，不惟不能真空，反添空障，有何益哉！盖自然者，自然而然，本不期然而适然得之，非有心求其必然也。此中妙谛，实费功夫。盖根底深厚，性情真挚，理愈积而愈精，气弥炼而弥粹。酝酿之熟，火色俱融；涵养之纯，痕迹迸化。天机洋溢，意趣活泼，诚中形外，有触即发，自在流出，毫不费力。故能兴象玲珑，气体超妙，高浑古淡，妙合自然，所谓绚烂之极，归于平淡是也。③

　　"自然"贯穿文学活动的始终。事实上，除了诗歌的效果，其他的过程都是诗人个人的心理活动，不仅旁人很难描述，多数时候诗人自己也无法描述这个过程。那么，创作过程的"自然"如何判断？皎然阐明了这一问题："又云，不要苦思，苦思则丧自然之质。此亦不然。夫不入虎穴，焉得虎子。取境之时，须至难至险，始见奇句。成篇之后，观其气貌，有似等闲不思而得，此高手也。"④ "或曰：诗不要苦思，苦思丧于天真。此甚不然……但贵成章以后，有其易貌，若不思而得也。"⑤ 皎然反驳作诗"不要苦思，苦思则丧自然之质"的观点，他认为"取境"要"至难至险"，而"自然"，要体现在完成的作品的效果中。但效果显然不仅仅指读者对作品本身的阅读感受，

---

① 姜夔：《白石道人诗说》，见何文焕辑：《历代诗话》，中华书局1981年版，第682页。
② 郭绍虞：《诗品集解　续诗品注》，人民文学出版社1963年版，第19—20页。
③ 朱庭珍：《筱园诗话》，见郭绍虞编选：《清诗话续编》，上海古籍出版社1983年版，第2340—2341页。
④ 皎然：《诗式》，见张伯伟：《全唐五代诗格汇考》，江苏古籍出版社2002年版，第232页。
⑤ 皎然：《诗议》，见张伯伟：《全唐五代诗格汇考》，江苏古籍出版社2002年版，第208页。

更指作品能让读者感到其整个创作过程都是自然的，即使它实际上是一个人为，甚至在很多时候是反复斟酌、多次修改的过程。应当说，古典诗歌的阅读从来都不是只指向作品本身，还包括诗情的兴起、写作的过程乃至作者的道德情操等，这些共同构成诗歌的阅读效果。谢灵运说他的名句"池塘生春草，园柳变鸣禽"是梦中所得，无疑大大增加了这联诗的阅读效果。因此，诗论或文论中的"自然"观确切地说应该是作品的全部要素与整个创作过程所呈现的自然，"自然"之美是一种整体之美。因为创作过程的自然不易呈现，这就要求作品本身能透视出整个创作活动的自然性，给人以自然的美感。就作品本身的构成要素而言，清新的语言、空灵的意象、和谐的声律与流畅的结构等都可以形成自然的效果，这些要素所形成的"自然"常常被称为"浑然"，也就是说，读者不会感到语言存在，更不会感到语言技巧的存在。因为，"自然"指能够将读者带入自我与外部世界的自然而然的无目的性的存在状态之中，归根结底还是诗中所呈现的心物关系。心与物的关系虽然时时存在于人们的生活中，却并非时时都为人们所感知。以上关于"自然"的观点或多或少都涉及偶然性，即"自然"常常体现为随机性与偶然性，如果就此说心与物的交会是偶然发生的，并不准确，叶嘉莹就认为："人心与外物的感应""是由于生命的共感"，"不仅是一种偶发的感情而已，甚至可以说是一种与生俱来的本能"①，但也许正因为这是"一种与生俱来的本能"，反而不易被察觉。日常生活中，感物随时都在发生，但对诗歌而言，心物交感要被感知，才能被书写。

三、偶然记忆的获得与书写

1. 偶然记忆的获得

"偶然记忆"的获得，对于作为创作主体的诗人而言，需要具备怎样的精神条件、处于怎样的心理状态？古代诗论中关于诗人如何进入创作状态的

---

① 叶嘉莹：《迦陵论诗丛稿》，河北教育出版社1997年版，第63页。

论述非常丰富,"虚静""空静""静照""忘我""静观""澄怀"与"凝神"等,与儒家、道家和佛教禅宗都有关联,这些概念不尽相同却有相通之处,大体是指主体一种排除外界干扰与内心杂念的,超越日常生活的利害关系与实际需求的心理状态,在这种心理前提下,主体才能专心于审美观照,获得自我与外部世界的本真面目。《冷斋夜话》关于潘大临创作经历的记录说明了日常事务对于诗歌创作的干扰:

> 黄州潘大临工诗,多佳句,然甚贫,东坡、山谷尤喜之。临川谢无逸以书问:"有新作否?"潘答书曰:"秋来景物,件件是佳句,恨为俗氛所蔽翳。昨日闲卧,闻搅林风雨声,欣然起,题其壁曰:'满城风雨近重阳',忽催租人至,遂败意。止此一句奉寄。"①

除了"虚静"的心理状态,安静的物理环境也可以为诗人提供创作的前提,将诗人引入创作状态。深山、空林或者关起门来独处都可以营造宁静的物理环境。还有一种宁静无须到深山、空林中寻找,也无须闭门谢客,任何人每天都可以获得,只要夜幕降临。夜晚是一个时间概念,确切地说,夜是一定时间内的物理环境。古典诗歌中关于夜间情景的书写难以计数,无论是在固定的居所还是在旅途中,每当夜幕降临,总是诗情勃发的时候。从某种程度上说,夜幕如同一道屏障,不仅隔开了白日的喧嚣,也与日常生活暂时隔绝。在静谧的夜晚,对于周围的景物敏感,内心的情感,如个人心绪、家国情怀等,也特别容易涌上心头。以杜甫的《倦夜》为例:"竹凉侵卧内,野月满庭隅。重露成涓滴,稀星乍有无。暗飞萤自照,水宿鸟相呼。万事干戈里,空悲清夜徂。"诗的最后两句点明了彻夜难眠的原因:关心战事而无能为力。即便不看这两句,由于前面的景物描写处处渗透着诗人当时的心情,不具有相同情感的读者也很容易进入,竹子带来的凉意,洒满月光的庭院,

---

① 惠洪:《冷斋夜话》,中华书局1988年版,第35页。

露珠凝结成水滴,星光暗淡,飞萤自照,栖息水旁的鸟从睡梦中醒来,这些景物构成的夜晚可以成为任何人的经验。描写夜晚情景的诗还有很多,如"星影低惊鹊,虫声傍旅衣"(钱起《秋夜梁七兵曹同宿二首》其一),"怀君属秋夜,散步咏凉天。山空松子落,幽人应未眠"(韦应物《秋夜寄丘二十二员外》),"独坐悲双鬓,空堂欲二更。雨中山果落,灯下草虫鸣"(王维《秋夜独坐》)等。夜晚与日常生活的暂时隔绝通常不易被人们感知与关注,毕竟日升日落是所有人每天都会经历的,对于诗人而言,夜晚却常常是不平静的,可能因为进入专属于自己的时间,白天因为日常事务无暇顾及的或者压抑的情感翻腾起来,使得诗人无法入眠,但夜晚的宁静又何尝不是诗人特意寻找的诗境。夜间情景的书写很多时候是诗人有意关注的结果,这是"偶然记忆"获得的条件,日常生活中的原始经验正是由于诗人的关注才进入诗歌中,或者说获得诗意。"雨打荷声"也是古典诗歌的典型意象,"烛至萤光灭,荷枯雨滴闻"(孟浩然《初出关旅亭夜坐怀王大校书》),"曾为江客念江行,肠断秋荷雨打声"(李端《荆门歌送兄赴夔州》),"秋阴不散霜飞晚,留得枯荷听雨声"(李商隐《宿骆氏亭寄怀崔雍崔衮》),"半夜竹窗雨,满池荷叶声"(温庭筠《送人游淮海》)。"雨打荷声"不是特别微小的声音,只是在日常生活中人们并不会特意去关注这些声响,而诗人会倾听自然的声音,也才有"山水有清音,何必丝与竹"(左思《招隐诗》)的感叹。相较于"雨打荷声",荷花淡淡的香气更需要特别的关注才能闻到:"微风送荷气"(韦应物《与韩库部会王祠曹宅作》),荷花上的露珠也是有意观照才能进入诗人的视野:"秋荷一滴露,清夜坠玄天"(韦应物《咏露珠》)。

除了"虚静","偶然记忆"的获得还与直觉密切相关。直觉指人们不通过媒介(概念、逻辑、推理与判断)直接洞见外部世界的本质的能力。克罗齐和马利坦都认为直觉"并非诗人或艺术家所特有,而是存在于一切人身上"[①],尽管二人所说的直觉并不完全是一回事。诗人或艺术家将直觉的美感

---

① [法]雅克·马利坦:《艺术与诗中的创造性直觉》,刘有元、罗选民等译,生活·读书·新知三联书店1991年版,第6页。

以艺术的形式表达出来、记录下来。中西方文论中关于直觉在诗歌创作中的作用已有很多论述,这里要强调的是记录的意义,即由艺术世界返回生活世界。直觉也是一种人生经验(无论是否在审美活动中),普通的读者也许没有艺术家敏锐的直觉与高超的表现技巧,但他们也能体会直觉的美感,直觉是诗人与读者沟通的桥梁。"坐看苍苔色,欲上人衣来"(王维《书事》),"雨中草色绿堪染,水上桃花红欲燃"(王维《辋川别业》)都是诗人的直觉感受,更重要的是,在透过诗人的视角欣赏自然景物的过程中,读者觉得自己也在某种程度上获得了直接把握自然美感的体验。

诗人在直觉把握中常常揭示其中隐含的某种关系,如"鱼戏新荷动,鸟散余落花"(谢朓《游东田》),"鱼戏"与"荷动"两个动作之间存在因果关系;"叶低知露密"(谢朓《移病还园示亲属》),因为"露密"而"叶低";"泥融飞燕子,沙暖睡鸳鸯"(杜甫《绝句二首》其一),"泥融"是燕子飞的原因,"沙暖"是鸳鸯睡的原因;"积翠纱窗暗,飞泉绣户凉"(王维《从歧王夜宴卫家山池应教》),"积翠"与"暗","飞泉"与"凉"也存在因果关系。这些关系的表现渗透着直觉的美感,为诗歌增添了自然生趣之美。"坐久落花多"(王维《从歧王过杨氏别业应教》)与"细数落花因坐久,缓寻芳草得归迟"(王安石《北山》)则是诗人自身行为经验中隐含的因果关系。至于"蝉噪林逾静,鸟鸣山更幽"(王籍《入若邪溪》),"野旷天低树,江清月近人"(孟浩然《宿建德江》),"林疏远村出,野旷寒山静"(王维《奉和圣制登降圣观与宰臣等同望应制》),"江碧鸟逾白,山青花欲燃"(杜甫《绝句二首》其二)则带有更多的主体体验与感受。这些因果关系显然并不是分析、推理与判断的结果,确切地说,这些关系的发现也不需要逻辑思维,除了敏锐的直觉,靠的是诗人的想象。通常情况下,诗中因果关系带给读者的审美体验也与逻辑推理无关。张大复在《梅花草堂笔谈》中详细描述了直觉与想象作用的过程:

邵茂齐有言:"天上月色,能移世界。"果然,故夫山石泉涧,梵刹园亭，屋庐竹树，种种常见之物，月照之则深，蒙之则净。金碧之彩，披之则醇；惨悴之容，承之则奇；浅深浓淡之色，按之望之，则屡易而不可了。以至山河大地，邈若皇古；犬吠松涛，远于岩谷；草生木长，闲如坐卧；人在月下，亦尝忘我之为我也。今夜严叔向置酒破山僧舍，起步庭中，幽华可爱。旦视之，酱盎粉然，瓦石布地而已。戏书此以信茂齐之语，时十月十六日，万历丙午三十四年也。①

平常之物在月光的笼罩下散发的美感不仅仅是月光的作用，是诗人在朦胧月光中不加分析的直觉感受，也是诗人的想象。

2. 偶然记忆的书写

原始经验的获得与诗人的直觉和想象密切相关，但出现在诗篇中还需要经过书写的过程，这一过程无疑是需要技巧的。事实上，就某种程度而言，可以说诗中的"偶然记忆"本身就是一种创作技巧。古典诗歌的创作中，诗人们从未停止对"自然"的审美追求，然而，诗人们也很早就意识到诗歌创作并不是一个完全不涉及人工，纯粹由天然本能驱动、运行的自然而然的过程。因此，如上所述，对于"自然"的追求实际上变成要使完成的诗篇达到浑然天成的效果，从诗情兴起到援笔成篇的整个创作过程也应是自然而然完成的，由此，在长期的艺术实践中也逐渐发展出很多追求"自然"效果的方法与技巧，"偶然记忆"的书写就是其中之一。同样，诗篇中的"偶然记忆"不完全是对日常生活偶发情绪或对外部世界偶然关注的经验的记录，也是诗人在对自身及外部世界的观照中获得而未被多数人关注的经验，所以往往呈现出一种偶然性。然而，"偶然记忆"在诗歌中的不断出现也使其成为诗歌精致风景的一部分。以下的分析不能代表"偶然记忆"全部的获得与书写技巧，只是一些尝试性的探索。

---

① 张大复：《梅花草堂笔谈》，岳麓书社1991年版，第73页。

(1) 无人之境

> 先生游南镇,一友指岩中花树问曰:"天下无心外之物,如此花树,在深山中自开自落,于我心亦何相关?"先生曰:"你未看此花时,此花与汝心同归于寂。你来看此花时,则此花颜色一时明白起来。便知此花不在你的心外。"①

这一段话在说明王阳明"心无外物"的观点时常被引证,在王阳明看来,客体只有在主体观照之下才能呈现出来,这里引用这段话不是为了讨论王阳明的哲学思想,而是借由这个场景来讨论原始经验的问题。王阳明与友人在游历途中见到"岩中花树",这自然是他们实际的生活经验,如友人所说,如果花树在深山中自开自落,这是否是他们的生活经验呢?至少应该是原始经验的一部分,如本节第一部分关于原始经验的论述,深山中的花树虽然未必每个人都有机会看到,但一旦有机会看到,也许会获得日常生活中看不到的美感,却也并不会如看到外星生物般惊讶。花开花落,云卷云舒,日升月落,自然界这些每天都在我们身边发生却不常被关注的现象也是我们经验乃至生命的一部分,尽管一生当中我们可能只有极少数的时间去关注一朵花的坠落、一片云的流动或某一次的日出,但它们仍是我们生活经验的一部分。不过,山中花树通常不会直接参与人们的生活,对于它的关注具有一种偶然性,诗歌中经常营造这样无人的场景,描绘其中的自然景物的情态。王维特别擅长营造这样的无人之境:

> 木末芙蓉花,山中发红萼。涧户寂无人,纷纷开且落。(《辛夷坞》)
> 飒飒秋雨中,浅浅石溜泻。跳波自相溅,白鹭惊复下。(《栾家濑》)
> 秋山敛余照,飞鸟逐前侣。彩翠时分明,夕岚无处所。(《木兰柴》)

---

① 《王阳明全集》,上海古籍出版社1992年版,第107—108页。

生长在山涧旁的辛夷花默默地自开自落,不受人的干扰;秋雨中,水涨流急,激起浪花,惊得白鹭飞起又落下;黄昏时分,鸟儿飞过,落日余晖掩映下的秋山绚丽斑斓。这三首诗中都没有人的存在,自然景物处于自在自为的状态,呈现生动空灵之美。虽然诗中无人,却不是纯粹的景物描写,其中蕴涵着诗人希望与自然景物融合、忘却自身存在的愿望。无人之境其实是诗人的心境,是与自然景物一样无目的、无意识的自在自为的心境。就这方面而言,下面三首诗也有异曲同工之妙:

  人闲桂花落,夜静春山空。月出惊山鸟,时鸣春涧中。(《鸟鸣涧》)
  空山不见人,但闻人语响。返景入深林,复照青苔上。(《鹿柴》)
  独坐幽篁里,弹琴复长啸。深林人不知,明月来相照。(《竹里馆》)

诗人虽然出现在诗中,却与自然景物融为一体。韦应物的"春潮带雨晚来急,野渡无人舟自横"(《滁州西涧》),李华的"宜阳城下草萋萋,涧水东流复向西。芳树无人花自落,春山一路鸟空鸣"(《春行寄兴》)也是这样。

(2) 无心之旅

除了无人之境,王维诗中亦有对无心之旅的记录,如《过香积寺》:"不知香积寺,数里入云峰。古木无人径,深山何处钟。泉声咽危石,日色冷青松。薄暮空潭曲,安禅制毒龙。"诗人起初并不知道山中有寺,直到进入人迹罕至的深山中听到钟声才知道寺庙的存在,整首诗完全是一次无心之旅。游历蓝田山石门精舍也是无心之旅,起因是"落日山水好,漾舟信归风",欣赏美丽的景色,不知不觉来到水的尽头,"探奇不觉远,因以缘源穷",以为水路已尽,无法到达远远看到的美景,却发现水流未尽,与前山相通,"遥爱云木秀,初疑路不同。安知清流转,偶与前山通"。王维最有名的无心之旅当属"行到水穷处,坐看云起时"。

  中岁颇好道,晚家南山陲。兴来每独往,胜事空自知。行到水穷处,

坐看云起时。偶然值林叟，谈笑无还期。(《终南别业》)

诗中充满了随意与偶然，常常独自无目的地随意游历于田园山水之中，与《蓝田山石门精舍》中担心无路可走不同，此诗中诗人走到水的尽头就坐下来欣赏白云飘起，偶然与林叟相遇，谈笑间忘记了时间，全诗充满了偶然，一切都是随意悠闲的。

3. 刹那美感的捕捉与记录

无论"虚静"还是直觉都不是长久的心理状态，只是暂时与日常生活的利害关系和实际需求隔开，对刹那美感的捕捉与表现可能是更实用的技巧。刹那的美感"才著手便煞，一放手又飘忽去"①，古代诗人在诗歌创作实践中，非常关注对刹那美感的捕捉。

> 作诗火急追亡逋，清景一失后难摹。(苏轼《腊日游孤山访惠勤惠思二僧》)
> 好诗须要在一刹那上揽取，迟则失之。②
> 夫境界之呈于吾心而见于外物者，皆须臾之物。惟诗人能以此须臾之物，镌诸不朽之文字，使读者自得之。③

刹那美感常常体现为一种直觉，如杜甫的"飞星过水白，落月动沙虚"(《中宵》)，王嗣奭评价这一联诗："星飞于天，而夜从阁上视，忽见白影一道从水中过，转盼即失之矣。公即写入诗，真射雕手。'落月动沙虚'亦然。沙本白，而落月斜光，从阁上望，影摇沙动。静则实而动则虚，此如以镜取影者。"④ 李觏的《忆钱塘江》："昔年乘醉举帆归，隐隐前山日半衔。好是满

---

① 王夫之：《姜斋诗话》，见王夫之等撰：《清诗话》，上海古籍出版社1978年版，第10页。
② 徐增：《而庵诗话》，见王夫之等撰：《清诗话》，上海古籍出版社1978年版，第434页。
③ 王国维：《人间词话》，上海古籍出版社1998年版，第72页。
④ 王嗣奭：《杜臆》，上海古籍出版社1983年版，第284页。

江涵返照，水仙齐着淡红衫。"醉眼蒙眬之中，看到落日余晖照耀下的江水和风帆泛着淡淡的红色，一时间，如同水中仙子。水中仙子当然是诗人的想象，这首诗的特别之处在于虽然是对瞬间美景的记录，但并非是即景成篇，而是回忆当时看到的景色。古典诗歌中到处都可以看到对瞬间美感的记录："一水云际飞，数峰湖心出。"（张九龄《彭蠡湖上》）"靡靡绿萍合，垂杨扫复开。"（王维《萍池》）"太乙近天都，连山到海隅。白云回望合，青霭入看无。"（王维《终南山》）"霁天欲晓未明间，满目奇峰总可观。却有一峰忽然长，方知不动是真山。"（杨万里《晓行望云山》）"萧条秋雨夕，苍茫楚江晦。时见一舟行，濛濛水云外"（王士禛《江上》）。

刹那美感不仅体现在外部世界景物瞬间呈现的美感上，还体现在突然而至的哲理中。清人王文诰评价苏轼的《题西林壁》："凡此种诗皆一时性灵所发。若必胸有释典，而后炉锤之，则意味索然。"这类诗还有杜甫的《望岳》，杜牧的《山行》以及朱熹的《观书有感》等。

四、偶然记忆的意义

"偶然记忆"是对日常生活中不易被关注的原始经验的记录，就每一首诗而言，"偶然记忆"无疑是诗人的个体记忆，但这种个体记忆具有原始经验的特点，因此很容易进入读者的记忆。所谓进入读者的记忆可能有两种情况：一方面，与阅读其他文本一样，作为一种阅读经验进入读者的记忆，当然其中的知识与信息也会进入读者的记忆；另一方面，读者很容易将其当作自己的经验、记忆与回忆。无论哪种情况都是以一种特殊的方式建构我们的经验和认知。从出生开始，人们就通过各种渠道获得自我与外部世界的认识。诗的特殊之处在于读者在诗人的引导下驻足观察平日不会特意关注的寻常之物，暂时摆脱日常生活的琐碎与繁复，在审美体验中超越日常生活。正如李泽厚所说："象陶诗'采菊东篱下，悠然见南山'，杜诗'水流心不竞，云在意俱迟'等等，尽管与禅无关，但由于它们通过审美形式，把某种宁静淡远的情感、意绪、心境引向去溶合、触及或领悟宇宙目的、时间意义、永恒之谜。"① 使在为功名利禄甚至衣食温饱而奔走忙碌中的人们停下脚步，营造能将人们的内心引向宁静的意境，就这点而言，诗与宗教的作用相同。与宗教所不同的是，"偶然记忆"本身也成为人们记忆的一部分。

诗中的"偶然记忆"是诗人选择的结果，选择的依据是诗人自身的体验与表达能力，每个诗人都有自己不同的生活体验、观察视角与表达方式。然而不可否认的是，越来越多相似的情景出现在不同诗人的作品中，日常生活中的偶然成为诗中的常态。对于诗人而言，前人诗歌中的"偶然记忆"不仅是审美体验的来源，同时也是他们创作实践的学习对象。古典诗歌中，对日常生活中寻常经验的关注从《诗经》就开始了，虽然被认为只是引起实际要表达的内容的创作手法，却开启了诗人们对生活世界原始经验的探索。随着创作实践的积累，体验并记录原始经验也逐渐成为诗的创作传统。发现日常生活中寻常景物的美感甚至成为诗人特有的能力：

> 鸟啼花落，皆与神通。人不能悟，付之飘风。惟我诗人，众妙扶智。但见性情，不着文字。宣尼偶过，童歌沧浪。闻之欣然，示我周行。②

陆时雍评谢灵运《从斤竹涧越岭溪行》诗时说："樵夫渔父，日夕出没山水，而灵运独赏其神，终身于此而不觉是，以口不能道耳。'猿鸣'四语，亦只人眼前事，以谢见之，独亲而言之，独切也。"③ 评《登江中岛屿》"乱流趋正绝"一句时说"此景人所不道，然言之自佳"。④

"但肯寻诗便有诗，灵犀一点是吾师。夕阳芳草寻常物，解用都为绝妙词。"（袁枚《遣兴》）就原始经验而言，诗人对原始经验的选择不仅受已有创作程式的影响，亦透露出其背后的审美取向，最主要的就是本节不断提及

---

① 李泽厚：《中国古代思想史论》，人民出版社1985年版，第211—212页。
② 郭绍虞：《诗品集解 续诗品注》，人民文学出版社1963年版，第171页。
③ 陆时雍：《诗镜》，任文京、赵东岚点校，河北大学出版2010版，第126页。
④ 陆时雍：《诗镜》，任文京、赵东岚点校，河北大学出版2010版，第123页。

的"自然"。对于"自然"的关注可以将考察的方向引向另外一个重要的问题——文化。"自然"是中华文化的重要组成部分,而文化机制会影响诗人的选择。反过来说,诗中的"偶然记忆"也建构着古典诗歌的审美取向与民族的文化心理。"偶然记忆"既是文化记忆的一种文学记忆方式,也是文化记忆的内容。无论在文化系统中还是文学系统中,似乎都存在一个记忆的循环。

第三章　个体记忆

第一节　个体的不朽

一、白居易自编文集与主动保存

"立言不朽"是中国古代文人的终极追求之一，历代文人都为此不懈努力，然而个体的努力能在多大程度上保证自己作品的流传？一般来说，作品能否流传首要的决定因素当然是作品的质量，这虽然对作者提出了很高的要求，仍在人力可以控制或努力的范围之内，真正对作者提出挑战的是不可抗的自然力。人们无法抵抗时间和生命的流逝，无法控制身后之事，但也有人试图挑战自然，白居易就是一个非常明显的例子。他为保存自己的文集做了大量工作，始终坚持其文集的完整性，然而白居易的做法不但没有获得后人的称赞，反而招来一些非议，认为其太孜孜于身后之名。因此，从某种意义上说，他的努力并不成功。从白居易的努力与后人的评价中，能够看到人们对个体记忆应当如何获得流传的态度。

1. 白居易自编文集与后人的评价

白居易自编文集不是文学史中的特异现象，与他同时的元稹自编《元氏长庆集》,刘禹锡自编《刘氏集略》,其他唱和集则更多,可以说是当时文人的风气,但是他晚年频繁编辑文集、详细记录文集编撰的情况和想方设法保存文集的积极态度则在文学史上十分显眼。白居易编辑文集及保存的情况如下:

> 大和二年(828),57岁,继元稹所编《白氏长庆集》五十卷后,续编《后集》五卷,作后序。
> 大和九年(835),64岁,自编《白氏文集》六十卷,计诗文二千九百六十四首,藏于庐山东林寺,有《东林寺白氏文集记》。
> 开成元年(836),65岁,续编《白氏文集》六十五卷,诗文共计三千二百五十五首,藏于东都圣善寺,有《圣善寺白氏文集记》。
> 开成四年(839),68岁,续编《白氏文集》六十七卷,诗文共三千四百八十七首,藏于苏州南禅院,有《苏州南禅院白氏文集记》。
> 会昌二年(842),71岁,自编《后集》二十卷,与《前集》共七十卷,藏于庐山东林寺。
> 会昌五年(845),74岁,《续后集》五卷,《白氏文集》七十五卷编成,诗文共三千八百四十首,有《白氏长庆集后序》。

白居易为编撰和保存文集所做的努力虽然并没有使他的文集以他编撰的面目完整地保存下来,但其作品保存的完整性在唐人中也属少见。应当说,对于后世读者而言,白居易的努力为他们的阅读提供了相对完整的文本,但与他的作品一起保存下来的是他对于文集编纂和保存的积极与热情,而这也为他招来了后人的一些议论。

> 佛氏经律论,合五千四十八卷,置之大藏,所以传佛心印,作将来眼,所补大矣。乐天诗词,其间何所不有,而置大藏何邪?东都圣善寺、苏州南禅院各有之,且自著集序。李公垂作诗美之曰:"永添鸿宝集,

莫杂小乘经。"所谓盗憎主人者邪?又观题文集云:"身是邓伯道,世无王仲宣。只应分付女,留与外孙传。"于身后名亦太孜孜矣。①

诗家好名,未有过于唐白傅者。既属其友元微之排缵《长庆集》矣,而又自编后集为之序,复为之记。既以集本付其从子、外孙矣,而又分贮之东林、南禅、圣善、香山诸寺。比于杜元凯岘山碑尤汲汲焉。或疑公旷达,不应戚戚于年岁之逾迈,沾沾于官秩之迁除,计禄俸之损益。不知公之进退出处,系时事之否泰,恒恐后人论世不得其详,故屡见之篇咏,斯则公之微意乎?②

才人未有不爱名,然莫有如香山之甚者。所撰诗文,曾写五本:一送庐山东林寺经藏堂,一送苏州南禅寺经藏内,一送东都圣善寺钵塔院律库楼,一付侄龟郎,一付外孙谈阁童。此香山所自记也。《旧唐书》谓其集送江州东西二林寺及香山圣善寺,《春明退朝录》谓寄藏庐山东林寺、龙门香山寺,盖皆摘举之词。后高骈在淮南,寄语江西廉使,取东林本而有之。香山寺本,经乱亦不复存。履道宅后为普明僧院,唐明宗子秦王从荣施大字经藏于院,又写香山本置经藏中。以香山诗笔之精当,处处有鬼神呵护,岂患其不传!乃及身计虑及此,一如杜元凯欲刻二碑,一置岘山之巅,一沉襄江之底。才人名心如此!今按李、杜集多有散落,所存不过十之二三,而香山诗独全部流传至今不缺,未必非广为藏贮之力也。③

葛立方、朱彝尊和赵翼都认为白居易对于文集保存的热情表明了他对于身后名的追求。葛立方对白居易像珍视佛教经典那样将自己的文集藏于寺院内的行为和李绅对这一行为的赞美不以为然(李绅的诗句出自他的《题白乐

---

① 葛立方:《韵语阳秋》,见何文焕辑:《历代诗话》,中华书局1981年版,第580页。
② 朱金城:《白居易集笺校》,上海古籍出版社1988年版,第3976页。
③ 赵翼:《瓯北诗话》,见郭绍虞编选:《清诗话续编》,上海古籍出版社1983年版,第1191—1192页。

天文集》，作于开成元年，为白居易续编《白氏文集》并藏于东都圣善寺所作）；同时也认为白居易为自己文集的另外一种保存方式（由外孙保存）太孜孜于身后之名。朱、赵二人也在叙述白居易编辑和保存文集的过程之后发表了自己的见解。他们的评价与其说是批评不如说是感叹，感叹白居易在文集的保存方面过于积极和刻意，如同杜预希望通过刻碑留名一样。朱彝尊点明了他在保存文集方面表现出来的热情引来非议的重要原因，即这种表现与白居易一贯在诗文中塑造的旷达闲适的形象不符。朱彝尊对这种龃龉的解释是为后人的知人论世提供详细的材料，所以在诗文中详陈其事。赵翼则感叹白居易的表现是出于对自己的作品能否流传后世的担忧，是一种不自信的表现，而他认为白居易的担忧和因为这种担忧而采取的措施完全是杞人忧天。

如赵翼所言，白居易的文集能够以相对完整的面目流传后世与他积极的保存不无关系，但是，这种完整性也与他为后人诟病的一个问题有所关联，即诗文过"多"。关于这一点白居易自己也有所觉，他在《序洛诗》中写道："予不佞，喜文嗜诗，自幼及老，著诗数千首，以其多矣，故章句在人口，姓字落诗流。虽才不逮古人，然所作不啻数千首。以其多矣，作一数奇命薄之士亦有余矣。"① 在《与元九书》中也感叹："吾与足下为文尤患其多。"白居易对自己诗文过多的解释是："凡人为文，私于自是，不忍割截，或失于繁多。其间妍媸，益又自惑。必待交友有公鉴无姑息者，讨论而削夺之，然后繁简当否，得其中矣。"② 对于自己的作品，一方面难免敝帚自珍，另一方面，在鉴别取舍之间也难免主观，所以他认为应当将删减作品的工作交给"有公鉴无姑息者"。

白居易并不反对在文集编辑过程中对作品进行删减，也曾提到如有人为他编辑文集可以删除杂律诗："其余杂律诗，或诱于一时一物，发于一笑一吟，率然成章，非平生所尚者，但以亲朋合散之际，取其释恨佐欢。今诠次

---

① 朱金城：《白居易集笺校》，上海古籍出版社1988年版，第3757页。
② 朱金城：《白居易集笺校》，上海古籍出版社1988年版，第2796页。

之间，未能删去，他时有为我编辑斯文者，略之可也。"① 但是在他关于文集编辑与保存情况的详细记录中却没有关于他主动删诗删文的明确记载，也就是说，在自编文集的过程中白居易不肯自己主动删减作品。

"多"本身也许不能算是一个缺点，但"多"常常意味着良莠不齐或草率为之。

> 唐贤诗集惟白香山最多。宋则放翁尤甚，大约伸纸便得数首或更至数十首，以故流滑浅易居多，笔力去少陵辈绝远。可知诗必有为而作，作必凝重出之；不尔，不如辍笔。②
>
> 诗文集务多者，必不佳。古人不朽可传之作，正不在多。苏、李数篇，自可千古。后人渐以多为贵，元、白《长庆集》实始滥觞。其中颓唐俚俗，十居六七；若去其六七，所存二三，皆卓然名作也。③

李重华认为白居易和陆游作品太多，所以很多作品都是"伸纸便得数首更至数十首"的无为之作。叶燮则直接指出"诗文集务多者，必不佳"。对于李重华和叶燮这样的后世读者而言，所谓"多"是根据他们能看到的作品数量所做的判断，也就是白居易保存和流传下来的诗文作品。或许可以说，假使白居易在编辑作品的时候进行筛选，有所取舍，或如叶燮所言"去六七，存二三"，就可以在某种程度上避免这种批评。因此，白居易作品"多"的问题与其说是白居易写得多，不如说是保存得多，这当然与他不加删减地保存自己作品的做法有一定关系。追求文集保存的完整性，不仅使他因为作品过"多"而遭到后人诟病，也容易被误解。李重华根据白居易作品多得出"大约伸纸便得数首或更至数十首，以故流滑浅易居多"的结论，事实上白居易在写诗作文方面并非漫不经心、草率为之，他经常修改自己的作品以获

---

① 朱金城：《白居易集笺校》，上海古籍出版社1988年版，第2795页。
② 李重华：《贞一斋诗说》，见王夫之等撰：《清诗话》，上海古籍出版社1978年版，第936页。
③ 叶燮、薛雪等：《原诗·一瓢诗话·说诗晬语》，人民文学出版社1979年版，第68页。

得更好的文学效果。

> 周元公云:"白香山诗似平易,间观所存遗稿,涂改甚多,竟有终篇不留一字者。"余读公诗云:"旧句时时改,无妨悦性情。"然则元公之言信矣。①

> 诗不改不工,老杜所谓"语不惊人死不休"是也。今人第哂白香山诗率易,不知其诗亦非草草就者。宋张文潜尝得公诗草真迹,点窜多与初作不侔云。②

周敦颐说他看到白居易的遗稿中有很多涂改,因此看似平易,实则经过多次修改,甚至有"终篇不留一字"的情况;张文潜也看到白居易手稿中修改的痕迹。二人从白居易手稿中的涂改判断白居易作诗不是草草写就,而是经过反复修改写成的。只不过这种修改、删减的意识没有贯彻到他对文集的编辑中,未免给后世读者留下作品过多和创作草率的印象。

2. 由"诗史"看白居易保存个体记忆努力的失策

在白居易身后的文学史中(不仅是中国的文学史,也包括日本等其他国家),他具有相当的影响力,平心而论,这种影响力与白居易编辑文集、记录编辑过程以及积极保存而使其文集具有一定的完整性不无关系。但白居易也为此付出了一定的代价,与诗文中塑造的闲适形象的龃龉、作品过多与好名都成为后人批评的问题。这当然并非他的本意,他保存自己的作品是为了使自己的作品得以流传,而他的努力之所以遭到后人诟病,主要在于他在文集的编辑与保存方面刻意追求完整性以及在追求完整性过程中体现出的对个体记忆保存的执着。

白居易追求文集编辑与保存的完整性与他在诗文创作中好纪年、纪事

---

① 袁枚:《随园诗话》,人民文学出版社1982年版,第193页。
② 胡震亨:《唐音癸签》,上海古籍出版社1981年版,第275页。

的特点有关。纪年、纪事是他作品的明显特点之一,很多后人都注意到这点。

  白乐天为人诚实洞达,故作诗述怀,好纪年岁。因阅其集,辄抒録之。"此生知负少年心,不展愁眉欲三十","莫言三十是年少,百岁三分已一分","何况才中年,又过三十二","不觉明镜中,忽年三十四","我年三十六,冉冉昏复旦","非老亦非少,年过三纪余","行年欲四十,有女曰金銮","我今欲四十,秋怀亦可知","行年三十九,岁暮日斜时"……①

  白公好以年入诗,不止百十处,后东坡亦然。②

  香山历官所得俸入多少,往往见于诗。为校书郎云:"俸钱六千万,月给亦有余。"盩厔尉云:"吏禄三百石,岁晏有余粮。"京兆户曹参军云:"俸钱四五万,月可奉晨昏。廪禄二百石,岁可盈仓囷。"……此可当《职官》《食货》二志也。③

  香山诗不惟记俸,兼记品服。初为校书郎,至江州司马,皆衣青绿。有《春去》诗云:"青衫不改去年身",《寄微之》云:"折腰俱老绿衫中",及《琵琶行》所云:"江州司马青衫湿"是也。……此又可抵舆服志也。④

  章学诚说:"文集者,一人之史也。家史、国史与一代之史,将取以证焉,不可不致慎也。"章氏此语是针对年谱而说:"谱其生平时事,与其人之出处进退,而知其所以为言,是亦论世知人之学也。"⑤白居易纪时、纪事的

---

① 洪迈:《容斋随笔》,中华书局2005年版,第918页。
② 胡震亨:《唐音癸签》,上海古籍出版社1981年版,第275页。
③ 赵翼:《瓯北诗话》,见郭绍虞编选:《清诗话续编》,上海古籍出版社1983年版,第1180页。
④ 赵翼:《瓯北诗话》,见郭绍虞编选:《清诗话续编》,上海古籍出版社1983年版,第1180—1181页。
⑤ 章学诚:《章学诚遗书》,文物出版社1985年版,第165页。

创作特点与文集的编辑、保存相结合恰好使他的文集在某种程度上具有年谱的性质。可以说，白居易的文集就是他的个人生活史，他将年月、俸禄和品服都事无巨细地写进他的作品，展现了他生活的方方面面。对当时之事的详细记载使他的诗在一些后来人那里获得了"诗史"的称号。

> 白乐天诗多记岁时，每岁必纪其气血之如何与夫一时之事，后人能以其诗次第而考之，则乐天平生大略可睹，亦可谓"诗史"者焉。仆不暇详摘其语，姑摭其略。如曰："未年三十生白发"，"不展愁眉欲三十"，"三十生二毛"，"三十为近臣"，"又过三十二"，"忆昔初年三十二"，"忽年三十四"，"年已三纪余"，"我年三十六"，"元和二年三十七"，"行年三十九"，"四十如今欠一年"，"四十有女名金銮"，……"七十四年身"，"寿及七十五"。考《本传》：白公年七十五薨。自三十至七十五，往往必见于诗，又有"去时十二三"之句，及"数行乡泪一封书"，则题曰："年十五时作。"《王昭君词》则题曰："年十七时作。""少年已多病"则题曰："年十八时作。""我年二十君三十"，又纪其少年之所作如此。仆观白公年十八时，谓"少年已多病，此身岂堪老"？然安强寿考，至于七十有五而后不禄，既有姬侍，不能无耗蚀气血，故寿夭虽系所禀，然方寸泰然，不汲汲于荣利，是亦养寿一端。今士大夫精耗于内，而神骛于外，所以罕终天年。观白公之诗，率多宽适，有以验其寿云。①

乐天诗有记年月日者，于以见当时之气令，亦足以裨史之阙。如曰："黄帝嗣宝历，元和三年冬。自冬及春夏，不雨旱燋燋。"有以见宪宗即位三年久旱如此。又诗曰："元和岁在卯，六年春二月，月晦寒食天，天阴夜飞雪，连宵复竟日，浩浩殊未歇。"又以见元和六年二月晦，为寒食，当和暖之时而霙霈大雪，其气候乖谬如此。又诗曰"八年十二

---

① 王楙：《野客丛书》，上海古籍出版社1991年版，第399—400页。

月,五日雪纷纷。竹柏皆冻死,况彼无衣民。"又见元和八年十二月五日,大雪寒冻,民不聊生如此。仆按《东汉书》:延熹间大寒,洛阳竹柏冻死。襄楷曰:闻之师曰,柏伤竹枯,不出三年,天子当之。乐天此语,正所以纪异也。又闻韩退之《辛卯年雪》诗亦曰:"元和六年春,寒甚不肯归,河南二月末,雪花一尺围。"此说正与乐天同。①

白太傅之诗,亦可称诗史。唐人旬休事,他小说皆不载,独《长庆集》有之。②

"王楙的说法第一次将'诗史'的称号赋予杜甫之外的其他人,但他对'诗史'的理解还仅仅局限于'知人'"。③张晖认为,王楙赋予白居易"诗史"称号是从"知人"的角度得出的结论,但认为王楙对于"诗史"的看法则仍有可议之处。"诗史"的概念最初与杜甫联系在一起,其后逐渐发展衍生出更多丰富的含义,张晖梳理了"诗史"自唐至清的内涵,包括"杜甫流离陇蜀时记载所见所闻的诗歌""杜诗中善陈时事的律诗""追求普遍的诗学""忠实记载客观事物""作为史笔的杜诗""知人论世""杜诗叙事""杜甫人品诚实""杜诗重视字句的出处""杜诗文备众体""杜甫忠君""诗谏"和"杜诗的写作方法"等十三种。④这些都是"诗史"概念发展衍生出的内涵,但"诗史"的核心内涵是诗歌对现实生活的观照,即诗歌的现实性。就逻辑关系而言,杜甫之所以获得"诗史"的称号与"诗史"概念能在以后的文学创作乃至士人生活中发挥重要的影响是来自于这一核心内涵,其他衍生的内涵则是验证性的论断。例如宋人认为杜诗记录唐代酒价是杜诗"诗史"的一种体现的判断明显带有验证性。因此,王楙从白居易记岁时与他当时的状态判断"亦可谓诗史"也是一种验证性的判断,而不是王楙对于

---

① 王楙:《野客丛书》,上海古籍出版社1991年版,第335页。
② 何良俊:《四友斋丛说》,中华书局1959年版,第155页。
③ 张晖:《诗史》,学生书局有限公司2007年版,第82页。
④ 张晖:《诗史》,学生书局有限公司2007年版,第257—258页。

"诗史"概念的理解。何良俊称白居易的诗为"诗史",也是基于同样的出发点。因此,应当说,白居易没有在事实上获得如杜甫一样的"诗史"称号。

产生于唐末并逐渐成为一种诗歌传统的"诗史"概念首先是一种阅读方式和评价理念,后来才成为一种创作理念,王、何二人的观点看来是基于白居易诗歌纪事、纪时特点的一种阅读感受。如果从"诗史"的核心内涵——诗歌的现实性出发,白居易与"诗史"的联系应绝不仅仅局限于纪时、纪事。在诗歌现实性传统中,白居易的影响力主要体现在他的诗歌创作主张和讽喻诗的创作实践。王楙两段关于白诗具有"诗史"性质的论述虽然都是从纪时出发得出的结论,但值得注意的是,第二段论述所举的几首诗在文集中都被归于讽喻诗。日本学者浅见洋二认为,白居易在《和阳城驿》六十九句至结束表达了"诗史"的观念:"白居易在这一段说,元稹诗也可说是阳城之'传',可以成为'国史'的一部分。虽然未使用'诗史'一词,但实质上可以说它表达了'诗史'——承认'诗'中具有'史'的作用的文学观念。"① 浅见洋二还认为《赠樊著作》也具有"诗史"的性质。这两首诗均属于讽喻诗。如果说白诗"记岁时"只是限于"知人",那么他的讽喻诗则既可"知人"也足可以"论世"。但《白氏文集》却在某种程度上呈现出"知人"与"论世"的分裂。这首先因为他在编辑文集时将自己的诗分为讽喻、闲适和感伤三类,并且为几种类型的定位进行了描述。"自拾遗来,凡所遇所感,关于美刺兴比者,又自武德迄元和,因事立题,题为《新乐府》者,共一百五十首,谓之讽喻诗。""退公独处,或移病闲居,知足保和,吟玩情性者一百首,谓之闲适诗。"两类诗有着不同的表现内容和功能:"古人云:'穷则独善其身,达则兼济天下。'仆虽不肖,常师此语。……故仆志在兼济,行在独善。奉而始终之则为道,言而发明之则为诗。谓之讽喻诗,

---

① [日]浅见洋二:《距离与想象——中国诗学的唐宋转型》,金程宇、冈田千惠译,上海古籍出版社2005年版,第345页。

兼济之志也。谓之闲适，独善之义也。"① 可见，白居易在创作诗歌的时候已经有了"公私"之分，但他的这种分类没有贯彻他生命和编辑历程的始终。

> 香山诗凡数次订辑，其《长庆集》经元微之编次者，分讽喻、闲适、感伤三类。盖其少年欲有所济天下，而托之讽喻，冀以流闻宫禁，裨益时政；闲适、感伤则随时写景、述怀、赠答之作，故次之。其自序'志在兼济，行在独善。讽喻者，兼济之义也；闲适、感伤者，独善之义也。'大指如此。至后集则长庆以后，无复当世之志，惟以安分知足、玩景适情为事，故不复分类，但分格诗、律诗二中，随年编次而已。②

在白居易全部的诗歌作品中，讽喻诗的绝对数虽然不能算少，但相对于总量而言则不足十分之一，与之形成鲜明对比的是大量记录个人形容、心情和生活状态的作品，这使得《白氏文集》虽然"公私"兼备却呈现为一种个体记忆的记录，只不过是个体的公共创作与私人创作。

所谓"知人论世"应指知人与论世的相互交融，即在阅读某人作品的过程中，既通过他的作品了解这个人和那个时代，也通过那个时代了解这个人和他的作品。对于读者来说，阅读文学文本和史学文本都是获得过去的途径，在文本阅读的过程，即使是史学文本也不可能完全将文本与其作者相剥离，作为个人意志表达的诗歌文本则基本是通过作者获取过去，而"诗史"的优势在于在表达个人意志的文本中强调一种公共性。陈国球认为这种个人意志与公共性的结合正是"诗史"的主要意义。"'诗史'之关切重点，正在于诗与诗人以外的'现实世界'。诗人触事抒怀，兴咏成诗。作为读者，诗就在眼前；但推溯'兴咏'所触之事，却是对已消逝之'过去'的一种追寻。尤其当这'过去'的内容是国计民生、朝政兴衰等涉及公众主要是读诗写诗的士人关心的议题时，这'过去'就是名正言顺的'史'；在读诗的过程中，

---

① 朱金城：《白居易集笺校》，上海古籍出版社1988年版，第2794—2795页。
② 赵翼：《瓯北诗话》，见郭绍虞编选：《清诗话续编》，上海古籍出版社1983年版，第1173页。

穷问'历史',更似是一种责任。"①

作为"诗史"典范的杜甫在后人看来达到了知人与论世的交融。白居易虽然记录详细、保存完整却没有获得公认的"诗史"称号。所谓"诗史"并不是在诗中毫发毕现地复原历史原貌;相反,事无巨细的记录反而会使读者难于捕捉历史的真实。因此,如果说白居易的诗具有"诗史"的性质则主要应指他的个人生活史,或者说"他的《文集》含有回忆录的要素"②。也许正是由于这个原因,白居易在编辑文集的过程中刻意不删自己的作品,如果删去一部分作品,很有可能使这部个人生活史不完整。但恰恰是这种对于完整性的追求使他的文集清晰地呈现了他的个人生活,也呈现了知人与论世的分离。在中国古代,某个人作品的保存与流传显然无法与史实记载保存的重要性相提并论。白居易完整地呈现自己的生活史,赋予自己的文集以史的意义以希冀自己的作品能够流传百世,这也许是获得不朽的不错选择,但个人生活史显然不足以实现不朽的目标。杜诗作为杜甫个人的诗歌文本也是其个人生活、情感和意志的记录与表达,是个体记忆,但在杜甫身后漫长的历史中,杜诗极少被作为个体记忆来阅读和记忆,这显然是白居易精心编辑的文集所无法企及的,也许对于"未尝一饭忘君恩"的杜甫来说,或许没有所谓真正的个体记忆吧。

通过具有个人生活史和回忆录性质的《白氏文集》,白居易完整地展现了自我,在展现自我的过程中,他不仅追求完整性也追求准确性。在作于会昌五年的《白氏长庆集后续》中,他明确地说明:

> 白氏前著《长庆集》五十卷,元微之为序。《后集》二十卷,自为序。今又《续后集》五卷,自为记。前后七十五卷,诗笔大小凡三千八百四十首。集有五本:一本在庐山东林寺经藏院,一本在苏州南禅寺经

---

① 陈国球:《诗史》序,见张晖:《诗史》,台北学生书局2007年版,第1页。
② [日]丸山茂:《作为回忆录的〈白氏文集〉》,蒋寅译,载《周口师范高等专科学校校报》1999年第1期。

藏内，一本在东都圣善寺钵塔院律库楼，一本付侄龟郎，一本付外孙谈阁童。各藏於家，传於後。其日本、新罗诸国及两京人家传写者，不在此记。又有《元白唱和因继集》共十七卷，《刘白唱和集》五卷，《洛下游赏宴集》十卷，其文尽在大集内录出，别行於时。若集内无而假名流传者，皆谬为耳。①

在他人生的倒数第二年，他将自己所编文集（包括唱和集）以及保存的方式一一详细记载。值得注意的是，在最后声明以上所列的才是他的作品，任何不在他所编文集内的署他的名而流传的都是伪作。这个声明再一次体现白居易试图通过他的文集展现完整、真正的自我。白居易自己也感觉到了他的这种态度和行为可能会招来后世读者的非议，于是在《解诗》中为自己辩解："新篇日日成，不是爱声名。旧句时时改，无妨悦性情。"这说明他也感到密集的创作诗歌并将它们全部完整地保存很有可能被后人认为是好名的表现。

二、欧阳修的怀古情怀

白居易的《读邓鲂诗》表达了他对邓鲂身没名渐灭的感叹：

> 尘架多文集，偶取一卷批。未及看姓名，疑是陶潜诗。看名知是君，恻恻令我悲。诗人多寒厄，近日诚有之。京兆杜子美，犹得一拾遗。襄阳孟浩然，亦闻鬓成丝。嗟君两不如，三十在布衣。擢第禄不及，新婚妻未归。少年无疾患，溘死于路岐。天不与爵寿，唯与好文词。此理勿复道，巧历不能推。

对于功业未成、英年早逝的邓鲂来说，自认为是其知己的白居易也只是

---

① 朱金城：《白居易集笺校》，上海古籍出版社1988年版，第3916—3917页。

在偶然翻阅书籍的时候才想起这位挚友,偶然翻阅和"看名知是君"表明了邓鲂身后的寂寞,这不禁让白居易悲从中来。命运没有给予邓鲂足够的时间去建功立业以青史留名,虽然留下了"文词",也只是偶然翻阅而已,知己尚且如此。事实上,如果不是白居易的作品,邓鲂这个名字可能早已消散在历史的迷雾中。白居易更关注自我个体记忆的保存,而欧阳修在关注自己文集编纂的同时,还十分关注其他人的作品是否流传,《六一诗话》共28则,其中有6则论及前人诗今已不传的问题。

> 郑谷诗名盛于唐末,号《云台编》,而世俗但称其官,为"郑都官诗"。其诗极有意思,亦多佳句,但其格不甚高。以其易晓,人家多以教小儿,余为儿时犹诵之,今其集不行于世矣。
>
> 陈舍人从易,当时文方盛之际,独以醇儒古学见称,其诗多类白乐天。盖自杨刘唱和,《西昆集》行,后进学者争效之,风雅一变,谓"西昆体"。由是唐贤诸诗集几废而不行。
>
> 国朝浮图以诗名于世者九人,故时有集号《九僧诗》,今不复传矣。余少时闻人多称。其一曰惠崇,余八人者,忘其名字也。
>
> 如周朴者,构思尤艰,每有所得,必极其雕琢,故时人称朴诗"月锻季炼,未及成篇,已播人口"。其名重当时如此,而今不复传矣。
>
> 子美兄舜元,字才翁,诗亦遒劲多佳句,而世独罕传。其与子美《紫阁寺》联句,无愧韩孟也,恨不得尽见之耳。
>
> 闽人有谢伯初者,字景山,当天圣景祐之间,以诗知名。……其诗今已不见于世,其家亦流落不知所在。其寄余诗,逮今三十五年矣,余犹能诵之。盖其人不幸既可哀,其诗沦弃亦可惜。①

在感叹诗之传与不传的偶然性的同时,欧阳修也提到,有些东西却靠着

---

① 欧阳修:《六一诗话》,见何文焕辑:《历代诗话》,中华书局1981年版,第265—271页。

诗流传下来，他认为这是"各有其幸不幸也"。

> 王建《宫词》一百首，多言唐宫禁中事，皆史传小说所不载者，往往见于其诗，如"内中数日无呼唤，传得滕王《蛱蝶图》"。滕王元婴，高祖子，新旧《唐书》皆不著其所能，惟《名画录》略言其善画，亦不云其工蛱蝶也。又《画断》云："工于蛱蝶。"及见于建诗尔。或闻今人家亦有得其图者。唐世一艺之善，如公孙大娘舞剑器，曹刚弹琵琶，米嘉荣歌，皆见于唐贤诗句，遂知名于后世。当时山林田亩，潜德隐行君子，不闻于世者多矣，而贱工末艺得所附托，乃垂于不朽，盖其各有幸不幸也。①

即使是像韩愈这样有名的人，虽有其婿将其遗文编集，仍不免沉寂。

> 予少家汉东，汉东僻陋无学者，吾家又贫无藏书。州南有大姓李氏者，其子尧辅颇好学。予为儿童时，多游其家，见有弊筐贮故书在壁间，发而视之，得唐《昌黎先生文集》六卷，脱落颠倒无次序，因乞李氏以归。读之，见其言深厚而雄博，然予犹少，未能悉究其义，徒见其浩然无涯，若可爱……后七年，举进士及第，官于洛阳。而尹师鲁之徒皆在，遂相与作为古文。因出所藏《昌黎集》而补缀之，求人家所有旧本而校定之。其后天下学者亦渐趋于古，而韩文遂行于世，至于今盖三十余年矣，学者非韩不学也，可谓盛矣。呜呼！道固有行于远而止于近，有忽于往而贵于今者，非惟世俗好恶之使然，亦其理有当然者。而孔、孟皇皇于一时，而师法于千万世。韩氏之文没而不见者二百年，而后大施于今，此又非特好恶之所上下，盖其久而愈明，不可磨灭，虽蔽于暂而终耀于无穷者，其道当然也。予之始得于韩也，当其沉没弃废之时，予固

---

① 欧阳修：《六一诗话》，见何文焕辑：《历代诗话》，中华书局1981年版，第268—269页。

知其不足以追时好而取势利，于是就而学之，则予之所为者，岂所以急名誉而干势利之用哉？亦志乎久而已矣！故予之仕，于进不为喜、退不为惧者，盖其志先定而所学者宜然也。集本出于蜀，文字刻画颇精于今世俗本，而脱缪尤多。凡三十年间，闻人有善本者，必求而改正之。其最后卷帙不足，今不复补者，重增其故也。予家藏书万卷，独《昌黎先生集》为旧物也。呜呼！韩氏之文、之道，万世所共尊，天下所共传而有也。予于此本，特以其旧物而尤惜之。①

欧阳修之于韩愈文集的发明意义很多人都曾论及。如叶燮，"韩愈之文，当愈之时，举世未有深知而尚者；二百余年后，欧阳修方大表章之，天下遂翕然宗韩愈之文，以至于今不衰。"②

欧阳修对于"不朽"的思考既理性又矛盾，他已经看到，不仅文字不可靠，金石也不足恃。

　　古之人之欲存乎久远者，必托于金石而后传，其湮沉埋没、显晦出入不可知。其可知者，久而不朽也。然岐阳石鼓今皆在，而文字剥缺者十三四，惟古器铭在者皆完，则石之坚又不足恃。③

　　余为儿童时，尝得此碑以学书，当时刻画完好。后二十年复得斯本，则残缺如此，因感夫物之终敝，虽金石之坚不能以自久。④

那么究竟依凭什么能够获取不朽呢？"余尝以谓君子之垂乎不朽者，顾其道如何耳，不托物于事物而传也。颜子穷卧陋巷，亦何施于事物邪？而名

---

① 《欧阳修全集》，中华书局2001年版，第1056—1057页。
② 叶燮、薛雪等：《原诗·一瓢诗话·说诗晬语》，人民文学出版社1979年版，第28页。
③ 《欧阳修全集》，中华书局2001年版，第2074—2075页。
④ 《欧阳修全集》，中华书局2001年版，第2187页。

光后世。物莫坚于金石，盖有时而敝也。"① 因此，欧阳修回到了"道"的层面，在某种程度上，这是一种无奈的表现。更为实际的做法是，他自己开始扮演"传"的角色。"愚家所藏《集古录》，尝得故许子春为余言：'集聚多且久，无不散亡，此物理也。不若举取其要，著为一书，谓可传久。'余深以其言为然，昨在汝阴居闲，遂为《集古录目》。"② 不过，欧阳修也清楚以文章获得不朽的方法没有什么真正的保障，他劝别人也劝自己不要过度专注于文章。

> 自三代、秦、汉以来，著书之士多者至百余篇，少者犹三四十篇，其人不可胜数；而散亡磨灭，百不一二存焉。予窃悲其人，文章丽矣，言语工矣，无异草木荣华之飘风，鸟兽好音之过耳也。方其用心与力之劳，亦何异众人之汲汲营营？而忽然以死者，虽有迟有速，而卒与三者同归于泯灭，夫言之不可恃也盖如此。今之学者，莫不慕古圣贤之不朽，而勤一世以尽心于文字间者，皆可悲也！东阳徐生，少从予学，为文章，稍稍见称于人。既去，而与群士试于礼部，得高第，由是知名。其文辞日进，如水涌而山出。予欲摧其盛气而勉其思也，故于其归，告以是言。然予固亦喜为文辞者，亦因以自警焉。③

三、个体何以不朽

白居易自知"失散"的可能性极大，面对这种可能性他所能做的就是做一个坚固的书柜，自己保管和交于后人保管。对于没有男性继承人的白居易而言，只能交由外孙流传下去，这更加剧了他的焦虑。

---

① 《欧阳修全集》，中华书局2001年版，第2096页。
② 《欧阳修全集》，中华书局2001年版，第2420页。
③ 《欧阳修全集》，中华书局2001年版，第632页。

>　　破柏作书柜,柜牢柏复坚。收贮谁家集,题云白乐天。我生业文字,自幼及老年。前后七十卷,小大三千篇。诚知终散失,未忍遽弃捐。自开自闭锁,置在书帙前。身是邓伯道,世无王仲宣。只应分付女,留与外孙传。(《题文集柜》)

个体面对时间和历史的抗争与无助感是人类永恒的话题,留名千古也就是"不朽"是超越这种焦虑的一个好方法,这里需要讨论的问题是,为什么是文学或诗歌成为追求不朽的载体。"立德、立功、立言"这一古老命题中的"立言"当然不仅指文学创作,而以诗歌创作博取不朽完全是诗人自己的选择。但这样的选择显然并不现实,正如蒋寅师所说:"文学的价值观在不知不觉中已对传统看法作了修正,'经国之大业'黯然失色,'不朽之盛事'也降低了调门,写作的目的具体化为使自己的人生,而不光是名字留存下去。""在这样的意识下,'不朽'的概念在记录的意义上被重新加以解释。"① 事实上,在诗歌逐渐朝向个体内在经验的书写的过程中,就存在着这样的隐患,诗与文字本身就是记忆的载体,并因此享有神圣性,用诗歌书写内在经验无疑是每个个体所渴望的。龚鹏程所谓"神圣作者观"向"所有权式作者"的转化是文学史上的大事。② 但是当诗与文字都只是"记录"的时候,这种神圣性即便没有消失也所剩无几。在这种情况下,获得不朽,需要开辟另外的渠道,"诗史"概念和创作方式的流行不啻为一个重要渠道。

很多人都在为博取不朽而努力,而白居易的努力之所以让后人反感,认为他好名,是因为他的努力太过执着于个人记忆的保存。赵翼的话恰好说明了这点:"以香山诗笔之精当,处处有鬼神呵护,岂患其不传,乃身计虑及此,一如杜元凯欲刻二碑,一置岘山之巅,一沉襄江之底,才人名心如此。"③ 赵翼

---

① 蒋寅:《古典诗学的现代诠释》,中华书局2003年版,第238—239页。
② 龚鹏程:《汉代思潮》,商务印书馆2005年版,第55—94页。
③ 赵翼:《瓯北诗话》,见郭绍虞编选:《清诗话续编》,上海古籍出版社1983年版,第1191页。

认为，优秀的作品自有鬼神为其保驾护航，保证其流传千古。如此说来，白居易确实完全没有必要担心自己作品的流传问题，因为他的作品当时就已经获得广泛的赞誉和传播。

  唐诗人生素享名之盛，无如白香山。初疑元相白集序所载未尽实。后阅《丰年录》：开成中，物价至贱，村路贾鱼肉者，俗人买以胡绡半尺，士大夫买以乐天诗。则所云交酒茗，信有之。①
  童子解吟《长恨》曲，胡儿能唱《琵琶》篇。（李忱《吊白居易》）

关于这一点，白居易本人也是心知肚明。

  日者又闻亲友间说，礼吏部举选人，多以仆私试赋判传为准的。其余诗句，亦往往在人口中。仆恧然自愧，不信之也。及再来长安，又闻有军使高霞寓者，欲聘倡妓，妓大夸曰：我诵得白学士《长恨歌》，岂同他妓哉？由是增价。又足下云书云：到通州日，见江馆柱间有题仆诗者，复何人哉？又昨过汉南日，适遇主人集众乐娱他宾，诸妓见仆来，指而相顾曰：此是《秦中吟》、《长恨歌》主耳。自长安抵江西，三四千里，凡乡校、佛寺、逆旅、行舟之中，往往有题仆诗者。士庶、僧徒、孀妇、处女之口，每每有咏仆诗者。②

赵翼认为，作品能够流传主要取决于两个因素：作品的质量与冥冥中的力量。把保证作品流传的责任交给鬼神，乍看之下，似是无稽之谈，事实上，在历史的长河中，个体记忆的保存在很大程度上靠的就是冥冥中的某种力量，实际上就是历史的偶然性。所谓"尽人事，听天命"，并非历史宿命论，而是历史的偶然性。面对历史的偶然性，个体无能为力，因此，应当保持泰然

---

① 胡震亨：《唐音癸签》，上海古籍出版社1981年版，第275页。
② 朱金城：《白居易集笺校》，上海古籍出版社1988年版，第2793页。

处之的态度,将其交给历史和后人而不是非要对抗这种偶然性。

应当说,白居易对历史偶然性的抗争取得了一定程度的成功,但后人并没有对他的努力和成功表示赞赏,因为这种成功本身也是一种偶然性。经过时间的侵蚀和历史偶然性留存下来的文本自然带有某种神圣性,这种神圣性是时间赋予的而非来自当时或后来的价值判断。叶燮说:"诗文集务多者,必不佳。古人不朽可传之作,正不在多。苏李数篇,自可千古。"① 对于后世读者而言,他们所看到的苏、李作品是被流传下来的,却不一定是他们最优秀的作品,无论以当时还是后世的标准评价,时间赋予了他们不朽,成为集体记忆是个体记忆得以流传的有力保障,但能否进入集体记忆也具有偶然性。欧阳修没有直接批评白居易,但他也反对汲汲于不朽,在《岘山亭记》中提到羊祜和杜预"二子所为虽不同,然皆足以垂不朽之声明。余颇疑其反自汲汲于后世之名者何哉?"

第二节 自我认同的失落与重构

流行于中晚唐的苦吟诗风是中国诗歌流变史中重要的一环,不仅成为当时的一种诗歌风尚,对后世的诗歌创作也有相当重要的影响。"你甚至说晚唐五代之崇拜贾岛是他们那一个时代的偏见和冲动,但为什么几乎每个朝代的末叶都有回向贾岛的趋势?宋末的四灵,明末的钟谭,以至清末的同光派,都是如此。不宁惟是。即宋代江西派在中国诗史上所代表的新阶段,大部分不也是从贾岛那份遗产中得来的赢余吗?"② 这里所说的虽然是贾岛对后世诗歌创作的影响,但几乎所有对贾岛的学习与模仿都难以避开"苦吟",无论

---

① 叶燮、薛雪等:《原诗·一瓢诗话·说诗晬语》,人民文学出版社1979年版,第68页。
② 闻一多:《唐诗杂论》,上海古籍出版社1998年版,第37页。

是寒苦的意象、"月锻季炼"的创作态度,还是清苦幽雅的风格。"苦吟"也成为中国古代诗史乃至整个文学史的重要命题,但是,这一中国诗史上的重要现象不仅具有文学上的意义,同时也是中晚唐知识阶层重构在科举制发展中逐渐失落的"自我"的一种尝试。所谓"自我"是建立在文化优越性和道德优越性之上的给予知识阶层独立地位的核心价值体系。孟郊、贾岛等诗人试图通过"苦吟"重新获得文化和道德上的优越性,进而重构"自我"。

一、知识阶层"自我"的失落

如上文所言:"几乎每个朝代的末叶都有回向贾岛的趋势。"在社会状况和士人心态方面,苦吟诗风所流行的中晚唐时期和很多王朝由繁盛转向没落的时期有许多相似之处:世风浇薄、绝对皇权的衰落、民不聊生以及士人或救世或遁世的心态。但有一个重要的影响因素是其他时期所没有的,彼时,科举制这个产生于隋唐时期并影响中国社会一千三百多年的选举制度已经固定下来并开始发挥它的作用。这里特别强调的是"开始发挥作用",因为科举制对社会状况和士人心态的影响在其产生后直至消亡始终存在,并非中晚唐所独有,但"开始发挥作用"的阶段性意义使它对中晚唐的影响不同于其他时代。

"开始发挥作用"的阶段性意义在于科举制是如何发挥作用的,也就是说它是如何运作的。当唐太宗得意地说"天下英雄入吾彀中矣!"①之时就已经表明科举制绝非选举人才那么简单,但这一看似赤裸裸的表达却并没有揭示科举制的秘密,真正的秘密仍然被小心翼翼地掩藏着。唐太宗的话表明科举制改变了皇权拥有者和知识阶层之间的关系,但另一对更为关键的关系——"权力与知识/文化"②的改变则被轻而易举地隐去。皇权的拥有者越过知识阶层直接与知识发生关系,而这也正是科举制真正的秘密。福柯认为:"权力只有掩盖住自身的实质部分才能为人们所容忍。它的成功与隐藏自己

---

① 王定保:《唐摭言》,上海古籍出版社2012年版,第2页。
② 对于中国古代知识阶层而言,文化和知识具有同质性,因此在本文中文化和知识这两个概念是相通的。

机制的能力成正比。"① 在中国古代的历史中，权力和知识的关系始终存在：春秋之前，权力和知识是二位一体的，那时的知识对于掌权者而言不具有危险性，权力运作秘密的掩盖也比较容易。春秋战国时期，权力和知识逐渐分化，战国末期，知识阶层产生，掩盖权力运作秘密开始变得困难，因为权力的拥有者很难向知识阶层隐藏权力的运作机制。与此同时，知识阶层通过构建知识体系使自己拥有文化和道德上的优越感，这种优越感对于权力而言同样危险，因此，权力的拥有者必须拿出一部分的利益与其分享。如汉朝初年，大一统的政治格局需要构建国家意识形态并阐释其合法性，这显然只能由知识阶层提供。因此，知识阶层与皇权的拥有者之间存在着联盟或共谋的关系。东汉末年，在与皇权的联盟和共谋的过程中逐渐在官僚体系中获得一定地位的士人形成了一个特权阶层，他们不仅拥有政治和经济的特权，更重要的是他们拥有文化特权，并且这种文化上的特权逐渐成为他们主要的标志，这就是士族。严格意义上说，士族并不是纯粹的知识阶层，但士族势力的膨胀让权力的拥有者很难不注意到知识正在威胁着权力，最有效的解决方法就是彻底改变权力与知识的关系。科举制正是通过改变权力与知识的关系改变了皇权拥有者和知识拥有者的关系。具体的方法是将知识与知识阶层相剥离，当统治者宣称知识是选举人才的主要标准时，就是知识与知识阶层相剥离的开始，这种剥离的高明之处在于剥离的当下不会感觉疼痛，因为掌权者抛出了有力的诱饵——知识成为选举人才的主要标准，这意味着权力系统直接向知识阶层开放。在权力诱惑的掩盖下，关于知识的游戏规则的制定权不着痕迹地转移到了掌权者手里，即什么样的知识是正确的、合法的从此由掌权者决定。

皇权的拥有者虽然在实际上拥有了知识，但知识的传承和实际运用仍然要靠知识阶层。因此，被剥夺了知识拥有权的"知识阶层"并没有消失，他们作为知识的存储者、传承者和执行者仍然存在。在某种程度上，他们对权

---

① [法]米歇尔·福柯：《性史》，姬旭升译，青海人民出版社1999年版，第75页。

力的威胁依然存在。科举制则通过它的另外一个特征为这一问题提供了解决的方法——通过公开招考的方式对知识进行祛魅。公开招考的方式让更多经过学习的人都可以参加考试,这意味着机会向尽可能多的人开放,而机会的扩展使更多的人走上读书做官的道路,当知识成为多数人都可以拥有的东西(尽管通常只存在理论上的可能),它因为曾经作为权力同一体所具有的神圣性和因为知识体系建构所具有的神秘性被渐渐消解,知识的祛魅使知识阶层所掌握的知识面对权力时显得苍白无力。

科举制成为知识阶层命运的转捩点。知识阶层投入科举的洪流,在宦海沉浮中,他们的"自我"渐渐失落。知识阶层"自我"的失落主要体现在文化优越性和道德优越性的失落。

知识是知识阶层立身之本与存在的意义,将知识与知识阶层相剥离对知识阶层而言无疑是釜底抽薪。科举制赋予知识无上的尊荣,却无法给予知识阶层同样的尊荣,相反将他们置于被评价和规训的境地。对于这一点,在知识阶层内部很快就有人意识到了。韩愈在《答崔立之书》中写道:"夫所谓博学者,岂今之所谓者乎?夫所谓宏辞者,岂今之所谓者乎?诚使古之豪杰之士若屈原、孟轲、司马迁、相如、扬雄之徒进于是选,必知其怀惭乃不自进而已耳;设使与今之善进取者竞于蒙昧之中,仆必知其辱焉。"[①] 显然他已经敏感地意识到屈原和孟子这些多数情况下都能在知识阶层评价体系内获得高度评价的人将无法在科举评价体系中获得同等的评价。韩愈没有解释这种现象产生的原因,这很有可能因为他"不识庐山真面目,只缘身在此山中"。这段话是在韩愈"退自取所试读之,乃类于俳优者之辞,颜忸怩而心不宁者数月"之后所发的感慨,韩愈十六七岁时所读的"圣人之书"是知识阶层内部的知识传承,当这样的知识遭遇科举制的评价标准时,冲突产生了。中唐之时,知识的内容还没有完全根据科举的评价标准重编,因此韩愈才会遭遇冲突,宋之后,士人很少会遭遇这种冲突。面对冲突,韩愈选择了顺应现行

---

① 韩愈:《韩昌黎文集校注》,马其昶校注,上海古籍出版社1986年版,第167页。

的评价标准,在若有所思的感慨中失掉了文化上的优越性,也可能因为他通过科举制跻身权力系统成为了既得利益者而忽略了这种失落。

科举制消解的不仅是知识阶层的文化优越性,还有他们的道德优越性。对于知识阶层而言,文化和道德是相互关联的,他们钻研知识的最终目的是获得道德的提升,道德上的自足和不朽是知识阶层追求的至高境界。士对道德精神的坚守很多时候体现为"穷"时的选择,"穷"时的表现常常与"达"时的表现对举。孟子认为士应当"穷不失义,达不离道","穷则独善其身,达则兼济天下"。然而白居易的"中隐"概念则表明了中唐时期知识阶层在道德上的追求发生了某些变化,"中隐"使追求道德自足的"独善其身"具有了些许明哲保身的意味。他在《与元九书》中写道:"古人云'穷则独善其身,达则兼济天下。'仆虽不肖,常师此语。大丈夫所守者道,所待者时……进退出处,何往而不自得哉?故仆志在兼济,行在独善。奉而始终之则为道,言而发明之则为诗。"① 这虽是白居易在被贬江州后所写,难免发发牢骚,但他的"独善其身"明显缺少提升个人道德修养的意味。他安于自己在《中隐》诗中所构建的生活图景,而他追求中隐生活的目的是"不劳心与力,又免饥与寒"和"唯此中隐士,致身吉且安"。白居易的这种态度不能说他已经放弃了道德追求或无法坚守"君子固穷"的精神,而是"君子固穷"精神的意义在当时已相当淡薄,像颜回那样只需要安于"一箪食,一瓢饮,在陋室"的生活并从中寻找快乐就可以得到道德的升华的时代已经不复存在了。

当文化优越性和道德优越性同时发挥作用时,中国古代的知识阶层类似于鲍曼所谓的"立法者",即"超越了各种不同的帮派利益和世俗的宗派主义,以理性代言人的名义,向全体国民说话"② 的人。科举制消解了他们道德的超越性,摧毁了他们为社会提供价值判断的自信和为民众代言的社会责

---

① 朱金城:《白居易集笺校》,上海古籍出版社1988年版,第2794页。
② [英]齐格蒙·鲍曼:《立法者与阐释者——论现代性、后现代性与知识分子》,洪涛译,上海人民出版社2000年版,第27页。

任感的基础，丧失了文化和道德优越性的知识阶层事实上已经失去了"自我"。文化优越性的消解使他们进则受制于人，道德优越性的消解使他们退而无可守，终其一生只能在进退之间挣扎、沉沦，这也是中晚唐知识阶层多数人生活的写照。

二、苦吟与"自我"重构的选择

"苦吟"在中唐诗坛虽然非常流行，但是在社会影响力方面则无法与另外两个文学运动——新乐府运动和古文运动相比。"苦吟"被归于文学领域，而新乐府运动和古文运动则不仅被归于文学领域，也被归于文化领域。这主要是因为新乐府运动和古文运动都明确地宣称了自己的目的："救济人病，裨补时阙"。古文运动主张文以明道，恢复儒学的权威，以此来挽救日益沦丧的道德水准，重新整顿社会秩序。文学成为明道的工具，以传达儒家圣人之道为目的。"苦吟"虽然出现在孟郊、贾岛和姚合等诗人的作品中，但并没有人直接阐明"苦吟"的目的和意义所在。这种现象在很大程度上是因为苦吟诗人与另外两个运动的成员在身份上存在差异。元、白的仕途虽然说不上一帆风顺，但在实质上他们都进入了官僚体系之中，对于古文运动的成员而言，从早期的萧颖士、李华、梁肃和孤独及，到鼎盛时期的韩愈、柳宗元、李翱等人都在仕途上有所成就。相比之下，孟郊、贾岛、姚合以至晚唐的杜荀鹤和卢延让等人都只能算是寒士，其中姚合是一个特例，虽然三十八岁才进士及第，两年后获得武功县主簿这样一个小官，但武功任满之后他的仕途进行得相对顺遂，虽然谈不上扶摇直上却是稳步上升，到他六十二岁时做的最后一个官是秘书监。

进入了官僚体系中的新乐府诗人和古文运动的成员，当他们提出某种文学主张并产生一定影响的时候，他们所依恃的不仅仅是作为知识人的文学素养和理论知识，还有其在官僚体系中的位置。因此，新乐府运动主张回归儒家讽喻的诗学传统，从表面看，试图通过讽谏重新建立皇权拥有者和知识阶层的对话体制，再次发挥诗作为沟通者的作用，而古文运动旨在重塑儒家道统的权威地位，希望重建能与政统抗衡的道统。他们都在努力获得更多的文化资本，提高知识阶层的地位，但无法否认这种活动的最终目的或走向是通过获得更多的文化资本来获得政治资本，而无法达到重构知识阶层核心精神的目的。相反，长期徘徊于科举门外或权力体系边缘的苦吟诗人们则因为无法进入权力系统而获得了因科举而跻身权力系统的既得利益者无法获得的体验。严格意义上讲，中晚唐时期，正是科举制产生了大量的寒士，公开招考的政策使很多人选择成为知识阶层的一员，知识阶层的人数空前膨胀，然而真正能进士及第的毕竟少之又少，多数人只能生活在困顿之中。"下第只空囊，如何往帝乡"（贾岛《下第》）不仅表现了生活的贫寒，还说明求取功名还要长时间停留在长安，奔走于权贵之门。物质生活上的匮乏、仕途上的不顺加之目睹科场的黑暗，自然引起他们的不满。贾岛作《病蝉》诗"以刺公卿"，这首诗非但没有达到"刺公卿"的效果，反而因"挠扰贡院"而被"逐出关外"。这件事一方面说明托物讽喻的儒家诗教在当时已很难发挥它的作用，另一方面说明贾岛对诗的价值和意义的认识。

对于贾岛这样的寒士而言，知识是他们所能依靠的全部，然而仕途的坎坷使他们意识到知识所能带来的利益是极不稳定的。如果要依靠知识获得稳定的利益则必然要重新确立知识的地位。贾岛在其他的一些诗中表达了复古思想："我有吊古泣，不泣向路歧"（《寄孟协律》），"追琢垂今古，敦庞得古初"（《寄李辀侍御》）。贾岛的复古思想通常被解释为儒家道统和文学创作方面的复古，但在中国古代历史中，这种解释具有普遍意义，它适用于很多时代的很多人，然而，不同时代不同人的复古思想都有其当下的意义。就贾岛而言，他的复古思想在《寓兴》一诗中表达得更为明确："真集道方至，貌殊妒还多。山泉入城池，自然生浑波。今时出古言，在众翻为讹。有琴含正韵，知音者如何。一生足感激，世言忽嵯峨。不得市井味，思响吾岩阿。浮华岂我事，日月徒蹉跎。旷哉颍阳风，千载无其他。"所谓浮华之风是感叹当时社会中知识地位的沦落，复古的渴望则表达了重新恢复知识地位的希望，而恢复知识的地位还需要具体的方法，贾岛的选择是以极大的热情投入到诗歌创作中。那么他这种选择的基础是什么呢？日本学者吉川幸次郎认为，"仅仅作为文学专门家的人是不存在的"，"文学创作不是特殊的职业，而是普遍必须的教养"，是知识人"必须共有的资格与任务"。不仅是参与文学活动，作为知识人"还要求参与政治，参与哲学活动；参与文学创作和这二者相并列，是三位一体的要求。"① 对于中国古代的知识阶层而言，文学和哲学是他们知识体系构成的主要部分，当他们探索或追求某种意义的时候，往往会从这两个方面开始。唐代并不是哲学发达的时代，这或多或少是因为哲学知识更具危险性，在科举实行的初期受到很大限制。除此之外，"进士科在八世纪初开始采用考试诗赋的方式，到天宝时以诗赋取士成为固定的格局"②。同时，诗歌在唐朝的流行也是选择在诗歌中重构"自我"的客观原因。

三、苦吟中的"自我重构"

随着科举制的推行，知识阶层的文化优越性和道德优越性逐渐被消解，而他们的价值体系也被解构，对此有切身之感的寒士们希望通过诗的创作重新获得文化上和道德上的优越性，苦吟诗风据此产生。在晚唐以及其后的时间里，苦吟主要被理解为一种专心于诗艺的创作态度，而在中唐的时候，苦吟不仅仅指创作态度，还包括在诗中反复吟咏诗之外的个人生活的痛苦。宇文所安认为"苦吟"是一种投资，投入相当的时间和精力，而"在写诗上面花费时间和精力本身就是一种价值"③。这种说法当然不无道理，但诗人投入大量的时间、精力和热情不完全是为了追求推敲与琢磨过程本身所产生的价值，应该还有更深层次的意义。

知识阶层的文化优越性来源于他们掌握只有少数人能够掌握的知识，然而，知识祛魅的趋势已经无可挽回，知识不能再次成为只有少数人可以获得

---

① ［日］吉川幸次郎：《中国诗史》，章培恒等译，安徽文艺出版社1986年版，第3—4页。
② 傅璇琮：《唐代科举与文学》，陕西人民出版社1986年版，第408页。
③ ［美］宇文所安：《他山的石头记——宇文所安自选集》，田晓菲译，江苏人民出版社2006年版，第165页。

的"奢侈品"。在这种情况下,在知识的某一领域中"返魅"是一个不错的选择,苦吟诗人宣称诗不是可以随便写成的,需要花费大量的时间、精力甚至热情,在这个意义上的苦吟指的是创作态度。他们常常直接把"月锻季炼"的苦吟态度直接呈现在诗中。贾岛的诗中有"沟西吟苦客"(《雨夜同厉玄怀皇甫荀》),"风光别我苦吟身"(《三月晦日赠刘评事》),"默默空朝夕,苦吟谁喜闻"(《秋暮》),"书赠同怀人,词中多苦辛"(《戏赠友人》)。姚合的诗中有"秋来吟更苦,半咽半随风"(《闻蝉寄贾岛》),"欲识为诗苦,秋霜若在心"(《心怀霜》),"眠迟消漏水,吟苦堕寒涎"(《和厉玄侍御、无可上人会宿见寄》),"永日厨烟绝,何曾暂废吟"(《闲居遣怀十首》其五)。孟郊的《夜感自遣》使他成为中唐最早将苦吟和诗歌联系在一起的人,"夜学晓未休,苦吟神鬼愁"。这里的"苦"可能是他当时的凄苦心境或寒苦生活,也可能是为作诗而付出的辛苦。苦吟诗人们不断强调他们为作诗付出的辛苦和心血,这使得苦吟与诗歌的关系逐渐加强,随之而来的是一种新的评价标准的产生,即好诗是苦心思索、反复推敲修改之后形成的,尽管这样的评价可能来自作品之外而非作品本身。譬如宇文所安所说的"投资",但这在中国文学中是相当常见的现象。如钱穆所言:"中国文学之成家,不仅在其文学之技巧与风格,而更要者,在此作家个人之生活陶冶与心情感映。作家不因于其作品而伟大,乃是作品因于此作家而崇高也。"[①] 这种评价体系的构建不仅是诗人个人的行为,而是具有某种集体性,在苦吟诗人们互相来往的诗篇中,诗是一个非常突出鲜明的内容。贾岛写给姚合的诗中有:"新诗不觉千回咏,古镜曾经几度磨"(《黎阳寄姚合》),"美酒易倾尽,好诗难卒酬"(《酬姚合校书》),姚合写给贾岛的诗中则有:"狂发吟如哭,愁来坐似蝉"(《寄贾岛》),"雨里难逢客,闲吟不复眠"(《喜贾岛雨中访宿》),"渐老病难理,久贫吟益空"(《寄贾岛》),"洛下攻诗客,相逢只是吟"(《洛下夜会寄贾岛》)。如上所述,姚合的人生经历尤其是仕途经历与贾岛和孟郊有

[①] 钱穆:《中国文化与中国文学》,见《中国文学论丛》,生活·读书·新知三联书店2002年版,第40页。

所不同，他们之间更多的共同点在于对诗歌的创作态度。贾岛在《投孟郊》诗中赞美孟郊的诗，称自己"录之孤灯前，犹恨百首终。一吟动狂机，万疾辞顽躬"。孟郊也肯定了贾岛的诗歌创作："诗骨耸东野，诗涛涌退之。"（《戏赠无本二首》其一）

　　知识阶层所拥有的文化优越感还赋予他们另外一个优越感——审美优越感，好诗必出于苦吟的评价方式自然影响到了当时的审美趣味。李肇在《唐国史补》中说："元和之风尚怪。"① "尚怪"意味着追求不同于已有的意象和意境，贾岛诗中有很多在他之前很少出现的意象，如"秋声依树色，月影在蒲根"（《南池》），"栖鸟棕花上，声钟砾阁间"（《送孤独马二秀才居明月山读书》），"湿苔粘树瘿，瀑布溅房庵"（《寄魏少府》）。闻一多认为，贾岛诗中很多奇僻的意象与他早年的僧侣生涯密切相关，"我们应该记得贾岛曾经一度是僧无本"，因此"现在的贾岛，形貌上虽然是个儒生，骨子里恐怕还有个释子在"。② 但需要注意的是，诗人，无论是声名显赫还是默默无闻，都不是天生就会作诗，需要一个学习的过程，在中国古代，这个学习的过程通常表现为学习前人的作品，也就是进入诗歌话语体系的过程。对于大多数时代的诗人来说都无法回避这个过程，而对于中唐诗人来说，他们面对的更是一个强势无比的诗歌话语系统。当然，这并不意味着已有的诗歌话语系统不能改变，但如果将奇特的人生经历和奇特的意象完全联系在一起，显然忽略了诗歌话语系统。因此，贾岛诗中那些奇特的意象和奇僻的意境固然与他的生活经历不无关联，但这亦是他苦心经营的结果。同样，孟郊通过"直接描写肢体和骨骼的生理感觉"来写衰老，而"不是像前人那样属意于白发、苍颜，或用衰老、迟暮这些概念化的字眼"③，这也是经过苦心探索而形成的。事实上，他们试图构建一个新的诗歌话语系统，这当然不是空前的，但他们的热情、努力和其中的感伤与悲壮意味却让人后感到震撼。

---

① 李肇等：《唐国史补·因话录》，上海古籍出版社1979年版，第57页。
② 闻一多：《唐诗杂论》，上海古籍出版社1998年版，第33页。
③ 蒋寅：《孟郊创作的诗歌史意义》，载《华南师范大学学报（社会科学版）》2005年第2期。

在苦吟诗人们构建新的诗歌评价体系的同时，诗的另外一个特征也是他们着意强调的，那就是作诗之难。"李贺母责贺曰：是儿必欲呕出心乃已。非过论也。今之君子，动辄千百言，略不经意，真可责哉。"① 从苦吟的角度讲，正因为作诗难，才需要投入更多的时间和精力，不断修改和推敲，另外，苦吟所构建的评价标准为作诗难这一论断提供了有力的支持。强调作诗之难和构建评价体系与审美趣味一起对诗歌创作进行了限定，将诗歌创作变成了只有部分人能够进行的活动，就事实而言，这种理想没有变成现实，但苦吟诗人们却从中获得了文化的优越感。

关于诗歌技巧与道德的关系是文学中非常重要的话题，在中国古代历史中，"汉代偶尔发现的关涉到文学技巧的愉悦，引起了强烈的负面反应：用扬雄的话来说，就是'雕虫'，即一种被虚耗浪费了的专注力，这种被浪费的注意力显示一个人容易产生道德懈怠。诗歌技巧在南朝成为人们强烈的兴趣所在，然而理论家们依然将它视为社会道德败坏的迹象。……七世纪和八世纪上半叶，诗歌技巧论有了充分的发展，野心勃勃的诗匠们得以据之习得诗歌技法。""当时对于技巧的谴责少了，但没有消失。"② 诗歌技巧和道德似乎总是不相容的，追求诗歌技巧必然会造成对道德的消解，但在中唐时期，在苦吟中，技巧和道德在一定程度上找到了平衡点。这是因为，在前代追求技巧带来的是"愉悦"，此时追求技巧带来的则是痛苦。这种痛苦使技巧获得了某种道德力量。"两句三年得，一吟双泪流"很好地说明了技巧与痛苦的关系，为了获得两句诗花费了三年的时间，并且这两句诗是令诗人满意的，那么为什么要流泪呢？因为，"一吟"之时三年的辛苦全部涌上心头，流泪是因为他被自己的执着所感动，而当他把这种感动呈现出来的时候，也是在引导读者为之感动。在感动的过程中，诗人和读者共同经历了一次道德的升华。苦吟对于技巧的追求不同于前代诗人，它将写诗的技巧或者说形式与内

---

① 魏庆之：《诗人玉屑》，上海古籍出版社1978年版，第172页。
② ［美］宇文所安：《中国"中世纪"的终结——中唐文学文化论集》，陈引驰、陈磊译，生活·读书·新知三联书店2006年版，第87页。

容结合起来,虽然很多时候可能结合得并不巧妙,但使得像分析南朝诗那样将内容与形式分开评论变得非常困难。

如果说在追求技巧的过程中获得道德力量是苦吟诗人的独创,那么在生活的困苦中汲取道德力量则来自一个古老且被广泛尊崇的儒家理念——"君子固穷"。中唐时"君子固穷"的观念已经相当淡薄,因为"固穷"这一行为必须获得一种公共性才能实现它的道德性,也就是说,"固穷"必须被人知道。中国历史上那些有名的隐士都是因为被人所知才成为隐士的,他们的隐居本身即是一种宣言,在知识阶层人数很少的时代,如果一个知识人宣称自己只有隐遁才能保全自己的道德精神那将是对世风极大的控诉。但这种情况在中唐时几乎不可能发生。一方面,知识人的数量太过庞大,无法想象所有在科举考试中失利的人都选择隐居将会是怎样的情境;另一方面,随着知识的祛魅知识人也贬值了。像贾岛和孟郊这样的人,如果不是拼命获得了诗名,孟郊可能会在科举考试的录取名单中留下模糊的印记,而贾岛只能被历史淹没。但是,苦吟诗人们抓住了实施"固穷"行为的关键,那就是通过在诗中反复吟咏的方式让他们的贫穷和坚守被人知道。贾岛的《朝饥》诗详细描述了自己的贫寒,最后表明自己坚守的态度。他们也会采取互相称赞的方式达到为人所知的目的。如姚合称赞贾岛虽然贫寒却能"悄悄掩门扉,穷窘自维系"(《寄贾岛浪仙》)。更多的时候,诗中只出现饥饿、寒冷和病痛等意象,而没有表明态度,这是因为贫寒和困苦本身就可以成为高尚品质的象征,但强调贫苦本身的价值也恰恰表明了上面所说的"固穷"已经不存在社会基础了,也预示这种希望重获道德优越性的尝试同样很难实现。

第三节 李白的"谪仙"角色记忆

一、"谪仙"角色的由来

关于李白如何获得"谪仙"的称号有非常多的记载,最初见于李白自己的《对酒忆贺监二首序》:"太子宾客贺公于长安紫极宫一见余,呼余为谪仙人,因解金龟换酒为乐,怅然有怀而作是诗。"孟棨《本事诗》、王定保《唐摭言》和辛文房《唐才子传》等对此事都有记载。这些记载与李白《序》中的主要事实基本相同,即李白与贺知章在长安有一场会面,在这场会面中,贺知章给了李白一个名号"谪仙"和金龟换酒的欢饮。但在基本事实的基础之上,又对会面的前因后果和会面的具体细节进行了补充。会面之因是不期而遇还是有目的的相访,若是相访是谁访谁?按《本事诗》记载,是贺知章闻其名而访之,按《唐摭言》和《唐才子传》记载,则是李白因"名未甚振"而拜访贺知章,实际是一种干谒行为。会面之果:除了获得"谪仙"这一称号之外,只有《唐才子传》提到了贺知章"遂荐于玄宗",算是一个理想的结果。会面的细节则主要集中在贺知章为何称李白为"谪仙",按《唐摭言》和《唐才子传》记载,贺知章因李白的《蜀道难》而呼其为"谪仙",而《唐才子传》的记载则表明,"谪仙"之号不仅来自于《蜀道难》的奇,也来自李白的个人风采。这些记载彼此之间有一定的出入,真实性方面也存在很多争议,如《蜀道难》是否存在于这场会面中。但它们有一个共同点,即都力图更加完整细致地重现这场重要的会面,而这些详细描写的最终指向或所要彰显的主要内容显然是"谪仙",可见李白"谪仙"称号影响之深,在当时获得广泛的社会认同和后世不断的追加认同。究其原因,李白本身的影响力当然是一方面,同时,李白的"谪仙"形象一定得到了相当成功的诠释和彰显。一个不能忽视的问题是,荣膺"谪仙"称号之时,李白已是不惑之年,人生的历程走完了三分之二,他被称为"谪仙"的时间只占人生的三分之一,但这三分之一人生中的形象却覆盖或超越了他整个生命历程,成为李白整体形象的表征。因此,从某种程度上说,"谪仙"不仅仅是李白的一个称号或对他的一种赞美和肯定,已经成为李白的社会角色。这是一个专属于李白的特殊的角色称谓。

"角色"作为一个戏剧术语由乔治·赫伯特·米德引入社会学和社会心理学领域,但是米德本人并未对这一概念进行明确的描述和界定。米德之后,社会心理学和社会学领域的许多学者都在各自的研究中对"角色"概念进行各自的阐述,我国学者周晓虹认为尽管不同的学者对"角色"有不同的理解,但是"从这些学者的论述中我们还是可以分析出角色一词包含的两种主要成分:社会的客观期望和个体的主观表演。综合这两种成分,角色可被定义为处于一定社会地位的个体,依据社会客观期望,借助自己的主观能力适应社会环境所表现出的行为模式"[①]。他关于"角色"的两个核心内涵把握得比较准确,并且在一定程度上综合了结构角色论和过程角色论;这一界定虽然将社会的客观期待和个体的主观表演进行了整合,但仍然忽略了作为角色承担主体的个体的另外一个方面——个体角色期待。因此,"角色"应当是处于一定社会地位的个体,依据社会客观期望,借助自己的主观能力适应社会环境和实现自我角色期待所表现出来的行为模式。根据这个界定,"谪仙"如果作为一种"角色",必须具备两个条件:社会期待和在社会活动中努力实现社会期待的个体。社会期待是"角色"存在的基础,在李白生活的时代,"谪仙"虽然不像"士"这样的角色有比较明确的界定和角色期待,但从时人杜甫对此事的反应可以看出,这一称号已经具有相对固定的角色内涵和角色期待。杜甫《寄李十二白二十韵》云:"昔年有狂客,号尔谪仙人。笔落惊风雨,诗成泣鬼神。"不难看出,杜甫没有纠缠于"谪仙"的内涵与意义,这样的反应当然也可以解释为"谪仙"这一说法古已有之而非唐代新兴。事实上,李白也确实不是第一个被称为"谪仙"的人,但没有一个像李白这样与这个角色相互融合而密不可分的。因此,"谪仙"作为一个"角色"有其承担和扮演的主体,只有当李白去承担或扮演时,它才是一个"角色"。

从角色承担主体获得角色的方式,"角色"可分为先赋性角色和自致性角色。前者"指那些不必经过角色扮演者的努力而由先天因素决定或由社会所规定的角色。具体说,在社会生活中一般存在两种先赋性角色:一种是由

---

① 周晓虹:《现代社会心理学——多维视野中的社会行为研究》,上海人民出版社1997年版,第361页。

遗传、血统等先天因素决定的，诸如性别角色以及由父子关系而产生的父亲角色和儿子角色等；另一种则是由社会规定的，如封建时代通过世袭制继承帝位所形成的皇帝、王公或公爵、伯爵等角色"。自致性角色或获得性角色"指社会个体通过自己的主观努力进入某一社会位置后所扮演的角色"①。对于承担角色的主体而言，先赋性角色先于主体而存在，但这并不意味着它与自致性角色毫无关联。事实上，它始终影响着自致性角色的形成（获得）和扮演；同样，在角色扮演的过程中，主体也并非处于完全被动的境地。对于李白而言，"谪仙"显然不是先赋性角色而是自致性角色，与一般意义上的自致性角色所不同的是，"谪仙"最初是他人给予的，但贺知章给予的是一个称号而不是一个"角色"，彼时，"谪仙"不是一个"角色"，而李白也没有获得这一"角色"，只有当李白接受并认同时，才获得了"谪仙"这一角色，从《答湖州迦叶司马问白是何人》中的"青莲居士谪仙人，酒肆藏名三十春"，《留别西河刘少府》中的"谓我是方朔，人间落岁星。白衣千万乘，何事去天庭"和《金陵与诸贤送权十一序》中的"吾希风广成，荡漾浮世。素受宝诀，为三十六帝之外臣。即四明逸老贺知章呼余为谪仙人，盖实录耳"等可以看出，李白不仅接受和认同"谪仙"角色，还在此基础上更进一步开始扮演"谪仙"角色。南宋葛立方已对这一现象有所认识，其《韵语阳秋》卷十一云："岂非因贺季真有谪仙之目，而固为是以信其说邪？"②

二、"谪仙"角色的解读

如上所述，在李白生活的时代，对于"谪仙"已经有了相对固定的角色内涵和角色期待，这其中既包括一般意义上的理解，也包括盛唐人特有的理解。具体而言，有以下几个方面。

---

① 周晓虹：《现代社会心理学——多维视野中的社会行为研究》，上海人民出版社1997年版，第362页。

② 葛立方：《韵语阳秋》，中华书1985年版，第81页。

第一，被贬下凡的原因。关于李白这个"谪仙"被贬人间的原因，李白自己没有说明，当时及后世的人也没有在文献中记载这一原因。明代李东阳《采石登谪仙楼》中有"纵有神仙亦妒才，不然岂谪来中土？"他认为李白被贬下凡是因为遭到其他神仙的嫉妒。神仙世界是依据现实世界建构的，因此，其构成与现实世界有许多相似之处，李东阳的想象显然将神仙世界与现实世界无限地拉近。

第二，被贬下凡的目的。《初学记》引《汉武内传》"西王母使者至。东方朔死，上问使者，对曰'朔是木帝精，为岁星，下游人中，以观天下，非陛下之臣。'"① 可见东方朔作为木帝精被贬下凡是负有"下游中人，以观天下"的使命。如果被贬下凡是为了完成某项伟大的事业，被贬下凡的原因就显得不那么重要了，只是找一个理由罢了，重点是如何完成使命。

第三，"谪仙"的最终归宿。完成使命之后，"谪仙"就可以重新回到神仙世界。虽然最终的归宿指向重回神仙世界，但完成使命的过程并不一定顺利甚至会充满坎坷、承受磨难，这使得身负重大使命的"谪仙"常常有一种"使命焦虑"，终其一生都在追求伟大的事业。

第四，"谪仙"具有非凡的气质。"谪仙"的身份虽然并不能助其完成使命，但毕竟不同于凡人，自有一种非凡的气质，对于非凡气质的判断并没有确定的标准，不同时代有不同的标准。盛唐人的判断除了才华之外还有一种对气度风貌的判断，南卓《羯鼓录》载明皇称汝阳王琎"资质明莹，肌发光细，非人间人，必神仙谪堕也。"② "资质明莹，肌发光细"是一种观感，这种观感与其说是来自于汝阳王本身的容貌，不如说是来自于汝阳王所表现或者说所散发出来的气度风貌，这与盛唐外放的文化相契合。

基于以上分析，李白所处时代的"谪仙"的角色内涵和角色期待可以这样描述：他要有强烈的使命感且执着于使命的完成，一旦使命完成则重列仙班，不贪恋世俗权位，他要有盛唐人所公认的非凡才华与气质并能将其淋漓

---

① 徐坚等：《初学记》，中华书局2004年版，第12页。
② 南卓等：《羯鼓录·乐府杂录·碧鸡漫志》，上海古籍出版社1988年版，第5页。

尽致地发挥，放大到极致，这样一个角色，非李白莫属。并且，以上的描述可说是李白对自己人生的设计。李白在《代寿山答孟少府移文书》中描述他对自己人生的设计："申管晏之谈，谋帝王之术，奋其智能，愿为辅弼。使寰区大定，海县清一，事君之道成，荣亲之义毕。然后与陶朱留侯，浮五湖，戏沧州，不足难以。"这与"谪仙"的经历如出一辙。使李白欣然接受这一赞誉并热烈投入其中的最重要的原因应是"谪仙"角色为李白解决了人生中一个重要的矛盾——"仕"与"隐"之间的矛盾。这个矛盾不是李白独有的，它是士人阶层共有的群体矛盾，但每个个体对待或解决这一矛盾的方法显然不尽相同，通过"谪仙"角色来解决则是李白独有的。相对于其他历史时期而言，盛唐时期，"仕"与"隐"的矛盾似乎并不是十分突出。当时的隐逸具有以隐求仕的特征，这在一定程度上调和了这一矛盾。王昌龄在《上李侍郎书》中说："昌龄岂不解置身青山，俯饮白水，饱于道义，然后谒王公大人以希大遇哉！"① 可见这是当时社会的常态或社会风尚。尽管当时的社会条件为士人的仕途提供了比较宽松的环境，但能取得成功的人仍然是凤毛麟角；如果将当时有求仕之心的人的数量因素加入，成功的概率恐怕与士人们的预期相差甚远。在这种情况下，自然会有大量仕途不顺的人，即使他们可以抱有乐观的态度，"仕"与"隐"即便不是作为一种矛盾，也会作为一种选择出现在士人们面前。如果要在求取功名的道路上奔波，除了乐观积极的态度之外，似乎需要更为有力并且更具说服力的支持。"谪仙"离开世俗社会或隐逸的标准是使命的完成，对于李白而言，他接受并进入这一角色就意味着，他只有功成名就才能飘然远去，这使他的热衷功名、用事心切成为一种使命。因此，当"谪仙"称号翩然而至的时候，他没有将其当作一场美丽的邂逅匆匆而过，而是当作久候而至的遇合迅速进入并在其后的人生中扮演这一角色。

就自身条件而言，李白具有扮演这一角色的条件。李白自己在《大鹏赋

---

① 王昌龄：《王昌龄集编年校注》，巴蜀书社2000年版，第259页。

序》中记述了当时著名的道士司马承祯对他风貌形态的肯定:"余昔在江陵,见天台司马子微,谓余有仙风道骨,可与神游八极之表,因著《大鹏遇希有鸟赋》以自广。"这成为李白扮演"谪仙"角色的条件之一。同时,他也熟识道教事务:"炼丹紫翠房"(《留别曹南群官之江南》),"尝采姹女于江华,收河车与清溪,与天水权昭夷服勤炉火之业久矣"(《金陵与诸贤送权十一序》),"早服还丹无世情,琴心三叠道初成"(《庐山谣寄卢侍御虚舟》),"我来采菖蒲,服食可延年"(《嵩山采菖蒲者》),可见他对炼丹、服丹和服菖蒲都非常熟悉。

三、"谪仙"角色与帝王的"互动"

"谪仙"称号是李白初入长安获得的,其后三年的长安生活,李白在各种场合不遗余力地扮演着"谪仙"的角色。这其中,在与唐玄宗的互动或交往中,"谪仙"角色的扮演是相当特别的。"互动"和"交往"用在这里似乎都不是非常合适,因为这两个词都带有"平等"的意味,在唐玄宗和李白之间,无论李白是否有"平交王侯"的想法,他们两个人之间的关系都不可能存在平等。但是,长安三年,两人之间确实存在着面对面的情况,如果将李白的行为称为"在唐玄宗面前的角色扮演",则容易忽略唐玄宗的反应和行为,因此,姑且将他们相遇时双方的行为称为"互动"。

作为帝王,唐玄宗无疑是一个非常特别的互动对象,对于互动过程而言,他可以在任何时间以任何方式中断互动或完全改变互动的方式和方向;对于互动的对象而言,他可以完全控制互动的对象甚至消灭互动的对象,当然,即使是那些以残暴著称的帝王也不会处死所有或大多数与他互动的对象,因此,多数互动仍然是可以实现和进行的。在互动过程中,帝王虽然是互动的个体之一,却是一个制度性的存在。人与人之间的互动都在一定情境中,根据戈夫曼的拟剧理论,互动情境的建构包括两个部分:舞台设置和个人前台。舞台设置包括舞台设施、装饰品、布局,以及其他一些为人们在舞台空间各处进行表演活动提供舞台布景和道具的背景项目。一般而言，舞台设置往往是固定的，个人前台包括官职或官阶的标记，衣着服饰，性别、年龄、种族特征，身材和外貌，仪表，言谈方式，面部表情，举止，等等。一方面在这些永固传递符号的媒介中，有一些对个体而言是固定的——如种族特征，在一段时间内并不会因情境的变化而变化；另一方面，则是相对易变的，或者说是暂时的，譬如说面部表情。① 舞台设置指物理空间的设置，物理空间的固定性并不单指其难以移动的性质，更指其具有因为长期充当互动情境而凝结了许多具体互动中的特性，而这些特性不再轻易随着互动对象的改变而改变，反而会对互动进行某种规定和限制；个人前台则是个体对互动情境的建构。但是，帝王作为一个特殊的互动对象，对于互动情境的建构和定义，他有着趋向于物理空间设置的特性，即他自身的存在就是一种情境定义，他不必有任何话语、行动甚至表情，就可以建构一个情境。无论在古代社会还是现代社会，人们在社会中会扮演不同的角色，扮演何种角色取决于不同的情境和所面对的对象。譬如一位达官，面对皇帝，他是人臣；面对父母，他是儿子；面对妻妾，他是夫是主；面对儿女，他是父亲。同样的对象，皇帝的角色则呈现另外的情形，面对臣子，他是人君；面对父母（通常情况并不存在面对父亲的情况），他是儿也是君；面对皇后与嫔妃，他是夫是主也是君；面对儿女，他是父也是君。在所有的角色中，作为"君主"的角色始终存在。因此，在与帝王互动的过程中，互动的空间或余地相对较小，但这并不意味着互动无法进行，只是意味着帝王在互动过程中的行为更多体现为一种自主选择性行为，而不是完全依赖于互动对象的表现。

互动过程的进行依赖于互动双方或多方对他人眼里的我们的形象想象和判断，即我们在他人的表现中观察自己的表现，也就是查尔斯·霍顿·库利所谓的"镜中自我"："人们彼此都是一面镜子，映照着对方。我们在镜中看到我们的脸、身材和衣服，因为我们的兴趣在于这些形象是属于我们的。"

---

① ［美］欧文·戈夫曼：《日常生活中的自我呈现》，冯钢译，北京大学出版社2008年版，第19页。

"同样，我们在想象中得知别人对我们的外表、风度、目的、行动、性格、朋友等等的想法，并受这些想法的影响。"① 对"镜中自我"的观察会形成判断，而这种判断将影响进一步的互动，"我们羞于在一个坦率的人面前显得躲躲闪闪，在一个勇敢的人面前表现出胆怯，在一个优雅的人眼里显得粗鲁，如此等等。我们总是在想象，并在想象中与另一个头脑持同一判断"②。在帝王与人们的互动中，帝王作为一面镜子显然不像社会中一般的个体那样容易在其中观察自己的表现，更加难以形成判断，很多情况下，帝王像一面反光镜，当人们看向镜子的时候，除了刺眼的光芒一无所获。

  基于以上分析，可以尝试对李白与唐玄宗的初次会面进行描述（对于可能有长期互动或一方期望有长期互动的互动而言，初次会面尤为重要）。当李白首次出现在唐玄宗面前时，根据杜甫"天子呼来不上船，自称臣是酒中仙"的描绘和李白一向的行为，李白应当是以一种傲岸而卓尔不群的形象出现，扮演着"谪仙"角色。李白"谪仙"角色的扮演非常明确地传达出他对当时情境的定义——明君与贤臣的遇合。李白的表现不是临时起意，而是他一种有准备的行为，并且可能在心中进行了无数次的演练。这种准备是所有有志于求取功名的士人的共性行为。事实上，在他们的成长过程中，帝王的影响如同魅影（不在场却发挥重要作用）一样始终萦绕不去。马塞勒认为，自我的发展乃导源于个体环境之中的三种存在之间的互动，即有意的他人；物质与对象；观念、信仰与价值。其中有意的他人指的是自我在社会环境中经常与其发生互动关系的个体。对于士人而言，帝王就是"有意的他人"，他是士人预期并热切盼望与其发生互动关系的个体。虽然能够得见天颜的机会并不容易获得，大多数人终生都没有得到这样的机会，但他们始终为这种不知能否实现的互动准备着，并把这种互动纳入自己的人生设计，李白在描述

---

① [美] 查尔斯·霍顿·库利：《人类本性与社会秩序》，包凡一、王源译，华夏出版社1999年版，第131页。
② [美] 查尔斯·霍顿·库利：《人类本性与社会秩序》，包凡一、王源译，华夏出版社1999年版，第132页。

他对自己人生的设计"申管晏之谈，谋帝王之术，奋其智能，愿为辅弼"（《代寿山答孟少府移文书》）时，他才二十七岁。

面对李白所传达出的情境定义，唐玄宗可以有多种选择，并且他完全具有选择任何一种可能的权力而并不会对他产生足以动摇其权力基础的影响。唐玄宗可以选择扮演明君的角色以配合李白明君贤臣的情境定义，可以选择置之不理，甚至可以选择当场处死这个藐视皇权的人。从很多记载中都可以看到，唐玄宗选择了扮演明君的角色以适配李白所给出的情境定义。李阳冰在《草堂集序》记载李白所受到的待遇是："天宝中，皇祖下诏，征就金马，降辇步迎如见绮、皓。以七宝床赐食，御手调羹以饭之，谓曰：卿是布衣，名为朕知，非素蓄道义何以及此？置于金銮殿，出入翰林中，问以国政，潜草诏诰，人无知者。"《唐才子传》载："召见金銮殿，论时事，因奏颂一篇，帝喜赐食，亲为调羹，诏供奉翰林。"如果这些记载的细节全部属实，那么，唐玄宗的带有仪式性的行为非常好地诠释了明君贤臣的关系，礼贤下士的明君形象，这也使得李白个人对当时所受到的待遇比较满意，认为获得了自己应有的待遇并因此对唐玄宗充满感恩：

> 巨海纳百川，麟阁多才贤。献书入金阙，酌醴奉琼筵。屡秦白云唱，恭闻黄竹篇。恩光照拙薄，云汉希腾迁。（《金门答苏秀才》）
> 汉帝长杨苑，夸胡羽猎归。子云叨侍从，献赋有光辉。激赏摇天笔，承恩赐御衣。逢君奏明主，他日共翻飞。（《温泉侍从归逢故人》）
> 君登金华省，我入银台门。幸遇圣明主，俱承云雨恩。复此休浣时，闲为畴昔言。却话山海事，宛然林壑存。明湖思晓月，叠嶂忆清猿。何由返初服，田野醉芳樽。（《朝下过卢郎中叙旧游》）

这些作品都表达了李白对唐玄宗的感恩之情。从这些诗中也不难看出，李白所满意并感恩的待遇是由其文学才华带来的。最初，李白以为他所扮演的"谪仙"角色获得了成功，唐玄宗会视他为奇才而委以重任。但在以后的互动中，他渐渐发现事实并非如此，他生活的内容不是辅佐君王处理国家大事，而是"观书散遗帙，探古穷至妙。片言苟会心，掩卷息而笑。"(《翰林读书言怀呈集贤诸学士》) 唐玄宗同样采取情境定义的方式消解了彼此互动中建构的明君贤臣关系，即以"倡优蓄之"，李白所能进入的场合是由唐玄宗规定的，当他越来越多地出现在宫廷宴会一类的场景中时，唐玄宗也逐渐完成了对明君贤臣关系的解构。

应当说，唐玄宗的这种行为并不能说是对初次见面时李白傲慢行为的报复，因为，李白的行为并不会对他的权力基础产生任何影响，他所扮演的明君角色反而能巩固他的权力基础，一个拥有"谪仙"的盛世是无可比拟的，"倡优蓄之"对于帝王而言只是一种为君之道。对于那些以贤臣之姿出现，并要求帝王配合的人都可以采取这种方式。这种方式之所以常常被帝王应用是因为明君贤臣的结构可以美化帝王，但如果贤臣过多，而帝王被迫常常扮演明君角色，这意味着他要经常性地允许傲岸不羁或直言敢谏行为的发生并肯定这一行为，这无疑会动摇皇权的基础。

长安三年的政治尝试以失败告终，三年间始终扮演的"谪仙"角色不能说对这一结果没有影响。宇文所安认为，李白在长安"作为一位生长于京城中心诗坛外部的人，以其独立性形成了一种新的价值：他不仅仅是与众不同，而且是由于超越众人而与众不同。"[①] 缺乏合法的社会背景的李白不得不成为一个"发明自己"的诗人，以此来寻求合法性，李白所塑造的"谪仙"角色确实以其独特性获得了存在的合法性。但这个合法性的基础相当薄弱，或者说李白这种寻求合法性的方式非常危险。当他以区别于一般的官僚系统的方式存在于长安的时候，他其实是自绝于主流官僚系统，将自己摒除在主流官僚系统之外。他可以"名动京城"，却没有真正"进入"长安，在竭尽全力展示自己的才华之后黯然离去。

---

① [美]宇文所安：《盛唐诗》，贾晋华译，生活·读书·新知三联书店2004年版，第160页。

四、"谪仙"角色对李白命运的影响

离开长安,作为寻求合法性的方式的"谪仙"角色的扮演似乎失去了意义,但是这一角色也跟随李白离开了长安。因为,"谪仙"角色已经成为李白的社会角色,并且是李白特意为自己塑造的社会角色。"谪仙"角色将继续影响他人生的最后三分之一,并在扮演"谪仙"角色的过程中走向最后的终结。长安三载的失败并没有熄灭他求取功名、建功立业的雄心,虽然,离开长安之后,他受道箓,成为一名道士,仍然做着随时入仕的准备。《赠崔侍御》是离开长安不久后作的诗:"长剑一杯酒,男儿方寸心。洛阳因剧孟,托宿话胸襟。但仰山岳秀,不知江海生。长安复携手,再顾重千金。君乃輶轩佐,予叨翰墨林。高风摧秀木,虚弹落惊禽。不取回舟兴,而来命驾寻。扶摇应借力,桃李愿成阴。笑吐张仪舌,愁为庄舄吟。谁怜明月夜,肠断听秋砧。"再如天宝七年作《寄上吴王三首其三》:"英明庐江守,声誉广平籍。洒扫黄金台,招邀青云客。客曾与天通,出入清禁中。襄王怜宋玉,愿入兰台宫。"可见他仍然希望再次被举荐,重回长安。同时还寻求其他的途径,仍然表现出对长安生活的怀念。

随着李白年龄的增长,使命的焦虑愈加强烈,最终导致了他一生中最大的失败——从璘事件。至德元年,离开长安十二年之后,当时隐居在庐山的李白在永王李璘的谋士韦子春等三次聘请之下来到永王帐下。时年已五十五岁的李白认为这是一个迟来的机会,再次热切地投入其中。随永王至金陵时作《永王东巡歌》十首,其中第九首:"祖龙浮海不成桥,汉武寻阳空射蛟。我王楼舰轻秦汉,却似文皇欲渡辽。"明代游潜对这首诗进行了非常严厉的批评:"用事不伦,言意鄙俗,公然以天子之事为永王比拟,不无启其觊觎之心,讽使为乱欤?"[①] 无论游潜的评论是否准确,李白这首诗招来的非议和整个从璘事件一样——道义上的失足,从而将自己放在了整个社会的对立面。

---

① 游潜:《梦蕉诗话》,见裴斐、刘善良编:《李白资料汇编》,中华书局2004年版,第275页。

对于这一失败行为产生的原因,周勋初先生认为有两个方面:其一,他的出身家庭与所受的教育受突厥族影响;其二,李白的宗教信仰中透露出尊位序次不明的特点。① 事实上也有可能李白没有看出当时局势的趋向,认为到了群雄并起的时候。在当时的情况下,尽管很多人都预见了永王的失败,但永王至少在理论上是继承大位的人选之一,加之永王相请,对于一心建功立业、完成使命的李白而言,未尝不是一个可以尝试的机会。只不过他再次失败,不但没有建功立业,反而身陷囹圄。李白终其一生也没有完成使命,重回仙界,没有将"谪仙"的角色扮演完整。

---

① 周勋初:《诗仙李白之谜》,见《周勋初文集》,江苏古籍出版社2000年版,第237—238页。

第四章 历史记忆

第一节 诗、史与记忆

　　文学与历史,这两种人类文化实践活动,在几乎所有文化系统中都有着极为亲密的关系,其根本的相通之处无疑在于记忆功能,而实现的途径则是叙述性。叙述性是保存和传播知识与经验的主要形式,或者说,叙事是记忆和回忆的主要形式,个体和群体的经验通常以叙述的形式呈现、保存和传承。因此,在文明的早期,文学和历史往往都扮演着重要角色,当然,彼时文学和历史尚未明确区分。一旦过去可以以明确、可靠的方式被保存和传承,个体和群体的经验得以积累,过去的意义更加凸显,随之而来的是对确定的、准确的和权威的过去的需求越来越强烈。在文化细分的过程中,专门记录和保存过去的职业逐渐发展起来。中国古代的史学极为发达,有官修史书、私人修史以及各种野史和笔记小说等,除了因为各种原因散佚的,保存至今的文献仍浩如烟海。当人们想要知道过去的事情,首先想到的就是查阅史书,历史在某种程度上已经成为过去的代名词。在这一过程中,文学和史学虽然都逐渐形成各自的特征,相互区分,但仍有千丝万缕的联系。关于记忆,关于过去,文学从未沦为历史叙述的资料来源,特别是诗歌,就记忆功能而言,仍在道德和文化上具有一定的优越性。根本原因在于在建构早期经典时对《诗》的历史化阐释，由此，记忆功能深植于诗学传统中，即便诗逐渐成为个体记忆的表达并更多地朝向抒情性发展，诗仍是极为重要的记忆媒介。同时，作为合法性的重要来源，史书通常为掌权者所垄断，在此情况下，其他记录方式就显得更加重要。

一、历史与记忆的异同

记忆是个体与集体生存的基础，因为有了记忆，可以通过回忆求助过去，应对当下，迎接未来的挑战，记忆可以将稍纵即逝的经验此在化。没有记忆，就无所谓过去、现在与将来，也就没有同一性，个体和群体将无法确认自我的存在，不知道自己是谁？从何处来？将去往何处？记忆是认同的来源，个体和群体通过记忆获得自我形象和认同，"每个人关于他自身的形象是由其记忆的积淀所构成，这一方面包括与之相关的他个人行为的体验；另一方面也包含着他对过去的理解。"[①] 在意识到记忆重要性的同时，人们也发现了记忆的脆弱和有限，过去稍纵即逝，想要在稍纵即逝的时间中抓住经验并非易事，需要专业的训练和专职人员，史学的发展正是因应这一需求。中国古代史学极为发达，源远流长，刘知几将中国古代史官的设置追溯到黄帝时期，"盖史之建官，其来尚矣。昔轩辕氏受命，仓颉、沮诵实居其职。至于三代，其数渐繁。案《周官》、《礼记》，有太史、小史、内史、外史、左史、右史之名。太史掌国之六典，小史掌邦国之志，内史掌书王命，外史掌书使乎四方，左史记言，右史记事。《曲礼》曰：'史载笔，大事书之于策，小事简牍而已。'《大戴礼》曰：'太子既冠成人，免于保傅，则有司过之史。'《韩诗外传》云：'据法守职而不敢为非者，太史令也。'斯则史官之作，肇自黄帝，备于周室，名目既多，职务咸异。至于诸侯列国，亦各有史官，求其位号，一同王者。至如孔甲、尹逸，名重夏、殷，史佚、倚相，誉高周、楚，

[①] 杨豫、胡成：《历史学的思想和方法》，南京大学出版社1996年版，第1—2页。

晋则伯黡司籍，鲁则丘明受经，此并历代史臣之可得言者"①。周代已经有比较成熟的史官建置，诸侯国也都有自己的史官，举凡典礼、诸侯会盟等大事都会被记录下来，只不过在诸侯混战中，很多记录没有被保存下来。秦统一六国后，很多典籍遭到焚毁："秦既得意，烧天下《诗》《书》，诸侯史记尤甚，为其有所刺讥也。《诗》《书》所以复见者，多藏人家，而史记独藏周室，以故灭。惜哉！惜哉"！② 只有鲁国的《春秋》经由孔子整理保存成为儒家经典，其"微言大义"和褒贬书法对中国史学影响深远。

西周开始，历朝历代都设有史官，唐朝开始设立以宰相为监修的史馆，负责修本朝历史和前朝史，本朝史一般都会成为后一个朝代修撰前朝史的资料来源和重要依据，这种制度和模式一直延续到清代。唐代还有专职修撰起居注的起居舍人和起居郎，负责记录皇帝日常起居生活。《史通·史官建置》载："每天子临轩，侍立于玉阶之下，郎居其左，舍人居其右。人主有命，则逼阶延首而听之，退而编录，以为起居注。……夫起居注者，编次甲子之书，至于策命、章奏、封拜、薨免，莫不随事记录，言惟详审。凡欲撰帝纪者，皆称之以成功。"③《旧唐书·职官志》载："起居郎掌起居注，录天子之言动法度，以修记事之史。凡记事之制，以事系日，以日系月，以月系时，以时系年。必书其朔日甲乙，以纪历数，典礼文物，以考制度，迁拜旌赏以劝善，诛伐黜免以惩恶。季终则授之国史焉。"④ 天子的言行、朝政大事，都会及时地详细记录，每季度提交给纂修国史的机构，起居注具有档案性质，大量史料通过这种方式得以保存。

史官是史学活动的主体，在史学发展过程中，他们逐渐形成史学意识和精神追求，古代史官精神与价值追求主要体现为实录直书。《左传》宣公二

---

① 浦起龙：《史通通释》，上海古籍出版社2009年版，第281页。
② 司马迁：《史记》，中华书局1959年版，第686页。
③ 浦起龙：《史通通释》，上海古籍出版社2009年版，第297页。
④ 刘昫：《旧唐书》，中华书局1975年版，第1845页。

年晋史官董狐书"赵盾弑其君",孔子赞其"古之良史也,书法不隐"。① 襄公二十五年,齐国权臣崔杼杀齐庄公,齐国太史书"崔杼弑其君",为崔杼所杀,太史的二弟、三弟坚持记录"崔杼弑其君",接连被杀,四弟仍书"崔杼弑其君",崔杼只好将其放过,南史氏以为太史兄弟皆被杀,带竹简前往接着书写。这些史官的所作所为在维护礼乐制度的同时也是坚持自身的价值追求和独立性,即使付出生命代价也无所畏惧。应该说,这是其立身之本,如果屈服于强权,史官的记录将失去存在的意义。正是这种坚持,在礼崩乐坏之际,史官的记录仍能约束诸侯的言行。如僖公七年,齐国与诸侯会盟宁母,商议伐郑,郑太子华向齐桓公献计说愿意配合齐国为内应,灭掉郑国泄氏、孔氏、子人氏三族,率郑国臣服于齐,齐桓公欲答应,管仲劝阻他,诸侯会合时,德行礼义都会被记录下来,暗通郑太子之事被记录下来,将失信于诸侯。

> 君若绥之以德,加之以训辞,而帅诸侯以讨郑,郑将覆亡之不暇,岂敢不惧?若总其罪人以临之,郑有辞矣,何惧?且夫合诸侯,以崇德也。会而列奸,何以示后嗣?夫诸侯之会,其德刑礼义,无国不记。记奸之位,君盟替矣。作而不记,非盛德也。君其勿许,郑必受盟。②

管仲的成功劝阻说明史官记录的重要性。唐韦安石读朱敬则所修国史,赞叹:"董狐何以加!世人不知史官权重宰相,宰相但能制生人,史官兼制生死,古之圣君贤臣所以畏惧者也。"③ 所谓制人之"死",是说史著可以决定一个人能否青史留名或身后之名的好坏。甚至起居注这类完全由朝廷独占的记录方式也在一定程度上保持独立性,君主不能阅览起居注,唐太宗和褚遂良的对话很能说明这一情况:

---

① 十三经注疏整理委员会整理:《春秋左传正义》,北京大学出版社2000年版,第688页。
② 十三经注疏整理委员会整理:《春秋左传正义》,北京大学出版社2000年版,第402页。
③ 欧阳修、宋祁:《新唐书》,中华书局1975年版,第4220页。

> （褚遂良）兼起居事。太宗尝问曰："卿知起居，记录何事，大抵人君得观之否？"遂良对曰："今之起居，古左右史，书人君言事，且记善恶，以为鉴诫，庶几人主不为非法。不闻帝王躬自观史。"太宗曰："朕有不善，卿必记之耶？"遂良曰："守道不如守官，臣职当载笔，君举必记。"①

"君举必书"的说法先秦已有。朱子奢上《谏欲观起居纪录表》，谓："愚以为圣德在躬，举无过事，史官所述，义归尽善，陛下独览起居，于事无失，若以此法传示子孙，窃有未喻。大唐虽七百之祚，天命无改，至于曾元已后，或非上智，但中主、庸君，饰非护短，见时史直辞，极陈善恶，未必省躬罪已，唯当致怨史官。但君上尊严，臣下卑贱，有一于此，何地逃刑？既不能效朱云廷折，董狐无隐，排霜触电，无顾死亡，唯应希风顺旨，全身远害。悠悠千载，何以闻乎？所以前代不观，盖为此也。"② 君主观览起居注，将破坏其本来的意义，失去对君主行为的牵制，长远看，对国家是不利的。

梁启超曾说，"国家法律尊重史官独立，或社会意识维持史官尊严，所以好的政治家不愿侵犯，坏的政治家不敢侵犯，侵犯也侵犯不了。这种好制度不知从何时起，但从春秋以后，一般人暗中都很尊重这无形的纪律"③。对史官独立性的尊重也是中国史学传统的重要特征之一，因此，很多时候，专职史官或一般士人会将修史作为追求个体不朽的方式，特别是由一人独立完成的史书。早期史书基本成于一人之手，开私家修史先河的是《春秋》，直到西汉仍以私家修史为主，《史记》就完全由私人撰写，而班固因修私史被告入狱则说明东汉明帝时期已经禁止私人修史。东汉末年，"灵、献之世，

---

① 刘昫等：《旧唐书》，中华书局1975年版，第2730页。
② 董诰等编：《全唐文》，中华书局1983年版，第1361页。
③ 梁启超：《中国历史研究法补编》，见《饮冰室合集》之九十九，中华书局1989年版，第154页。

天下大乱，史官失其常守。博达之士，愍其废绝，各记闻见，以备遗亡。是后群才景慕，作者甚众。又自后汉已来，学者多钞撮旧史，自为一书，或起自人皇，或断之近代，亦各其志，而体制不经。又有委巷之说，迂怪妄诞，真虚莫测。然其大抵皆帝王之事，通人君子，必博采广览，以酌其要，故备而存之，谓之杂史"①。魏晋南北朝时期，私人修史的风气盛行。隋统一之后，隋文帝明令禁止私人修史，唐代确立史馆修史的制度，官修史书自此成为主流。

完全由私人撰写的《史记》具有极强的个体性，是非常私人化的。西汉太史令地位远不如西周"太史"，西周史官的职能不仅是保存文献和记事，还参与和规范礼制活动，参与礼乐制度的建设，在礼乐制度中扮演重要角色，因此，当司马谈不能参加汉武帝的封禅活动时，悲痛欲绝。

> 是岁天子始建汉家之封，而太史公留滞周南，不得与从事，故发愤且卒。而子迁适使反，见父于河洛之间。太史公执迁手而泣曰："余先周室之太史也。自上世尝显功名于虞夏，典天官事。后世中衰，绝于予乎？汝复为太史，则续吾祖矣。今天子接千岁之统，封泰山，而余不得从行，是命也夫，命也夫！余死，汝必为太史；为太史，无忘吾所欲论著矣。且夫孝始于事亲，中于事君，终于立身。扬名于后世，以显父母，此孝之大者。夫天下称诵周公，言其能论歌文武之德，宣周邵之风，达太王王季之思虑，爰及公刘，以尊后稷也。幽厉之后，王道缺，礼乐衰，孔子修旧起废，论《诗》《书》，作《春秋》，则学者至今则之。自获麟以来四百有余岁，而诸侯相兼，史记放绝。今汉兴，海内一统，明主贤君忠臣死义之士，余为太史而弗论载，废天下之史文，余甚惧焉，汝其念哉！"②

---

① 魏徵等：《隋书》，中华书局1973年版，第962页。
② 司马迁：《史记》，中华书局1959年版，第3295页。

司马谈没有意识到或不愿承认，在大一统的西汉时期，国家意志已由神权向王权转变①，史官的职能和地位也已失去存在的基础，他仍然坚持并嘱咐司马迁继承先祖的职责，论载天下史文。司马迁继承其父遗志，他著史的目标是"究天人之际，通古今之变，成一家之言"。司马迁有极强的使命感，著史是其生命意义之所在，特别是在遭受李陵之祸后。

> 所以隐忍苟活，函粪土之中而不辞者，恨私心有所不尽，鄙没世而文采不表于后也。古者富贵而名摩灭，不可胜记，唯倜傥非常之人称焉。盖西伯拘而演《周易》；仲尼厄而作《春秋》；屈原放逐，乃赋《离骚》；左丘失明，厥有《国语》；孙子膑脚，《兵法》修列；不韦迁蜀，世传《吕览》；韩非囚秦，《说难》、《孤愤》。《诗》三百篇，大氐贤圣发愤之所为作也。此人皆意有所郁结，不得通其道，故述往事，思来者。及如左丘明无目，孙子断足，终不可用，退论书策以舒其愤，思垂空文以自见。仆窃不逊，近自托于无能之辞，网罗天下放失旧闻，考之行事，稽其成败兴坏之理，凡百三十篇，亦欲以究天人之际，通古今之变，成一家之言。②

在遭遇李陵之祸后，所以能隐忍苟活，是担心"没世而文采不表于后"，他历数古来发愤著书的卓越之士，他们通过作品留名后世。但《史记》成书之后相当长的时期内并未获得司马迁期望的效果，甚至处于被限制的境地。班固虽然肯定司马迁的史学才能，"司马迁据《左氏》、《国语》，采《世本》、《战国策》，述《楚汉春秋》，接其后事，讫于（大）天汉。其言秦、汉，详矣。至于采经摭传，分散数家之事，甚多疏略，或有抵梧。亦其涉猎者广博，贯穿经传，驰骋古今，上下数千载间，斯以勤矣"。但认为其"是非颇缪于圣人"③。

---

① 参见张辛：《说"左史"、"右史"》，见《文献》第二十辑，书目文献出版社1985年版。
② 班固：《汉书》，中华书局1962年版，第2733—2735页。
③ 班固：《汉书》，中华书局1962年版，第2737—2738页。

唐初,"《史记》传者甚微"①。直到宋代,郑樵《通志》总序说《史记》"上稽仲尼之意,会《诗》《书》《左传》《国语》《世本》《战国策》《楚汉春秋》之言,通黄帝、尧、舜至于秦汉之世,勒成一书,分为五体:本纪纪年,世家传代,表以正历,书以类事,传以著人。使百代而下,史官不能易其法,学者不能舍其书,六经之后,惟有此作。……自《春秋》之后,惟《史记》擅制作之规模,不幸班固非其人,遂失会通之旨,司马氏之门户,自此衰矣"②。至清代,章学诚评价《史记》:"夫史迁绝学,《春秋》之后,一人而已。其范围千古、牢笼百家者,惟创例发凡,卓见绝识,有以追古作者之原,自具《春秋》家学耳。"③

司马迁希望通过修史实现理想抱负,获得不朽的意识是基于西周以来的史官传统,当政府开始钳制私人修史,个体想要通过修史获得不朽无疑大受影响。因此,当唐代官修史书成为主流时,刘知几指出官修史书的弊端,认为:"古之国史,皆出自一家,如鲁、汉之丘明、子长,晋、齐之董狐、南史,咸能立言不朽,藏诸名山。未闻藉以众功,方云绝笔。唯后汉东观,大集群儒,著述无主,条章靡立。由是伯度讥其不实,公理以为可焚,张、蔡二子纠之于当代,傅、范两家嗤之于后叶。今者史司取士,有倍东京。人自以为荀、袁,家自称为政、骏。谓刘向、歆。每欲记一事,载一言,皆搁笔相视,含毫不断。故头白可期,而汗青无日。"④ 虽然刘知几评价《史记》"多聚旧记,时插杂言,所可为迁恨者,雅不足大",但他"成一家之言",著史以不朽的思想却与司马迁一脉相承。他没有像司马迁那样受宫刑之苦,但也有不为时人理解的苦闷和悲愤,若沉默不加申述又担心身后无人理解。因此,著书希望被理解,"虽任当其职,而吾道不行;见用于时,而美志不遂。郁怏孤愤,无以寄怀。必寝而不言,嘿而无述,又恐没世之后,谁知予

---

① 魏徵等:《隋书》,中华书局1973年版,第957页。
② 郑樵:《通志略》,上海古籍出版社1990年版,第1页。
③ 叶瑛:《文史通义校注》,中华书局1985年版,第464页。
④ 浦起龙:《史通通释》,上海古籍出版社2009年版,第554—555页。

者。故退而私撰《史通》，以见其志"①。关于不朽，他认为：

> 夫人寓形天地，其生也若蜉蝣之在世，如白驹之过隙，犹且耻当年而功不立，疾没世而名不闻。上起帝王，下穷匹庶，近则朝廷之士，远则山林之客，谅其于功也名也，莫不汲汲焉孜孜焉。夫如是者何哉？皆以图不朽之事也。何者而称不朽乎？盖书名竹帛而已。②

人之一生如白驹过隙，转瞬即逝，追求不朽才能实现人生意义，何以追求不朽，"书名竹帛"，即将名字载入史册。

如上所述，隋唐以降，官修史书成为主流，私人修史受到压制。官方修史，举一国之力，所能获得信息的数量、渠道来源以及涉及的范围是个体无法企及的。并且，官方通常会垄断信息，私人修史很难获得信息，甚至会失去史料来源。因此，一般王朝统治稳定时期，私人修史发挥空间较小，并且，统治稳定时期，为了维护统治的合法性，经常会组织官方修史活动，很多史家会加入或被吸纳进官方修史的队伍。而社会变乱动荡时期，官方丧失信息的垄断权，对私人修史的控制也比较薄弱，民间会获得更多的信息和资料，史家有更多的空间。此时，一方面政府无暇修史；另外一方面，王朝的覆灭可能造成文化的断裂，在官修史书缺位的情况下，很多士人会以延续文化为己任，主动承担修史的工作，这是士人精神的体现，因此民间修史活动在易代之际往往比较活跃。这一现象在宋元和明清易代之际尤为显著，因为，宋元、明清易代不仅是汉族政权的更迭，更是异族入侵，王夫之所谓"亡国"与"亡天下"之分别。

记忆是人类一种基本的心智活动，如果没有记忆，那意味着我们对过去一无所知，甚至不会意识到过去的存在，那么历史也就无从谈起，因此，可以说记忆是历史这种人类实践活动的基础，记忆使历史思维成为可能。历史

---

① 浦起龙：《史通通释》，上海古籍出版社2009年版，第270页。
② 浦起龙：《史通通释》，上海古籍出版社2009年版，第280页。

是对记忆能力的一种探索和应用。对于过去，人们希望有更加详尽、准确、确定、权威、连续的记录。中国古代史学之发达，首先体现在文献数量上；其次，制度建设和实录直书的职业精神是准确性的保障；最后确定性则主要体现为超越性和客观性，历史是超越个体经验的，是对一个相对封闭时间内发生的事件的叙述，通常是兴朝为胜朝修史，也就是人们常说的"盖棺定论"，这也说明过去是合法性的来源。权威性则建立在以上三点基础上。史学的发达在一定程度上遮蔽了记忆本身。因为，关于过去的记录越详尽、越准确，人们对它的依赖程度就越高，它在文化中的作用就越大，在中国古代，历史很多时候并不是抽象的，一般意义的过去，是作为群体共有的知识参与集体实践，在这种情况下，历史是属于特定群体的、充满了感情的记忆，是身份认同的重要来源。人们越依赖历史，史学自然越发达。虽然历史在一个文化中扮演的角色越重要，就越难做到客观和超离，但绝对客观本来也不存在。史学的发展和权威并不意味着除此之外，没有任何记录过去的方式。事实上，正是因为史学的发达，更加激发人们撰写野史、笔记小说的兴趣。人们重视过去，信奉历史，从历史中吸取经验，普遍具有浓厚的历史意识。历史意识渗透到文化实践的诸多领域，也可以说，在中国古代，历史意识本身就包含政治哲学之维与审美之维。

二、诗与史的关系

作为文明早期的人类文化实践活动，诗与史的关系极为亲密，当然，那时候诗与史并非泾渭分明，在保存经验，追溯起源方面诗与史都扮演重要角色。《诗·大雅》的"公刘""绵""皇矣""文王""大明"诸篇追叙周代的起源和先王的创业史，歌颂先祖的丰功伟绩。《鲁颂·閟宫》也在歌颂鲁僖公的文治武功之前追叙了周的始祖和先王功业。《商颂》的"那""烈祖""玄鸟""殷武""长发"五篇记述了商朝祖先和先王的事迹。这些诗篇，如龙榆生所说："虽不足以跻于世界著名史诗之林，而周代文学与武功之发展情形，于此足觇之矣。"① 春秋中叶至汉代的几百年间，诗歌的创作几乎停滞。在汉代，《诗》的礼乐功能已失去实际的应用，不再是仪式活动的一部分，成为单纯的文本，但汉儒解诗仍延续周代的传统，强调诗的政教功能。《诗大序》开篇论述诗源于吟咏性情，接着指出其在风俗教化方面的作用："治世之音，安以乐，其政和。乱世之音，怨以怒，其政乖。亡国之音，哀以思，其民困。故正得失，动天地，感鬼神，莫近于诗。先王以是经夫妇，成孝敬，厚人伦，美教化，移风俗。"《小序》阐述诗的主旨也都从政教功能出发，《小雅·我行其野》是一首弃妇诗，《小序》曰："刺宣王也。男女失道，以求外婚。弃其旧姻而相怨恨。"《邶风·静女》写男女幽会的过程，《小序》曰："刺时也。卫君无道，夫人无德"，认为这是一首政治讽喻诗。《毛诗序》在强调政教意义的同时，往往将诗篇与具体人物或事件联系在一起，这一历史化的阐释方式，赋予这些诗篇以记忆功能。《诗》中除了上述史诗性诸篇，其他作品也具有记忆功能。诗与史的交集最著名的论断莫过于孟子"王者之迹息而诗亡，《诗》亡然后《春秋》作"②。"王者之迹"指礼乐制度中《诗》的讽谏功能，周室浸微，政由方伯，礼崩乐坏，《诗》的讽谏功能荡然无存，以微言大义寓贬损之义的《春秋》随之产生，在这个意义上，《诗》与《春秋》确有先后相继的承递关系。因此，《诗》与《春秋》的交集或渊源与其说是《诗》也有史之功能，毋宁说它们都是政治和社会伦理道德的手段，而它们实现的途径是记录。

魏晋南北朝是诗歌大发展的时期，诗歌朝向个性化和抒情化发展，记忆功能不彰。田晓菲认为，魏晋时期承担自我表述责任的是子书，而"诗赋的'自我表述'和子书具有深刻的差别，这一差别在于：诗赋只能抒写一时一地的情怀，在人生不同的阶段和不同的情境下都可以写作诗赋以抒情言志，因此一个作者在一生中可以创作很多诗赋，但在一个士人的一生中，却一般只写作一部子书。这一部子书，以其丰厚的卷帙，甚至在物质的层次上也最

---

① 龙榆生：《中国韵文史》，上海古籍出版社 2002 年版，第 4—5 页。
② 焦循：《孟子正义》，中华书局 1987 年版，第 572 页。

好地体现了（embody）作者的生命，体现了从'身体'到'书体'的转化。所以，我们说：早期中古士人在写作子书时，是在自觉地把个体的生命提炼和融入笔下的巨著的，这部巨著旨在成为这位士人最具有代表性的生命精华的凝聚物"①。这里所说子书的作用与上述历史著作的作用一样，都是个体借由作品获得不朽，但"五世纪子书的写作开始销声匿迹"，修史显然比写作子书有更长久的效果，这是因为，私修史书可能是高度私人化和个性化的行为，但修史本身是一项公共活动，参与公共事务无疑是个体记忆进入集体记忆最有效的方式之一。杜甫正是在这个意义上，重新发展诗歌的叙述性和记忆功能，诗歌相比于修史的优势在于亲证，即记录时事。宇文所安敏锐地指出盛唐诗人中只有杜甫明确将安史之乱这一大事件写入诗中：

> 安禄山率领东北军队反叛是八世纪中叶的中心事件。盛唐诗人不可能没看到它的重要性，但八世纪五十年代的重大事件却很少被写进诗歌，这一事实主要是关于诗歌本质的普遍观念在起作用，而不是无动于衷的表示。在岑参看来，中亚的风雪是合适的诗歌题材，而怛罗斯河的战斗却不合适。战争只能在送别、个人叙述及游览战场的诗中顺便提及。所以只有极少数诗人描写了安禄山叛乱本身。目前关于安禄山叛乱是唐诗重大题材的说法，几乎可以完全归因于杜甫，归因于他对叛乱中的战争及个人经历的描写。②

正是因为对当时这一重大历史事件的记录，使他获得了"诗史"的称号。

三、"诗史"的记忆

以"诗史"指称杜诗始于晚唐的孟棨："杜逢禄山之难，流离陇蜀，毕

---

① 田晓菲：《诸子的黄昏：中国中古时代的子书》，载《中国文化》第27期（2008年）。
② ［美］宇文所安：《盛唐诗》，贾晋华译，生活·读书·新知三联书店2004年版，第224页。

陈于诗,推见至隐,殆无遗事,故当时号为'诗史'。"① 即指杜甫在安史之乱中流离陇蜀时所写的诗,其记录之详尽连隐秘的事也不例外,没有任何遗漏。一般认为,"诗史"指杜诗中记录、反映时事的作品。杜甫是安史之乱的见证者。"金鞭断折九马死,骨肉不得同驰驱。腰下宝玦青珊瑚,可怜王孙泣路隅。问之不肯道姓名,但道困苦乞为奴。已经百日窜荆棘,身上无有完肌肤。高帝子孙尽隆准,龙种自与常人殊。豺狼在邑龙在野,王孙善保千金躯"(《哀王孙》)记录了唐王室贵胄在安史之乱爆发后的狼狈逃窜。"妻孥怪我在,惊定还拭泪。世乱遭飘荡,生还偶然遂!邻人满墙头,感叹亦歔欷。夜阑更秉烛,相对如梦寐"(《羌村三首》其一),"群鸡正乱叫,客至鸡斗争。驱鸡上树木,始闻叩柴荆。父老四五人,问我久远行。手中各有携,倾榼浊复清。莫辞酒味薄,黍地无人耕。兵革既未息,儿童尽东征。请为父老歌,艰难愧深情。歌罢仰天叹,四座泪纵横"(《羌村三首》其三)记录了山野乡村中普通人的惊魂未定与惶惶不安。"少陵野老吞声哭,春日潜行曲江曲。江头宫殿锁千门,细柳新蒲为谁绿。忆昔霓旌下南苑,苑中万物生颜色。昭阳殿里第一人,同辇随君侍君侧。辇前才人带弓箭,白马嚼啮黄金勒。翻身向天仰射云,一箭正坠双飞翼。明眸皓齿今何在,血污游魂归不得。清渭东流剑阁深,去住彼此无消息。人生有情泪沾臆,江水江花岂终极。黄昏胡骑尘满城,欲往城南望城北"(《哀江头》)记录了曾经歌舞升平的帝京的荒芜与衰败。"靡靡逾阡陌,人烟眇萧瑟。所遇多被伤,呻吟更流血。回首凤翔县,旌旗晚明灭。前登寒山重,屡得饮马窟"(《北征》)记录了征途中的凄惨景象。杜诗展现了安史之乱后唐王朝的景象。从皇室贵胄到平民百姓,从帝京到乡间,举国上下沉浸在一片凄风苦雨之中,人人惶惶不可终日。有些事件杜甫并未目睹,却也出现在他的诗中,至德元年杜甫被困长安,陈陶和青坂两场失败的战役他并没有目睹,但《悲陈陶》诗中所展现的场景却如同亲临:"孟冬十郡良家子,血作陈陶泽中水。野旷天清无战声,四万义军

---

① 孟棨:《本事诗》,见丁福保辑:《历代诗话续编》,中华书局1983年版,第15页。

同日死。群胡归来血洗箭，仍唱胡歌饮都市。都人回面向北啼，日夜更望官军至。"关于战事的消息是杜甫听说的，四万兵士顷刻间全军覆没着实令人震惊，他没有在诗中写听到这一消息的感受，而是想象地描写了战争的场景。杜甫晚年回忆安史之乱的诗篇仍然有历历在目的感觉，如"洛阳昔陷没，胡马犯潼关。天子初秋思，都人惨别颜。清笳去宫阙，翠盖出关山。故老仍流涕，龙髯幸再攀"（《洛阳》），这与人的一种情绪记忆——闪光灯记忆（flashbulb memories）有关。"闪光灯记忆"由哈佛大学的两位心理学家罗尔杰·布朗和詹姆士·库利科根据美国人对肯尼迪被暗杀事件的深刻印象提出，"他们认为，新奇而令人震惊的事件会激活大脑的一个特殊的记忆机制，并将这一机制形象地称为'现场拍照'机制"①。当人们听到或看到令人震惊的事情会对当时的很多细节有深刻的记忆，这种记忆并不一定准确，重要的是人们始终认为自己的记忆是真实的，并且可以不断复述记忆中的细节。"闪光灯记忆"的强烈程度根据每个人对事件的体验也有所不同，如果发生的重大事件与个体有关或者个体将自己的经历与重大事件联系在一起，他产生的记忆可能更加深刻。如果将这种记忆用诗的形式表述出来无疑更加具有冲击力。

安史之乱是中国历史上极为重大的历史事件，但正如宇文所安所说，记事不是当时普遍观念中诗歌的主要功能。那么，为什么在杜甫这里，诗歌记事的功能被重新激发？首先基于杜甫个人的才力，杜甫是伟大的诗人，在诗歌题材和体裁上有诸多创造。《新唐书·杜甫传》载：

> 唐兴，诗人承陈、隋风流，浮靡相矜。至宋之问、沈佺期等，研揣声音，浮切不差，而号"律诗"，竞相袭沿。逮开元间，稍裁以雅正，然恃华者质反，好丽者壮违，人得一概，皆自名所长。至甫，浑涵汪茫，千汇万状，兼古今而有之，它人不足，甫乃厌馀，残膏剩馥，沾丐后人多矣。故元稹谓"诗人以来，未有如子美者"。甫又善陈时事，律切精

---

① ［美］丹尼尔·夏克特：《找寻逝去的自我——大脑、心灵和往事的记忆》，高申春译，吉林人民出版社1998年版，第217页。

深，至千言不少衰，世号"诗史"。①

元稹《唐故工部员外郎杜君墓系铭并序》谓杜诗："至若铺陈终始，排比声韵，大或千言，次犹数百，词气豪迈而风调清深，属对律切而脱弃凡近。"② 蔡居厚指出："子美诗善叙事，故号诗史。其律诗多至百韵，本末贯穿如一辞，前此盖未有。"③ 明人徐师曾在《文体明辨序说》中说："大抵排律之体，不以锻炼为功，而以布置有序、首尾通贯为尚，学者详之。"④ "所谓'布置有序、首尾贯通'，即强调排律在叙事上的功能。一首排律，并不以锻炼字句也就是修辞为重点，但它拥有其他诗歌体裁不具备的优势，即字数多，使得它在'陈时事'的时候，有足够的篇幅来谋篇布局，在叙事上达到有序和通贯。"⑤《寄岳州贾司马六丈、巴州严八使君两阁老五十韵》一般认为是杜甫流寓秦州时所作，第二段叙述从安史之乱起到收复长安的过程。

忆昨趋行殿，殷忧捧御筵。讨胡愁李广，奉使待张骞。无复云台仗，虚修水战船。苍茫城七十，流落剑三千。画角吹秦晋，旄头俯涧瀍。小儒轻董卓，有识笑符坚。浪作禽填海，那将血射天。万方思助顺，一鼓气无前。阴散陈仓北，晴熏太白巅。乱麻尸积卫，破竹势临燕。法驾还双阙，王师下八川。此时沾奉引，佳气拂周旋。貔虎开金甲，麒麟受玉鞭。侍臣谙入仗，厩马解登仙。花动朱楼雪，城凝碧树烟。衣冠心惨怆，故老泪潺湲。哭庙悲风急，朝正霁景鲜。月分梁汉米，春得水衡钱。内蕊繁于缬，宫莎软胜绵。恩荣同拜手，出入最随肩。晚著华堂醉，寒重绣被眠。辔齐兼秉烛，书柱满怀笺。

---

① 欧阳修、宋祁：《新唐书》，中华书局1975年版，第5738页。
② 元稹：《元稹集》，中华书局1982年版，第601页。
③ 蔡居厚：《蔡宽夫诗话》，见郭绍虞《宋诗话辑佚》，中华书局1980年版，第393页。
④ 徐师曾：《文体明辨序说》，人民文学出版社1962年版，第108页。
⑤ 张晖：《中国"诗史"传统》，生活·读书·新知三联书店2012年版，第24页。

从同朝开始回忆，首八句铺陈丧乱之象，"愁李广"写哥舒翰战败无将可用，"待张骞"写借兵回纥；"无台仗"写明皇出奔，"虚战船"写西京失守；"城七十""剑三千"写城池陷落，军士溃败流亡；"吹秦晋"，鼓角奏于西方，"俯涧瀍"，妖星下照东都。这四联对仗呈现了安史之乱从初期到战乱遍地的过程，时间线在铺陈的典故和画面之中。"小儒轻董卓"以下六句写安史犯上必然失败，为后文平定判乱，天子回京铺垫，"万方思助顺，一鼓气无前"言众心所向。"阴散陈仓北"以下十六句写回京的过程。"陈仓、太白"写车驾渐近长安，"晴熏"写阴霾散去；"尸积卫"写安庆绪大败；"势临燕"写范阳可取；"还双阙"写天子回京，"下八川"写关中尽收。回京之后，朝仪复备，春日一片复苏景象，劫后余生，天子、臣民恢复旧日景象。"月分梁汉米"转入个人经历的叙写。

排律之外，杜甫还通过乐府诗记录、反映现实，探索诗歌叙述性。杜甫继承汉乐府的传统，以即事名篇的方式自创新题写时事，葛晓音认为杜甫的新题乐府"在反映现实的深度上和广度上远超同时代诗人，而且在艺术上也极富独创性"，"大大扩展了乐府的规模和容量，使传统的叙事方式产生史诗般的艺术魅力，并兼有抒情和议论的最大自由"。① 历经魏晋南北朝的发展，唐代诗歌发展成熟，个体化和抒情性逐渐成为诗的本质特征，"诗言志"这一古老的经典论断演化为诗歌的抒情传统。近体诗的成熟意味着诗的意象化程度越来越高，同时，在近体诗发展的过程中，汉乐府自由的形式和现实主义精神逐渐失落，以《战城南》为例，汉乐府《战城南》以杂言的形式描绘了战后的场景，吴均、张正见、卢照邻等人的《战城南》皆是五言八句的形式，中间两联为对仗，内容上也变为对一位将军的赞美。

蓟北驰胡骑，城南接短兵。云屯两阵合，剑聚七星明。
旗交无复影，角愤有余声。战罢披军策，还嗟李少卿。（张正见）

---

① 葛晓音：《论杜甫的新题乐府》，载《社会科学在线》1996年第1期。

> 塞北途辽远,城南战苦辛。幡旗如鸟翼,甲胄似鱼鳞。
> 冻水寒伤马,悲风愁杀人。寸心明白日,千里暗黄尘。(杨炯)
>
> 蹀躞青骊马,往战城南畿。五历鱼丽阵,三入九重围。
> 名慑武安将,血污秦王衣。为君意气重,无功终不归。(吴均)

凡此种种,诗歌的叙事传统,或者说叙事性明显在走向衰落,并不是说诗歌的叙事性不可动摇或改变,但唐代乐府的发展说明唐人并不认为诗的叙事性已没有意义或价值,我们可以在李白的《战城南》中看到对汉乐府传统的回归。汉乐府的回归是唐代诗人的群体选择,正是唐人对汉乐府古辞价值的重新发现与激活,乐府作为一种诗歌传统才真正构建,现实主义精神无疑是乐府传统最重要的内涵之一。而以上关于排律的论述已经说明,关于叙事性,杜甫在体裁方面的贡献不只是乐府。在题材方面,杜甫以诗记事,重新激活了诗的记忆功能。这并不意味着对"言志"传统及相关惯例和标准的背离。相反,在杜诗中,随处可以看到"传统",以至于后来人认为其诗"无一字无来处",杜甫"真正地'运用'了传统,充分体现了运用一词的控制和掌握涵义"①。

如本节第一部分"历史与记忆"所述,隋唐以来,官修史书成为主流,私人修史自然受到限制,个体想要通过修史获得不朽的方式难以为继。正是在这种情况下,杜甫采取了一种新的策略——以诗记录、反映时事。这里所说的时事通常是重大事件,琐事的记录容易让诗沦为史料,白居易对外部世界事无巨细的忠实记录就曾受到诸多批评。《诗大序》从政教功能出发,将诗的来源和创作动机归于个体心灵的体验,正是因为诗能反映人真实的喜怒哀乐,可以据此考察民风,推行教化,移风易俗,诗被赋予个体与群体、社会互动的功能,尽管这里的诗和个体都与后世有一定区别,互动也在相当长

---

① [美]宇文所安:《盛唐诗》,贾晋华译,生活·读书·新知三联书店2004年版,第211页。

的时期内中断，这一经典论断依然确保诗在中国文化传统中的重要地位。当公卿列士献诗讽谏劝正的模式失去存在的基础，微言大义，寓贬损于其中的《春秋》随之产生。《春秋》并非孔子个人独作，但实现了孔子与社会的互动，对个体而言，开启了一种新的互动模式。当诗歌归于个人，完全成为个体的自我表达，杜甫激活了《诗大序》建构的传统。对时事的记录与反映，是个体与群体、社会互动的方式，将个体情感上升到家国情怀，对士人而言，是责任的体现，由此可以获得道德感和价值感，是实现人生价值的一种方式，也拓展了诗歌的审美价值。当个体关注时事，意味着已将自己放在更广阔的历史时空中，对自我以及外部世界会有更深刻的思考和认识，这是历史意识的审美价值。即使没有大事件发生，历史意识也会为个体带来超越的体验，因此，历史始终是诗歌的重要题材之一。对重大事件的亲历者来说，记录本身就是一种责任，对那些可能彻底消失在历史时空的人的责任，这一问题将在第二节记忆的伦理中展开讨论。

杜甫的"诗史"创作无疑是成功的，"诗史"逐渐脱离杜甫成为一个具有普遍意义的文学概念，也作为一种文学批评标准，用来评价其他诗人的作品。更为重要的是，"诗史"成为一种创作范式和诗学传统。"诗史"是在文学与历史完全分开，各自独立之后诗与史的交融与互动，在辨体意识增强的情况下，难免会引发是否存在僭越的讨论。杨慎反对"诗史"这一称号：

> 宋人以杜子美能以韵语纪时事，谓之"诗史"。鄙哉宋人之见，不足以论诗也。夫六经各有体，《易》以道阴阳，《书》以道政事，《诗》以道性情，《春秋》以道名分。后世之所谓史者，左记言，右记事，古之《尚书》《春秋》也。若诗者，其体其旨，与《易》《书》《春秋》判然矣。《三百篇》皆约情合性而归之道德也，然未尝有道德字也，未尝有道德性情句也。二南者，修身齐家其旨也，然其言琴瑟钟鼓，荇菜芣苢，夭桃秾李，雀角鼠牙，何尝有修身齐家字耶？皆意在言外，使人自

悟。至於变风变雅，尤其含蓄，言之者无罪，闻之者足以戒。如刺淫乱，则曰"雝雝鸣雁，旭日始旦"，不必曰"慎莫近前丞相嗔"也；悯流民，则曰"鸿雁于飞，哀鸣嗷嗷"，不必曰"千家今有百家存"也；伤暴敛，则曰"维南有箕，载翕其舌"，不必曰"哀哀寡妇诛求尽"也；叙饥荒，则曰"牂羊羵首，三星在罶"，不必曰"但有牙齿存，可堪皮骨干"也。杜诗之含蓄蕴藉者，盖亦多矣，宋人不能学之。至於直陈时事，类於讪讦，乃其下乘末脚，而宋人拾以为己宝，又撰出"诗史"二字以误後人。如诗可兼史，则《尚书》《春秋》可以并省。又如今俗卦气歌、纳甲歌，兼阴阳而道之，谓之"诗《易》"可乎？①

在杨慎看来，六经有各自不同的文体和功能，诗与史判然有别，诗不能承担历史的功能。他认为诗应当含蓄蕴藉、意在言外，将《诗》与杜诗对比，指出"慎莫近前丞相嗔"等句不如《诗》含蓄蕴藉。但他也说：

刘文靖公因《书事绝句》云："当年一线魏瓠穿，直到横流破国年。草满金陵谁种下，天津桥上听啼鹃。"宋子虚《咏王安石》亦云："投老归耕白下田，青苗犹未罢民钱。半山春色多桃李，无奈花飞怨杜鹃。"二诗皆言宋祚之亡由於安石，而含蓄不露，可谓诗史矣。②

可见他并不是完全反对"诗史"，更多的是要反对宋人"诗史"说，他对"诗史"有更高的要求，记录时事但要含蓄蕴藉、意在言外，不能损伤诗的根本。

王世贞反驳杨慎的观点：

杨用修驳宋人"诗史"之说而讥少陵云："诗刺淫乱，则曰'雝雝

---

① 杨慎：《升庵诗话》，见丁福保辑：《历代诗话续编》，中华书局1983年版，第868页。
② 杨慎：《升庵诗话》，见丁福保辑：《历代诗话续编》，中华书局1983年版，第862页。

鸣雁，旭日始旦'，不必曰'慎莫近前丞相嗔'也；悯流民，则曰'鸿雁于飞，哀鸣嗷嗷'，不必曰'千家今有百家存'也；……其言甚辩而核，然不知向所称皆兴比耳。《诗》固有赋，以述情切事为快，不尽含蓄也。语荒而曰"周余黎民，靡有孑遗"，劝乐而曰"宛其死矣，它人入室"，讥失仪而曰"人而无礼，胡不遄死"，怨谗而曰："豺虎不受，投畀有昊"，若使出少陵口，不知用修如何贬剥也。且"慎莫近前丞相嗔"，乐府雅语，用修乌足知之。①

王世贞指出《诗》有赋比兴三种创作手法，杨慎所举例子皆为比兴，而赋体本就可以直陈时事，同时他也指出杨慎忽略了乐府传统，"慎莫近前丞相嗔"一句是乐府的语言。

辨体意识极强的许学夷从根本上反对"诗史"，在基本认可杨慎上述将《诗》与其他五经分开的基础上，他进一步阐发："用修之论虽善，而未尽当。夫诗与史，其体、其旨，固不待辩而明矣。即杜之《石壕吏》、《新安吏》、《新婚别》、《垂老别》、《无家别》、《哀王孙》、《哀江头》等，虽若有意纪时事，而抑扬讽刺，悉合诗体，安得以史目之？至于含蓄蕴藉虽子美所长，而感伤乱离、耳目所及，以述情切事为快，是亦变雅之类耳，不足为子美累也。"②许学夷认为诗歌本来就不是用来记录时事的，但杜甫的《石壕吏》等诗已经存在，且都取得了很高的艺术成就，不可能因为纪时事而将其全部抹杀，他提出"抑扬讽刺"的理论，认为记录时事的诗歌能够做到"抑扬讽刺"，则仍可将其纳入诗的领域。明清之际的王夫之也反对"诗史"：

"赐名大国虢与秦"与"美孟姜矣"、"美孟弋矣"、"美孟庸矣"一辙，古有不讳之言也，乃《国风》之怨而诽，直而绞者也。夫子存而弗删，以见卫之政散民离，人诬其上；而子美以得"诗史"之誉。夫诗之

---

① 王世贞：《艺苑卮言》，见丁福保辑：《历代诗话续编》，中华书局1983年版，第1010页。
② 许学夷：《诗源辨体》，人民文学出版社1987年版，第221页。

不可以史为，若口与目之不相为代也。久矣。①

王夫之反对用撰写历史的方法创作诗歌，他认为诗与史的功能不同，不可相互替代，而且特别强调诗与史的区别由来已久。他进一步阐述：

> 诗以道性情，道性之情也。性中尽有天德、王道、事功、节义、礼乐、文章，却分派与《易》《书》《礼》《春秋》去，彼不能代《诗》而言性之情，《诗》亦不能代彼也。决破此疆界，自杜甫始。桎梏人情，以掩性之光辉，风雅罪魁，非杜其谁邪？②

王夫之认为诗的主要功能是抒情，杜甫以诗纪事打破了诗与史的疆界与壁垒，因此，"诗史"这个称号，对于杜甫而言，是"罚而非赏"。虽不乏讨论，但不得不说，杜甫的"诗史"创作是成功的，它已经成为一种写作范式和评价标准。宋元、明清易代之际是"诗史"创作的高潮，被选择的原因是应对文化传统的断裂，高压政策下，修史不得，于是士人以诗记史，延续汉族文化传统。作为亲历者，记录或视而不见本身就是一种褒贬，因此，记录本身就是一种道德行为。同时，发展出一系列相应的阅读与阐释方法也保证了诗之记忆功能的实现。杜甫通过自己的诸多努力建构一种写作范式和诗学传统，更为重要的是，提供了一种获得不朽的方式。

宋元之际的遗民汪元量，宋亡后随南宋皇室北上元大都，亲历宋室的覆亡，记录了易代之际，山河巨变的深沉痛苦，他的作品被誉为"诗史"，他的诗当时的很多人都读过，在遗民间广为流传。马廷鸾记其读汪元量诗之事："余在武林，别元量已十年矣。一日，来乐平寻见，余且卧病，强欲一起迎肃，不可得也。家人引元量至榻前，相与坐语，恍如隔世，戚然有所感焉。元量出《湖山稿》求余为序。展卷读甲子初作，微有汗出。读至丙子作，潸

---

① 王夫之：《姜斋诗话》，见王夫之等撰：《清诗话》，上海古籍出版社1978年版，第6页。
② 王夫之：《明诗评选》，见《船山全书》（十四），岳麓书社1996年版，第1440—1441页。

然泪下。又读至《醉歌》十首，抚席恸哭，不知所云。家人引元量出，予病复作，不能为元量吐一语，因题其集曰'诗史'。"①李珏也读了汪元量的诗集："一日，吴友汪水云出示《类稿》，纪其亡国之戚，去国之苦，艰关愁叹之状，备见于诗，微而显，隐而彰，哀而不怨，欷歔而悲，甚于痛哭，岂《泣血录》所可并也？唐之事纪于草堂，后人以'诗史'目之，水云之诗，亦亡宋之诗史也，其诗亦鼓吹草堂者也。其愁思抑郁，不可复伸，则又有甚于草堂者也。噫！水云留诗于后人哀耶？留诗与后人愁耶？可感也，重可感也。"②汪元量诗集在遗民中的流传是遗民当时的一种交流方式，这种交流是建构集体记忆的重要方式。明清易代之际的很多诗序也表明他们经常阅读彼此的诗歌。

四、咏史怀古诗

咏史怀古是古代诗歌的重要题材。基于发达的史学传统，很多诗人借古讽今，表达自己的历史见解，更多时候是对当下的批判、规讽与警示，比如中晚唐咏史诗。中晚唐的政治局面黑暗腐朽，统治者昏庸无能，藩镇割据，宦官专权，朋党之争，混乱不堪，社会矛盾丛生。这一时期，很多咏史诗以历史上的亡国之君讽喻当下。如杜牧的《台城曲二首》其一："整整复斜斜，隋旗簇晚沙。门外韩擒虎，楼头张丽华。谁怜容足地，却羡井中蛙"，讽刺陈后主的荒淫昏聩。《汴河怀古》："锦缆龙舟隋炀帝，平台复道汉梁王。游人闲起前朝念，折柳孤吟断杀肠"，写隋炀帝的穷奢极欲。李商隐的《隋宫》："乘兴南游不戒严，九重谁省谏书函。春风举国裁宫锦，半作障泥半作帆"，也是以隋炀帝的荒淫无度警示当时的皇帝。张祜的《马嵬坡》："旌旗不整奈君何，南去人稀北去多。尘土已残香粉艳，荔枝犹到马嵬坡"，直指唐玄宗宠溺贵妃，荒淫误国。李商隐的《华清宫》："华清恩幸古无伦，犹恐

---

① 汪元量：《增订湖山类稿》，孔凡礼辑校，中华书局1984年版，第186页。
② 汪元量：《增订湖山类稿》，孔凡礼辑校，中华书局1984年版，第188页。

蛾眉不胜人。未免被他褒女笑，只教天子暂蒙尘"，以及《马嵬二首》《龙池》等都是讽刺唐玄宗好色误国，《瑶池》："瑶池阿母绮窗开，黄竹歌声动地哀。八骏日行三万里，穆王何事不重来"，则是讽刺帝王求仙的荒唐行为。

除了以古为鉴，怀古诗可以将个体放在更广阔的时空背景中，审视自我，体味人生。怀古诗常常与历史遗迹，或某一地点相联系，"因景生情，抚迹寄慨，所抒者多为今昔盛衰、人事沧桑之慨"①。因地吊古无疑将参与建构"地"的历史与传统，甚至在很多时候比历史典籍的记载更能影响人们对它的认知。关于这方面的研究已有很多，如宇文所安的《地：金陵怀古》，这里不详细论述。某一个地方之所以能够触动诗人的诗思是因为此地的过往，"岘山"是很多唐代诗人留有诗作的地方，襄阳在唐代诗歌中是个热闹的地方。如张九龄的《登襄阳岘山》、孟浩然的《登岘亭寄晋陵张少府》《与诸子登岘山》、陈子昂的《岘山怀古》、李白的《岘山怀古》、司空曙的《登岘亭》、齐己的《读岘山碑》等。岘山因羊祜而有名。

> 祜乐山水，每风景，必造岘山，置酒言咏，终日不倦。尝慨然叹息，顾谓从事中郎邹湛等曰："自有宇宙，便有此山。由来贤达胜士，登此远望，如我与卿者多矣！皆湮灭无闻，使人悲伤。如百岁后有知，魂魄犹应登此也。"湛曰："公德冠四海，道嗣前哲，令闻令望，必与此山俱传。至若湛辈，乃当如公言耳。"……祜所著文章及为《老子传》并行于世。襄阳百姓于岘山祜平生游憩之所建碑立庙，岁时飨祭焉。望其碑者莫不流涕，杜预因名为堕泪碑。②

羊祜西晋时曾任荆州都督，坐镇襄阳期间造福百姓，名重一时，身故后，襄阳百姓为感念其恩德，便在岘山为之立碑纪念。后世之人到岘山自然会想

---

① 刘学锴：《李商隐咏史诗的主要特征及其对古代咏史诗的发展》，载《文学遗产》1993年第1期。
② 房玄龄等：《晋书》，中华书局1974年版，第1020—1022页。

到羊祜，羊祜和岘山的联系也是从怀古开始，他以人事的代谢对比山川宇宙之永恒，自然感到无限的哀伤，邹湛所言以功业的不朽应对生命有限的悲哀，这让人想到杜预："（杜）预好为后世名，常言'高岸为谷，深谷为陵'刻石为二碑，纪其勋绩，一沉万山之下，一立岘山之上，曰：'焉知此后不为陵谷乎！'"① 没有人能左右、预谋身后之事，尽管杜预的好名为后人嘲笑，他仍以最坚固的材料、最完备的方式保存自己的功绩，这是生命有限的焦虑，获得不朽是超越个体生命有限性的重要手段。

怀古诗中经常出现自然景物，这些自然景物的出现通常是"将朝代的兴亡与自然那似乎永久不变的样子相对照"②，如"宫女如花满春殿，只今惟有鹧鸪飞"（李白《越中览古》），"丞相祠堂何处寻，锦官城外柏森森。映阶碧草自春色，隔叶黄鹂空好音"（杜甫《蜀相》），"浮世已随尘劫换，空江仍入大荒流"（戎昱《登黄鹤楼》），"江雨霏霏江草齐，六朝如梦鸟空啼。无情最是台城柳，依旧烟笼十里堤"（韦庄《台城》），"江上荒城猿鸟悲，隔江便是屈原祠。一千五百年间事，只有滩声似旧时"（陆游《楚城》），都是将自然景物与人事代谢相对照，将历史这个人类实践活动的纪录置于宇宙时空中。历史这一人类实践活动在漫长而广阔的宇宙中，显得渺小与虚幻，繁华与衰败都抵不过时间的洪流。从历史的角度观照人生是对个体存在的超越，而自然则是对历史的超越。"细推今古事堪愁，贵贱同归土一丘。汉武玉堂人何在？石家金谷水空流。光阴自旦还将暮，草木从春又到秋。闲事与时俱不了，且将身暂醉乡游。"（薛逢《悼古》）在薛逢看来，相对于永恒时间而言，历史只不过是闲事而已。回归自然是获得超越的好方法，"当时节物此山川，倦客登临独悯然。戏马台荒年自久，射蛇公去事空传。黄华半老清霜后，白鸟孤飞落照前。不与兴亡城下水，稳浮渔艇入淮天。"（贺铸《九日登戏马台》）

---

① 房玄龄等：《晋书》，中华书局1974年版，第1031页。
② ［美］刘若愚：《中国诗学》，杜国清译，台北幼狮文化公司1977年版，第82—83页。

第二节　记忆的伦理

一、文学记忆的伦理

如上一节所述，在中国文化传统中，即使历史成为过去的代言人，诗的记忆功能从未失落，甚至在道德和文化上具有一定的优越性。诗与史的关联往往会追溯到《孟子》"王者之迹熄而诗亡，诗亡然后《春秋》作"①的论断。二者共通之处不仅在于记忆的功能，更在于记忆的责任。论及责任，则需要明确为谁与为什么的问题，也就是伦理的问题。伦理"是指人类社会中人与人关系与行为的秩序规范"②。伦理是中国古代哲学乃至文化关注的焦点，主要体现在"人伦"方面，理想的人际关系应当是"父子有亲，君臣有义，夫妇有别，长幼有序，朋友有信"。相关且常常相互换用的是"道德"，二者都是关于个人的价值判断与行为选择，它们的区别在于"伦理是就人类社会中人际关系的内在秩序而言，道德则就个人体现伦理规范的主体与精神意义而言；伦理侧重社会秩序的规范，而道德则侧重个人意志的选择"③。但外在的伦理要求与内在的道德要求并非毫不相干，而是一体两面，对于生活在家国天下伦理结构中的个体而言，内在道德修养的提高很大程度上就是为了适应伦理规范，所谓"克己复礼为仁"就是这个意思。无论对于个体还是群体来说，过去都不仅仅是曾经存在的痕迹，个人在思考自己是谁或描述其与其他人的关系时，常常依赖过去，因此，对于个体来说，过去是其价值判断与行为选择的来源，对于群体来说，共同的记忆是维持社会秩序的基础。

---

① 焦循：《孟子正义》，中华书局1987年版，第572页。
② 樊浩：《中国伦理精神的历史建构》，江苏人民出版社1992年版，序言，第1页。
③ 樊浩：《中国伦理精神的历史建构》，江苏人民出版社1992年版，序言，第2页。

因此，记忆是个体与群体维持社会秩序、获得自我认同的关键因素。这正是诗与史记忆的责任与意义所在。

二、"诗史"与诗学记忆的伦理

任何时代的人都生活在一定的伦理结构与规范当中，但在日常生活中，人们并不会特别感觉到它们的存在，伦理结构与规范只有在面临危机的时候才会突显出来。正如吕森所说："对于历史意识来说，危机并不是什么特别的东西。相反，它正是建立于危机之上；没有危机，就根本不会有历史意识。我们把'危机'理解为偶然的时间经验。……它不符合对人类生活的目的来说是可以理解的预定的阐释关联。"① 这种危机多数时候产生于重大历史事件中。处于重大历史事件中的人们会感到自己处于一种价值与情感的断裂之中，历史变革毫不留情地席卷人们一直尊崇的规范与信条，过去不可能重现，但事件本身往往会在个体与群体的记忆中留下深刻的印记。需要指出的是，这样说不仅仅因为重大历史事件的影响力，也因为事件在个体与群体的记忆中扮演着至关重要的角色，事件常常成为人们回忆往事的线索，情感与认识蕴含其中。因此，事件本身具有重要意义。从《诗经》开始，关注社会现实始终是古典文学的主要价值追求之一，但记录具体事件则主要体现为那些被称为"诗史"的作品。"诗史"之所以能够在杜甫之后成为一种传统，除了对于历史事件极富艺术感染力的记述、叙事技巧的极致探索、一饭未尝忘君恩的执着精神、心怀天下苍生的仁爱精神以及天水一朝对杜诗的推崇备至之外，也与其在宋元与明清易代之际的讨论与创作实践不无关系。

对于身处宋元与明清易代世变的士人来说，所经历的不是单纯的朝代更迭，而是文化的断裂。顾炎武"亡国与亡天下"的论断最能说明当时士人的感受："有亡国，有亡天下。亡国与亡天下奚辨？曰：易姓改号，谓之亡国；

---

① [德]约恩·吕森：《历史思考的新途径》，綦甲福、来炯译，上海人民出版社2005年版，第145页。

仁义充塞，而至于率兽食人，人将相食，谓之亡天下。……知保天下，然后知保其国。保国者，其君其臣肉食者谋之；保天下者，匹夫之贱与有责焉耳矣。"① 在他看来，汉族政权之间的改朝换代是"亡国"，而清兵入住中原是"亡天下"，进而提出"匹夫有责"的伦理道德要求。顾炎武通过扩大清兵入主中原的灾难性，以"匹夫有责"的呼唤扩大了责任群体，实际上将责任群体划定为分享同一文化传统的群体，每一个群体成员都有责任维护原有的伦理规范与价值体系。因为，文化的断裂意味着身份的失落与认同的危机。新的政权建立，一般都会通过修前朝史的方式来说明夺取政权的合理性，史书的修撰必然会站在维护自身合法性的立场叙述前朝旧事，不排除篡改、歪曲或抹杀；同时，新朝也会对私家修史的行为进行严酷的控制。在这种情况下，基于记忆的功能和委婉的表达方式，诗被赋予记忆的责任，下面是明清易代之际关于"诗史"两段非常有名的论述。

> 孟子曰："《诗》亡然后《春秋》作。"《春秋》未作以前之诗，皆国史也。人知夫子之删《诗》，不知其为定史。人知夫子之作《春秋》，不知其为续《诗》。《诗》也，《书》也，《春秋》也，首尾为一书，离而三之者也。三代以降，史自史，诗自诗，而诗之义不能不本于史。曹之《赠白马》，阮之《咏怀》，刘之《扶风》，张之《七哀》，千古之兴亡升降，感叹悲愤，皆于诗发之。驯至于少陵，而诗中之史大备，天下称之曰诗史。唐之诗，入宋而衰。宋之亡也，其诗称盛。皋羽之恸西台，玉泉之悲竺国，水云之苕歌，《谷音》之越吟，如穷冬之沍寒，风高气慄，悲噫怒号，万籁杂作，古今之诗莫变于此时，亦莫盛于此时。至今新史盛行，空坑、厓山之故事，与遗民旧老，灰飞烟灭。考诸当日之诗，则其人犹存，其事犹在，残篇齧翰，与金匮石室之书，并悬日月。谓诗之不足以续史也，不亦诬乎？②

---

① 黄汝成：《日知录集释》，上海古籍出版社2006年版，第756—757页。
② 钱谦益：《胡致果诗序》，见《牧斋有学集》，上海古籍出版社1996年版，第800—801页。

今之称杜诗者以为诗史，亦信然矣。然注杜者，但见以史证诗，未闻以诗补史之阙，虽曰诗史，史固无藉乎诗也。逮夫流极之运，东观兰台但记事功，而天地之所以不毁，名教之所以仅存者，多在亡国之人物。血心流注，朝露同晞，史于是而亡矣。犹幸野制遥传，苦语难销，此耿耿者明灭于烂纸昏墨之馀，九原可作，地起泥香，庸讵知史亡而后诗作乎？是故景炎、祥兴，《宋史》且不为之立本纪，非《指南》《集杜》，何由知闽、广之兴废？非水云之诗，何由知亡国之惨？非白石、晞发，何由知竺国之双经？陈宜中之契阔，《心史》亮其苦心；黄东发之野死，宝幢志其处所：可不谓之诗史乎？元之亡也，渡海乞援之事，见于九灵之诗。而铁崖之乐府，鹤年席帽之痛哭，犹然金版之出地也。皆非史之所能尽矣。明室之亡，分国鲛人，纪年鬼窟，较之前代干戈，久无条序；其从亡之士，章皇草泽之民，不无危苦之词。以余所见者，石斋、次野、介子、霞舟、希声、苍水、密之十馀家，无关受命之笔，然故国之铿尔，不可不谓之史也。"①

钱谦益认为，诗史本为一体，三代以后诗歌和历史开始分离，直接论断二者分离之后的关系是"诗之义本于史"，他将诗视为史的补充甚至附庸，黄宗羲的表述较钱谦益温和，但同样认为诗是史的补充。这些观点当然不会在实质上动摇诗与史的关系，但他的选择已经说明"诗史"绝不仅仅是记录，如同史书也从来都不仅仅是记录一样。

三、"诗史"的伦理意义

文学记忆的伦理不仅是一种责任与担当，记忆的书写不仅为身历鼎革的人们提供抒发情感的渠道，抚慰他们的心灵，"诗史"所彰显的道德优越性还可

---

① 沈善洪主编：《南雷诗文集》，见《黄宗羲全集》（第十册），浙江古籍出版社1985年版，第47页。

以为出仕新朝的贰臣提供道德的救赎，这赋予"诗史"作品以独特的魅力。

易代之际，士人要面临忠于旧朝与出仕新朝的选择，选择出仕新朝的士人无疑将在伦理道德方面承受巨大的心理压力，对于他们来说，记忆的书写不仅是在个人情感上获得宣泄内心痛苦与悔恨的出口，也要在公共领域甚至在历史评判中获得道德的救赎。吴伟业是明清易代之际"诗史"的代表，从甲申之变自杀未成功到出仕新朝的短暂经历，使他的人生始终处于痛苦之中。相对于漫长的历史，个体人生总是显得微不足道，但对于身处易代之际的人们，个体生命历程却涵盖了历史，历史已经进入新时序，而个体生命并没有终结，过去的记忆也不可能消逝。对于王夫之、屈大均这样的遗民来说，他们的时间仍然停留在前朝，虽然大的环境已经改变，但他们仍然可以在一个群体内继续活在记忆里。而钱谦益、吴伟业这样出仕新朝的贰臣不仅进入了一个新的时间序列，也进入了一个新的文化系统。然而过去的记忆却并没有过去，人始终是沿着过去、现在走向未来。在这个过程中，记忆不断产生又不断过去，记忆的停滞从某种程度上说就是生命历程的停滞，因为这意味着没有未来，要么在虚无中度过余生，如吴伟业；要么拼死重新启动过去的记忆，如钱谦益。超越记忆是解决记忆停滞的最好方法，即个体记忆向历史的转化。个体创伤体验的"历史化是一种文化策略，可以克服创伤性体验令人烦扰的后果。从开始讲述所发生的故事那一刻起，人们就迈出了将零散的事件与自己的世界观及自我理解融为一体的第一步。最终，历史叙述在事件的时间链上，为这种创伤导致的零散时间安排了一个位置。在此，它能产生意义，并因此失去了摧毁知觉与意义的能力。通过赋予事件一种'历史的'价值和意义，它的创伤性特征消失了：'历史'是各种事件在时间上的一种有意义的相互关系。"[①] 诗歌的个人性与"诗史"的纪事特点使其在个人记忆向历史的转化中具有天然的优势，但所纪之事的选择仍然很重要，赵翼认为吴伟业在选题时已经注意到这点："梅村身阅鼎革，其所咏多有关于时事之大

---

① 陈新主编：《当代西方历史哲学读本：1967—2002》，复旦大学出版社2004年版，第305—306页。

者。如《临江参军》《南厢园叟》……等作,皆极有关系。事本易传,则诗亦易传。梅村一眼觑定,遂用全力结撰此数十篇,为不朽计,此诗人慧眼,善于取题处。"①《筱园诗话》说他"以身际沧桑陵谷之变,其题多纪时事,关系兴亡,成就先生千秋之业,亦不幸之大幸也。七古最有名于世,大半以《琵琶》《长恨》之体裁,兼温、李之词藻风韵,故述词比事,浓艳哀婉,沁入肝脾。"② 吴伟业主动创作"诗史"作品,他自评《临江参军》时也说:"余与机部相知最深,于其为参军周旋最久,故于诗最真,论其事最当,即谓之诗史可勿愧。"③ 吴伟业的"诗史"创作中很多都是以人物为主题,《永和宫词》写崇祯的宠妃田贵妃,《洛阳行》写福王朱常洵,《雁门尚书行》写孙传庭,《松山哀》写洪承畴,《圆圆曲》写陈圆圆与吴三桂,《临淮老妓行》写名妓刘冬儿,《临江参军》写卢象升。通过对某些人物生命历程中荣辱浮沉的描写展现一代之兴亡,这在史学而言不是什么新鲜事,史书中本来就有纪传体,不同之处在于诗歌中有"两个人",一个是诗中描写的人物,一个是作者本身。这种不同会影响读者的阅读,阅读纪传体史书,读者倾向于在不同人物的纪、传中勾勒时代或事件的全貌,而阅读人物诗,读者倾向于通过诗中人物以及隐于诗篇背后的作者的命运去了解甚至想象那个时代。诗人对这些人物命运的关注很大程度上出于对自身命运与存在的感慨,并且透过诗歌将这种感慨表达出来,以期获得读者认同。

除了通过历史事件与人物表达自己的经历与体验,吴伟业还强调"心史"的概念。

> 古者诗与史通,故天子采诗,其有关于世运升降、时政得失者,虽野夫游女之诗,必宣付史馆,不必其为士大夫之诗也;太史陈诗,其有关于世运升降、时政得失者,虽野夫游女之诗,必入贡天子,不必其为

---

① 赵翼:《瓯北诗话》,见郭绍虞编选:《清诗话续编》,中华书局1983年版,第1283页。
② 朱庭珍:《筱园诗话》,见郭绍虞编选:《清诗话续编》,中华书局1983年版,第2355页。
③ 李学颖:《吴梅村全集》,上海古籍出版社1990年版,第1138页。

朝廷邦国之史也。忆余曩与映薇年兄同游师门，映薇虽不官史，而一时称能诗者必首映薇；余虽不能诗而官于史，映薇称知诗者必及余。余两人深相得，而于诗相得尤深。……厥后而时事难言矣。映薇急流疾退，一遁而入于野夫游女之群，相与一唱三叹，人之视之与其自视，皆不复知为士大夫也。然而气运关心，不堪凄恻，乃教翠环十二，遂空红粉三千。一老子韵脚初收，众女郎踏歌齐应。笔摇五岳，知《竹枝》、《白苎》非豪；舞罢《六么》，笑《霓裳羽衣》未韵。人谓是映薇涵情结绮、缠绵燕婉时，余谓是映薇絮语《连昌》、唏吁慷慨时也。观其遗余诗曰："菰芦十载卧蓬蓬，风雨为君叹索居。"出处相商，兄弟之情，宛焉如昨。又曰："山中已着还初服，阙下犹悬次九书。"则又谅余前此浮沉史局，掌故之责，未能脱然。嗟乎！以此类推之，映薇之诗，可以史矣！可以谓之史外传心之史矣！①

这段话中吴伟业阐明了他对于"诗史"的看法，他认为以诗歌形式记录的内心世界的情感也是一种历史，这在某种程度上也是为他自己诗歌进行的注释，希望后人关注他诗中传达的内心情感，而不是他在现实生活中的选择。"心史就'史'的意义而言，是通过个体心灵真实感受体验的表现所反映出的一代兴亡盛衰的历史。它不是社会史、政治史，而是心灵史，情感史。"②是对沧桑巨变中人的心态与情感的纪录，所谓精神史是通过个体的感受反映时代状态，这是诗歌独特的表达方式。

吴伟业的"诗史"作品多写于明亡后，是对回忆的书写，他将曾经见证过的历史记录下来。伦理哲学家马各利特区分了一般"见证"与"道德见证"的不同。事实上，作为见证者本身就是一种伦理道德责任的承担，出仕新朝虽然使吴伟业在道德上存在巨大缺陷，但他的"诗史"作品仍然获得了人们的肯定。吴伟业的创作证明他作为士人的节操和道德责任感没有被摧毁，

---

① 李学颖：《吴梅村全集》，上海古籍出版社1990年版，第1205—1206页。
② 李世英、陈水云：《清代诗学》，湖南人民出版社2000年版，第26页。

虽然不能相信他之所以没有殉节是为了作为见证者讲述历史的剧变,但也不应过多苛责,他也没有说活下来是为了作为见证者。他的创作事实上是一种自我的道德救赎,讲述过去的行为为他提供了活下来的理由。和身处宋元之际的汪元量身为一个小小琴师的凛然大义不同,吴伟业在明朝与南明都曾担任过官职,入清后出任秘书院侍讲,虽然只是一段短暂的出仕清朝的经历,却为他的人生带来了极大的痛苦,这种痛苦伴随他以后的全部人生直至死亡,他临终前的作品仍然充满着无限的忏悔:"忍死偷生廿载余,而今罪孽怎消除?受恩欠债应填补,总比鸿毛也不如。"对于吴伟业来说,没有殉节成功,活下来本身就有一种背叛的感觉,入清后出仕新朝更使他的存活蒙上终生无法摆脱的心理阴影,他必须为自己活下来找到理由,创作"诗史"成为历史的见证为他提供了活下来的理由。

"诗史"创作不仅为身仕新朝的士人提供道德的救赎,其所彰显的伦理道德精神也赋予身历鼎革而不改其志的诗人所书写的记忆以独特的魅力。南宋末年,偏安的宋王朝最终走到了尽头,异族入侵不仅使士人们失去了"国家",更有可能失去文化的根基。面对这一剧变,他们不能"无动于衷",因为彼时,"诗史"在创作上的实践虽然很少,但已经成为一个公共话题。南宋遗民们承担了记忆的责任,以诗存史,并且他们明确指出这是对于杜甫"诗史"传统的继承。当时很多人的诗都被称为"诗史",其中最著名的是汪元量,他的"诗史"称号在当时获得了普遍认可。

> 其诗自奉使出疆,三宫去国,凡都人忧悲恨叹无不有。及过河所历皇王帝伯之古都遗迹,凡可喜、可诧、可惊、可痛哭而流涕者,皆收拾于诗。解其囊,南吟北啸,如赋史传,亦自可喜。①
>
> 余读水云诗,至丙子以后,为之骨立。再嫁妇人望故夫之陇,神销意在,而不敢出声哭也。水云生长钱塘,晚节闻见其事,奋笔直情,不

---

① 汪元量:《增订湖山类稿》,孔凡礼辑校,中华书局出版社1984年版,第185—186页。

肯为婉娈含蓄，千载之下，人间得不传之史。①

汪元量自己也表达了对杜甫的追慕与继承，"少年读杜诗，颇厌其枯槁。斯时熟读之，始知句句好。"（《草地寒甚毡帐中读杜诗》）他的《醉歌》十首描写了南宋军队节节失守，元兵进入临安，太后投降南宋覆亡的过程："援兵不遣事堪哀，食肉权臣大不才。见说襄阳投拜了，千军万马过江来。（其二）淮襄州郡尽归降，鞞鼓喧天入古杭。国母已无心听政，书生空有泪成行。（其三）"《越州歌》二十首写元兵进入临安后的情景。《北征》描写宋室即将北上时的悲凄："北师有严程，挽我投燕京。挟此万卷书，明发万里行。出门隔山岳，未知死与生。三宫锦帆张。"《湖州歌》九十八首中的部分诗篇描述赴燕的心情与途中所见："青天澹澹月荒荒，两岸淮田尽战场。宫女不眠开眼坐，更听人唱哭襄阳。（其三十八）兀兀篷窗坐似禅，景州城外更凄然。官河宛转无风力，马曳驴拖鼓子船。（其六十一）"汪元量随三宫北上抵燕之后曾出仕元朝，但在仕元的过程中他仍然心怀故国，坚持自己的信念，"誓以守贞洁，与君生死同。君当立高节，杀身以为忠。"（《妾薄命呈文山道人》）"怕上西楼洒乡泪，东风吹雨湿征衣。"（《蓟北春望》）"万叶秋风孤馆梦，一灯夜雨故乡心。"（《秋日酬王昭仪》）在三宫归天或出家的情况下汪元量毅然辞官南归。

汪元量的诗之所以能够获得"诗史"的评价，一方面在于他本身的生活经历就是"诗史"一种的创作实践；另一方面因南宋遗民是一个群体，他们互相阅读彼此的作品，有一个共同的阅读背景，是一个分享记忆的过程。分享有助于强化共同记忆，而共同记忆又可以增强群体的认同感与凝聚力。汪元量作为个体，因为随三宫北上的经历，目睹了投降的王室的狼狈和战乱中的民不聊生，他在《湖州歌》中记录所见所感，并把这些与遗民群体中的其他人分享。从以上所引材料来看，这些人都读过汪元量的诗歌，并为之感动，

---

① 汪元量：《增订湖山类稿》，孔凡礼辑校，中华书局出版社1984年版，第186—187页。

这也是他们经常进行群体活动的原因。在群体分享记忆的过程中，易代之际身份失落的遗民可以共同回忆并确认"我是谁"。

汪元量只是一名琴师，之所以能够在诗史上留下自己的名字，在于他传奇的一生。生逢改朝换代之际，与宋室的接近，自愿随三宫北上，纪录山河破碎的亡国景象，为历史见证，在元长达十二年，虽然出仕，仍然坚守，当人事已非毅然辞官回归，一生令人唏嘘。

第五章 记忆与经典

如果我们要探寻一个民族的核心观念或价值系统,指向的可能是一系列的经典文本。这些保存了绝对不能忘记的真知灼见的,涵盖人类所有行为的,经过时间和空间反复检验、过滤而经久不衰、历久弥新的文本可以绵延数千年,响应每一个时代的召唤,建构每一个历史主体的心灵。就此而言,经典是一种绝佳的文化记忆术。而在这些经典中,文学经典往往占比较大,特别是在文化和知识系统尚未分明的时代。

第一节 文化经典与文学经典

一、早期经典的文学性

中国文化传统中具有奠基意义的经典以儒家经典为主,即《诗》《书》《礼》《易》《春秋》"五经",按后世的知识分类,"五经"之中,只有《诗》是文学作品,但通常其他文体的源头也会追溯到"五经"。《文心雕龙·宗经》篇曰:

> 故论说辞序,则《易》统其首;诏策章奏,则《书》发其源;赋颂

歌赞，则《诗》立其本；铭诔箴祝，则《礼》总其端；纪传铭檄，则《春秋》为根；并穷高以树表，极远以启疆，所以百家腾跃，终入环内者也。若禀经以制式，酌雅以富言，是仰山而铸铜，煮海而为盐也。故文能宗经，体有六义：一则情深而不诡，二则风清而不杂，三则事信而不诞，四则义直而不回，五则体约而不芜，六则文丽而不淫。扬子比雕玉以作器，谓五经之含文也。夫文以行立，行以文传，四教所先，符采相济，励德树声，莫不师圣，而建言修辞，鲜克宗经。是以楚艳汉侈，流弊不还，正末归本，不其懿欤？①

颜之推也指出："夫文章者，原出五经：诏命策檄，生于《书》者也；序述论议，生于《易》者也；歌咏赋颂，生于《诗》者也；祭祀哀诔，生于《礼》者也；书奏箴铭，生于《春秋》者也。"② 刘勰不仅将各种文体的源头追溯到"经"，并且为各种文体提供了典范，认为这些经典是取之不尽的宝藏。

除了文体起源，《文心雕龙》中关于文学功能、特点、创作等现象的论述也体现宗经的倾向。在追溯文体起源之前，刘勰阐述了五经的文体特征：

夫《易》惟谈天，入神致用。故《系》称旨远辞文，言中事隐，韦编三绝，固哲人之骊渊也。《书》实记言，而训诂茫昧，通乎尔雅，则文意晓然。故子夏叹《书》，昭昭若日月之明，离离如星辰之行，言昭灼也。《诗》主言志，诂训同《书》，摛风裁兴，藻辞谲喻，温柔在诵，故最附深衷矣。《礼》以立体，据事制范，章条纤曲，执而后显，采掇生言，莫非宝也。《春秋》辨理，一字见义，五石六鹢，以详略成文；雉门两观，以先后显旨。其婉章志晦，谅以邃矣。《尚书》则览文如诡，而寻理即畅；《春秋》则观辞立晓，而访义方隐。此圣人之殊致，表里

---

① 范文澜：《文心雕龙注》，人民文学出版社1958年版，第22—23页。
② 王利器：《颜氏家训集解》，上海古籍出版社1980年版，第221页。

之异体者也。①

《序志》篇从文章功用的角度溯源,认为也本于经典:

> 予生七龄,乃梦彩云若锦,则攀而采之。齿在逾立,则尝夜梦执丹漆之礼器,随仲尼而南行;旦而寤,乃怡然而喜,大哉圣人之难见哉,乃小子之垂梦欤!自生人以来,未有如夫子者也。敷赞圣旨,莫若注经,而马郑诸儒,弘之已精,就有深解,未足立家。唯文章之用,实经典枝条,五礼资之以成,六典因之致用,君臣所以炳焕,军国所以昭明,详其本源,莫非经典。而去圣久远,文体解散,辞人爱奇,言贵浮诡,饰羽尚画,文绣鞶帨,离本弥甚,将遂讹滥。盖《周书》论辞,贵乎体要;尼父陈训,恶乎异端;辞训之异,宜体于要。于是搦笔和墨,乃始论文。②

注释经书,马融、郑玄等已经阐发得非常精辟,就算有深入的见解,也难以自成一家。在刘勰看来,所有重要的政治事项如"五礼"、"六典"、君臣名分、军国大事等都要通过文章来完成,文章具有重大的政治功用。

刘勰继承了扬雄"五经含文"的观点,从本体论、创作论等多方面阐发了儒家经典的文学性及其对后世文学的影响。作为一部文学理论著作,刘勰宗经的目的很大程度上是希望依托经典建构文学的话语或理论体系。而他对儒家经典的推崇,如孙康宜指出的:"刘勰坚持经书——无论是内容或风格上——皆为最精粹的文学范式。在某种程度上,刘勰对儒家传统的诠释几乎是在企图重新界定经典的文学性意义,以及展示经典具备何等丰富的风貌、何等有力地表现了具体的真实……在整部《文心雕龙》里,刘勰始终主张圣

---

① 范文澜:《文心雕龙注》,人民文学出版社1958年版,第21—22页。
② 范文澜:《文心雕龙注》,人民文学出版社1958年版,第725—726页。

人最本质的条件就是明了如何创造性地透过优美的文字传达'道'与人之情性。"① 事实上,文学性是早期经典普遍具有的特征。作为先王遗典,儒家经典的来源是三代积累、流传下来的文献,经由孔子删削定型。西周社会解体后,儒家通过整理和诠释文献成为文明和传统的继承人。这些典籍的产生与定型经历了漫长、复杂的过程。王国维说:"中国政治与文化之变革,莫剧于殷、周之际。"② "殷、周之间大变革,自其表言之,不过一姓一家之兴亡与都邑之转移;自其里言之,则旧制度废而新制度兴、旧文化废而新文化兴。又自其表言之,则古圣人之所以取天下及所以守之者,若无以异于后世之帝王;而自其里言之,则其制度文物与其立制之本意,乃出于万世治安之大计,其心术与规摹,迥非后世帝王所能梦见也。"③ 变革的关键是周公"制礼作乐",礼乐制度是中华文化传统的核心,制礼作乐奠定了中国传统文化的基本形态和范式,对后世有着广泛、深刻且持续的影响。制礼作乐导致大量文献产生。世界几大文明的发源都与宗教活动密切相关,早期文献的生成也与宗教仪式密切相关,这些文献最初以口传为主,殷商时期,人们用甲骨文记录占卜的结果,这是最早的文字文献。西周延续殷商的传统,仪式仍是维持社会运行的主要形式。西周文献生成也是仪式活动的一部分,但是随着制礼作乐的发展,有些文献脱离宗教和仪式仍能发挥教化功能,维持社会运转。同时,一些不依赖仪式的文献开始出现,并逐渐成为文献生成的主要方式之一,文献在社会中发挥越来越重要的作用,这也促使文献数量激增。礼崩乐坏没有使文献衰落或停止,相反,文献的作用和价值更加凸显,春秋时期的赋诗、引诗虽然仍是仪式活动的一部,但《诗》的应用更多地依靠文献自身的内容和意义而非仪式。春秋时期,在聘问会盟等外交场合中,国君和大臣的行为和言辞都要优雅得体,常赋诗、引诗表达自己的观点,如北宫文子曾赋诗、引诗论威仪。

---

① 孙康宜:《文学经典的挑战》,百花洲文艺出版社2002年版,第21页。
② 王国维:《观堂集林(外二种)》,河北教育出版社2001年版,第287页。
③ 王国维:《观堂集林(外二种)》,河北教育出版社2001年版,第288页。

卫侯在楚，北宫文子见令尹围之威仪，言于卫侯曰："令尹似君矣，将有他志。虽获其志，不能终也。《诗》云：'靡不有初，鲜克有终'。终之实难，令尹其将不免。"公曰："子何以知之？"对曰："《诗》云：'敬慎威仪，惟民之则。'令尹无威仪，民无则焉。民所不则，以在民上，不可以终。"公曰："善哉！何谓威仪？"对曰："有威而可畏谓之威，有仪而可象谓之仪。君有君之威仪，其臣畏而爱之，则而象之，故能有其国家，令闻长世。臣有臣之威仪，其下畏而爱之，故能守其官职，保族宜家。顺是以下皆如是，是以上下能相固也。《卫诗》曰：'威仪棣棣，不可选也。'言君臣、上下、父子、兄弟、内外、大小皆有威仪也。《周诗》曰：'朋友攸摄，摄以威仪。'言朋友之道，必相教训以威仪也。《周书》数文王之德曰：'大国畏其力，小国怀其德。'言畏而爱之也。《诗》云：'不识不知，顺帝之则。'言则而象之也。纣囚文王七年，诸侯皆从之囚，纣于是乎惧而归之，可谓爱之。文王伐崇，再驾而降为臣，蛮夷帅服。可谓畏之。文王之功，天下诵而歌舞之，可谓则之。文王之行，至今为法，可谓象之。有威仪也。故君子在位可畏，施舍可爱，进退可度，周旋可则，容止可观，作事可法，德行可象，声气可乐，动作有文，言语有章，以临其下，谓之有威仪也。"①

（韩宣子）自齐聘于卫。卫侯享之。北宫文子赋《淇澳》。宣子赋《木瓜》。②

个人在这些活动中赋诗妥当与否，不仅关乎个人的评价，还代表邦国的兴亡。"古者诸侯卿大夫交接邻国，以微言相感，当揖让之时，必称诗以谕其志，盖以别贤不肖而观盛衰焉。"③《诗》的仪式性逐渐淡化或失落，文本意义逐渐凸显，获得相对独立的价值。相对于音乐、舞蹈，文字文本更易保

---

① 十三经注疏整理委员会整理：《春秋左传正义》，北京大学出版社2000年版，第1303—1306页。
② 十三经注疏整理委员会整理：《春秋左传正义》，北京大学出版社2000年版，第1351页。
③ 班固：《汉书》，中华书局1962年版，第1755—1756页。

存，尽管文字在书写和保存以及阐释方面都存在很大难度。虽不像《诗》那样有比较明确、稳定的风格，在流传下来的《书》中也可以看到格式化的体式、典雅的文字以及节奏和韵律。

殷商时期的甲骨文已经是比较成熟的文字，但基于书写材料和书写难度的限制，最初只有最重要的内容可以被书写下来，因此，必然要采用高度精炼的语言，并且这种书写形式需要经过长时间学习和训练才能掌握，文本的解读自然也需要经过训练的专业人员进行。就某种程度而言，早期大凡能以文字文本形式流传下来的，基本都可以被视为经典。中国古代文化传统中具有奠基意义的早期经典主要指儒家经典，即《诗》《书》《礼》《易》《春秋》"五经"。按照现代知识的理解和门类划分，"五经"之中，《诗》属于文学作品，《易》大致可作为哲学书，《书》《春秋》可归为历史类，《礼》接近于法学或社会学、人类学，差不多涵盖或涉及人文和社会生活的所有领域。这些典籍都措辞精致、典雅、优美。当时虽然没有文学的概念，但对语言文字技巧的要求非常高，因此，这些经典都具有非常高的文学性，是当时最优美的作品。贵族子弟要学习这些典籍，以便完成各种礼仪活动。同时，这些典籍也规范着人们对于语言的运用，通过典籍的学习，学会如何阅读，如何规范地表达、甚至思考。在学习和应用语言的过程中，文字不仅仅是一种具有物理形态的媒介，很大程度上直接被理解为知识和文化本身。可以说，早期经典及其教育蕴含或者说保存了文学发展。当文字逐渐向个体开放，个体创作的模仿对象自然是经典，这是经典规范性的必然结果，也是个体的主动选择。因为经典的书写方式意味着权威性和真实性，可以赋予个体书写以神圣性。《诗》无疑是对个体而言最具吸引力的形式之一，一种保存记忆的格式。当然，这还有赖于汉儒历史化的解经模式，即将诗篇与具体历史背景联系起来。

汉代是大规模解经的时代，也就是皮锡瑞所说的经学昌明的时代。在这一过程中，儒家学者树立了"五经"无可动摇的地位，它们是古圣先贤编纂的无可挑剔的完美文本，是思想的源泉，无所不包，其他一切文章都由此衍生，这些经典可以提供政治合法性和道德权威。汉武帝"罢黜百家，独尊儒术"，但儒家经典文本的定型及其阐释仍然经过了漫长的竞争，即今文经学和古文经学的争论。对于文化经典而言，首要的特征是真实性和权威性。文本面貌自然至关重要，"两汉经学有今古文之分。今古文所以分，其先由于文字之异。今文者，今所谓隶书，世所传熹平石经及孔庙等处汉碑是也。古文者，今所谓籀书，世所传岐阳石鼓及《说文》所载古文是也。隶书，汉世通行，故当时谓之今文；犹今人之于楷书，人人尽识者也。籀书，汉世已不通行，故当时谓之古文；犹今人之于篆、隶，不能人人尽识者也。"[1] 实际上，不仅文字，两家内在的思想、师承以及治学理路都有很大不同，更深层的当然是学术权力、利禄地位等现实利益的争夺。

早期经典因为语言和表达上的优越，建构了自身的神圣性。作为文字符号系统，文学与人类文化生活密切相关，相比其他符号，亦具有文化上的优先性，在文化传统建构中具有天然的优势，因此，文学经典是文化传统建构的重镇。

二、文学经典与文化传统

作为建构文化传统的重镇，文学在建构民族文化形象方面常常扮演重要角色。历史小说可能是更为人熟知的形式，就诗歌而言，经典诗人的建构则往往通过作者与其作品的高度统一完成，即"文如其人"。屈原、曹植、陶渊明、杜甫、苏轼这些诗人都不只是以诗人的形象在文学和文化传统中被继承，他们作为一种人格范型，为士人提供身份认同，维系或者说安顿了中国古代知识人的理想和志向。屈原是中国历史上第一位有名有姓的作者，《离骚》被认为是他自我表达的哀歌，王逸注《离骚》，采取儒家历史化的阐释方式，试图通过作品还原作者的经历，认为屈原的诗歌是个人经验的自然反应。汉代对屈原形象的建构是文学经典的建构，也是文化经典的建构。就文

---

[1] 皮锡瑞：《经学历史》，中华书局1959年版，第87页。

学经典的建构而言，直接将屈原写入文化传统或集体记忆，这无疑是文学作品成为经典最有力的保障。曹植的经典化也经历了自传性阐释。曹植《名都篇》描写都城贵族子弟的畋猎、宴饮。

> 名都多妖女，京洛出少年。宝剑值千金，被服丽且鲜。斗鸡东郊道，走马长楸间。驰骋未能半，双兔过我前。揽弓捷鸣镝，长驱上南山。左挽因右发，一纵两禽连。余巧未及展，仰手接飞鸢。观者咸称善，众工归我妍。归来宴平乐，美酒斗十千。脍鲤臇胎鰕，炮鳖炙熊蹯。鸣俦啸匹侣，列坐竟长筵。连翩击鞠壤，巧捷惟万端。白日西南驰，光景不可攀。云散还城邑，清晨复来还。

张铣题注曰："刺时人骑射之妙，游骋之乐，而忘忧国之心。"① 王尧衢《古唐诗合解》曰："子建怅功业之未建，故以驰逐燕饮为乐。"② 吴淇也认为："只是一片牢骚抑郁，藉以消遣岁月。如狮在笼中，一片雄心无有泄处，只是弄毬度日。"③《赠徐干》一诗，刘良题注曰："子建与徐干俱不见用，有怨刺之意，故为此诗。"④ 清代朱乾《乐府正义》评《野田黄雀行》"子建处兄弟危疑之际，势等冯河，情均弹雀"⑤，也是将其与丁仪兄弟被害之事联系在一起。张溥《汉魏六朝百三家集》云："余读陈思王责躬应诏诗，泫然悲之，以为伯奇履霜，崔子渡河之属。"⑥ 曹植和伯奇、闵子骞遭遇类似，忠而见疏。可见，对曹植的作品进行自传性阅读，将作品与他的人生遭遇联系在

---

① 吕延济等：《日本足利学校藏宋刊明州本六臣注文选》，人民文学出版社2008年版，第424页。
② 河北师范学院中文系古典文学教研组编：《三曹资料汇编》，中华书局1980年版，第176页。
③ 吴淇：《六朝选诗定论》，广陵书社2009年版，第126页。
④ 吕延济等：《日本足利学校藏宋刊明州本六臣注文选》，人民文学出版社2008年版，第363页。
⑤ 河北师范学院中文系古典文学教研组编：《三曹资料汇编》，中华书局1980年版，第197页。
⑥ 张溥：《汉魏六朝百三家集题辞注》，中华书局2007年版，第92页。

一起是比较普遍的，更不用说广为流传的《七步诗》。曹植在六朝备受推崇，钟嵘《诗品》评价："其源出于《国风》。骨气奇高，词采华茂。情兼雅怨，体被文质。粲溢今古，卓尔不群。嗟乎！陈思之于文章也，譬人伦之有周、孔，鳞羽之有龙凤，音乐之有琴笙，女工之有黼黻。俾尔怀铅吮墨者，抱篇章而景慕，映余辉以自烛。"① 后世评价大体不出这个范围，曹植的经典当然基于其在诗歌发展史，特别是五言诗发展史上的重要贡献，也与他的人生遭际密不可分。如刘勰所言"魏文之才，洋洋清绮，旧谈抑之，谓去植千里，然子建思捷而才俊，诗丽而表逸；子桓虑详而力缓，故不竞于先鸣。而乐府清越，典论辩要，迭用短长，亦无懵焉。但俗情抑扬，雷同一响，遂令文帝以位尊减才，思王以势窘益价，未为笃论也。"②

第二节　文学经典与个体记忆

卡尔维诺说："一部经典作品的文本'起到'一部经典作品的作用，即是说，它与读者建立一种个人关系。"③ "只有在非强制的阅读中，你才会碰到将成为'你的'书的书。"④ "'你的'经典作品是这样一本书，它使你不能对它保持不闻不问，它帮助你在与它的关系中甚至在反对它的过程中确立你自己。"⑤ 经典要通过个体体现其意义，也就是说，所有经典的终点是个人，除了文化经典，多数经典的起点也是个体。因此，个体是考察经典的应

---

① 曹旭：《诗品集注》，上海古籍出版社1994年版，第97—98页。
② 范文澜：《文心雕龙注》，人民文学出版社1958年版，第700页。
③ ［意］伊塔洛·卡尔维诺：《我们为什么读经典》，黄灿然、李桂蜜译，译林出版社2006年版，第5页。
④ ［意］伊塔洛·卡尔维诺：《我们为什么读经典》，黄灿然、李桂蜜译，译林出版社2006年版，第6页。
⑤ ［意］伊塔洛·卡尔维诺：《我们为什么读经典》，黄灿然、李桂蜜译，译林出版社2006年版，第7页。

有维度。经典是依据特定标准筛选、认定的文本，用以指导和规范人们的活动。在一定社会历史环境中，经典是人们必须掌握的知识，对经典的学习通常是个体生命中非常重要的经历，通过学习经典获得社会规则和价值标准。经典提供的经验、标准和范式影响着人们认知系统和记忆系统的形成，进而，以更多样的方式参与个体生活。就文学创作而言，个体创作总是会受到过去文本，特别是经典文本的影响，这种影响可能直接作用于创作，更多时候是通过建构个体记忆，参与个体创作。

经典具有先入为主的优势，这种优势最明显地体现在进入记忆的时间顺序上，很多制度性的因素为经典的先入为主提供保障。处在不同社会历史时期的人们都要学习经典，而年少时良好的记忆力和专注力使经典更容易进入人们的记忆。

> 夫学者犹种树也，春玩其华，秋登其实；讲论文章，春华也，修身利行，秋实也。人生小幼，精神专利，长成以后，思虑散逸，固须早教，勿失机也。吾七岁时，诵《灵光殿赋》，至于今日，十年一理，犹不遗忘；二十之外，所诵经书，一月废置，便至荒芜矣。①

在青少年时期，人们都要花大量时间和精力学习经典，但通常此时并不能体会经典的奥义，需要更多的人生经历去体验与感悟。

> 血气方刚时读此诗，如嚼枯木。及绵历世事，知决定无所用智。每观此篇，如渴饮水，如欲寐得啜茗，如饥啖汤饼。②
>
> 少年喜读书，晚悔昔草草。追今得书味，又恨身已老。渊明非生面，稚岁识已早。极知人更贤，未契诗独好。尘中谈久睽，暇处目偶到。故交了无改，乃似未见宝。貌同觉神异，旧玩出新妙。雕空那有痕？灭迹

---

① 王利器：《颜氏家训集解》，上海古籍出版社1980年版，第165—166页。
② 刘琳等点校：《黄庭坚全集》，四川大学出版社2001年版，第1404页。

不须搜。腹腴八珍初,天巧万象表。向来心独苦,肤见欲幽讨。寄谢颍滨翁,何谓淡且槁?①

吾年十三四时,侍先少傅居城南小隐,偶见藤床上有渊明诗,因取读之,欣然会心。日且暮,家人呼食,读诗方乐,至夜,卒不就食。今思之,如数日前事也。庆元二年,岁在乙卯,九月二十九日,山阴陆务观书于三山龟堂,时年七十有一。②

靖节诗甚不易学,不失之浅易,则伤于过巧。予少时初学靖节,终岁得百余篇,率浅易无足采录。今间一为之,又不免类白苏矣,因遂绝笔不复为也。③

以上材料分别来自黄庭坚、杨万里、陆游和许学夷,他们都在年少时期就接触陶渊明的诗。陆游年少读陶诗是因为自己喜欢,"欣然会意""读诗方乐,至夜卒不就食"。黄庭坚和杨万里都表示少时读陶诗没有体会到陶渊明平淡诗风的妙处。第一条材料来自黄庭坚的《书陶渊明诗后寄王吉老》,是其晚年谪居戎州时所作,他表示血气方刚时读陶诗只觉枯槁,历经世事后方知淡泊佳处。杨万里早年读陶渊明诗,仅是泛览,了解表层涵义,晚年重读好似没有读过,方能体会陶诗不事雕琢、自然天成的妙处和平淡隽永的韵味。许学夷则是从创作的角度说,少时学陶诗终岁模写得百余篇而无可取,因为只从语言的平淡入手,须知陶渊明的平淡是绚烂至极归于平淡,宋人已有这样的认知,"士大夫学渊明作诗,往往故为平淡之语,而不知渊明制作之妙,已在其中矣"④,"陶渊明诗所不可及者,冲淡深粹,出于自然。若曾用力学,然后知渊明诗非著力之所能成"⑤。晚年再学,所得似白居易和苏轼,仍难以

---

① 辛更儒:《杨万里集笺注》,中华书局2007年版,第1115页。
② 陆游:《跋渊明集》,见北京大学北京师范大学中文系、北京大学中文系文学史教研室编:《陶渊明资料汇编》,中华书局1962年版,第71页。
③ 许学夷:《诗源辩体》,人民文学出版社1987年版,第107页。
④ 周紫芝:《竹坡诗话》,见何文焕辑:《历代诗话》,中华书局1981年版,第340页。
⑤ 杨时:《龟山语录》,见陶秋英编选:《宋金元文论》,人民文学出版社1984年版,第212页。

达到陶诗境界。宋人对陶渊明平淡自然的诗风、淡泊宁静的生活态度、任真洒脱的人生境界推崇备至，使其成为文学史、文化史的典范，最伟大的诗人之一。如钱钟书所说，"渊明文名，至宋而极。永叔推《归去来兮辞》为晋文独一；东坡和陶，称为曹、刘、鲍、谢、李、杜所不及。自是厥后，说诗者几于万口同声，翕然无间"①，即"北宋以还，推崇陶潜为屈原后杜甫前一人"②。其中起到关键作用的无疑是苏轼，苏轼和黄庭坚都是在年老时开始欣赏陶诗的风格，苏轼五十七岁知扬州时始作《和陶诗》，被贬惠州时作诗予苏辙云：

> 吾于诗人无所甚好，独好渊明之诗。渊明作诗不多，然其诗质而实绮，癯而实腴，自曹、刘、鲍、谢、李、杜诸人，皆莫及也。……然吾于渊明，岂独好其诗也哉？如其为人，实有感焉。……此所以深服渊明，欲以晚节师范其万一也。③

陆游虽然早年即喜爱陶诗，以至废寝忘食，但观其早年诗歌，更多地呈现出雄浑豪壮的风格，平淡风格主要体现在最后二十年在山阴故乡的创作中。这与他的经历和心态不无关联，作为主战派，陆游一生都在为抗金复国大业奋斗，当报国的理想不可能实现后，退居故乡，再次品味陶诗："储药如丘垤，人愚未易医。信书安用尽，见事可怜迟。错自弹冠日，忧从识字时。今朝北窗卧，句句味陶诗。"（《砭愚》）希望像陶渊明那样从淳朴宁静的乡居生活中获得内心的安宁与充盈，创作旨趣也以陶诗为典范。如赵翼所说："及乎晚年，则又造平淡，并从前求工见好之意亦尽消除，所谓'诗到无人爱处工'者，刘后村谓其'皮毛落'尽矣。此又诗之一变也。"④ 苏、黄、陆三人

---

① 钱锺书：《谈艺录》，生活·读书·新知三联书店2008年版，第258页。
② 钱锺书：《管锥编》，中华书局1979年版，第1220页。
③ 苏辙：《子瞻和陶渊明诗集引》，见《栾城集》，上海古籍出版社2009年版，第1402页。
④ 赵翼：《瓯北诗话》，见郭绍虞编选：《清诗话续编》，上海古籍出版社1983年版，第1221页。

用他们个人的经验为陶诗提供了保证或承诺，即如果你初读陶诗觉得枯淡或"枯槁"，很有可能是因为经历不够，当你历经世事或面临重大选择时，有可能与它再次相遇，这是经典的价值和意义所在，也是经典参与个人生活的方式。关于经典，这种经验是不同时代的人都有的感受和经历。经典以一种强势的方式进入每个人的记忆，但多数情况下经典的这种强势并不会让人感到不快或压力，因为经典不仅是生活在一定社会历史环境中的人认识自我与外部世界、得以在社会中生活的必读书目，其中还隐含着一种承诺，即在未来的时间里，经典总会发挥它的作用。这种承诺也是一种诱惑，引导人们投入更多的时间与精力去阅读、学习经典。而经典的承诺也并不是空头支票，它们之于未来的意义无数次被证明，如黄庭坚和杨万里都在年老之时体会到陶渊明作品的经典意义。

陶渊明在宋代成为经典，成为文学风格的典范和人格的典范，所谓"渊明文名，至宋而极。"① 此前，陶渊明更多的作为一个隐士的形象存在，真正推崇陶诗的人不多，到了唐代仍是如此："渊明诗，唐人绝无知其奥者，惟韦苏州、白乐天尝有效其体之作。而乐天去之亦自远甚。大和后，风格顿衰，不特不知渊明而已。"② 宋人认为，陶渊明平淡自然的艺术风格是其任真超脱的人生态度的自然流露。"陶彭泽诗，颜谢潘陆皆不及者，以其平昔所行之事，赋之于诗，无一点愧词，所以能尔。"③ "孔子不取微生高，孟子不取于陵仲子，恶其不情也。陶渊明欲仕则仕，不以求之为嫌，欲隐则隐，不以去之为高，饥则扣门而乞食，饱则鸡黍以延客，古今贤之，贵其真也。"④ "渊明人品素高，胸次洒落，信笔而成，不过写胸中之妙尔，未尝以为诗，亦未

---

① 钱锺书：《谈艺录》，生活·读书·新知三联书店2008年版，第258页。
② 蔡居厚：《蔡宽夫诗话》，见郭绍虞辑：《宋诗话辑佚》，中华书局1987年版，第380—381页。
③ 许顗：《彦周诗话》，见何文焕辑：《历代诗话》，中华书局1982年版，第383页。
④ 《苏轼文集》，中华书局1986年版，第2148页。

尝求人称其好，故其好者皆出于自然，此其所以不可及。"① 仕途失意是中国古代绝大多数士大夫都会面临的遭遇，陶渊明的选择为他们提供了一个真诚无伪、超然洒脱、不慕荣利、忘怀得失、历经冲突而终致宁静和谐的精神家园，士大夫们可以在其中安顿心灵、超越痛苦，因此，陶渊明的平淡风格和人格成为理想和典范。

第三节　文学经典与文学史

随着人类文化实践活动的逐渐细化，文学在文化系统中独立，某种程度而言，经典文本的建构是文学独立的重要标志和过程。经典意味着选择的标准和规范、阐释的框架和传统的建构。文学特别是诗歌的独立，其内在的需求和驱动力是个体表达，个体情志的表达是诗歌创作的主要目的，这种表达不是私下的喃喃自语，是要传之后世的，文字的私人性和存储能力为个体提供了借由作品获得不朽的可能性，使得创作者们对文字文本充满期待。每一位创作者都希望自己的作品能流传千古，不仅是被保存，更重要的是被阅读和阐释，参与不同的时代，建构不同的心灵，成为经典无疑是最有力的保障。而个体表达的需要会使文学文本激增，同时随着文字的不断普及和技术的发展，能够被保存的文本越来越多，平衡这些文本一方面需要筛选，另外一方面需要建构文学史秩序与文学传统。同时，当传统断裂或秩序崩溃的时候，经典可以起到建构新秩序与传统的作用。经典对延续文学自身的发展有重要作用，文学史就是一系列经典作品。

五言诗汉末开始发展，其经典地位的确立由钟嵘完成。钟嵘《诗品》选三十六家五言诗分别归入《国风》《小雅》和《楚辞》三个系统，其中，

---

① 陈模：《怀古二则》，见北京大学北京师范大学中文系，北京大学中文系文学史教研室编：《陶渊明资料汇编》，中华书局1962年版，第115页。

"古诗"、曹植源自《国风》，李陵源自《楚辞》，阮籍源自《小雅》，其他各家源出上述四家，比如陆机和谢灵运都源出曹植。钟嵘构建了从诗骚到五言诗的发展脉络，将五言的源头追溯到诗骚，将五言诗直接与经典联系在一起，为五言诗提供了合法性，建构了新的秩序，正如张伯伟所说："他要通过诗派的组合排列，形成新的理论秩序，并指出一个符合其审美理想的创作方向。"① 曹植是他审美典范的代表。钟嵘通过推源溯流将五言诗发展史中的经典作家建构谱系，通过这一谱系证明五言诗的优越性，将五言诗这一诗歌体式推为经典形式，"五言居文辞之要"成为定论。

值得注意的是，钟嵘几乎完全忽视了汉乐府对五言诗发展的影响。乐府是汉代诗歌的主要形式，文人诗的发展与对汉乐府的摹拟分不开，由汉末到隋唐，乐府始终伴随着文人诗的发展，从拟调到拟篇，逐渐与音乐分离，成为文人徒诗。然而也是在这一过程中，随着文人诗在内容和形式上的发展，汉乐府的形式和精神内涵逐渐失落，到齐梁之际的拟赋古题和以新体写乐府，汉乐府的内核几乎消失殆尽。唐代诗人扭转这一颓势，通过复古、新乐府等创作实践发掘汉乐府的价值，在文人诗成熟的同时，也建构了汉乐府的经典地位，应当说，乐府传统由此构建起来。

初唐即有人指出齐梁乐府的问题，卢照邻《乐府杂诗序》云：

> 闻夫歌以永言，庭坚有歌虞之曲，颂以纪德，奚斯有颂鲁之篇。四始六义，存亡播矣；八音九阕，哀乐生焉。是以叔誉闻诗，验同盟之成败；延陵听乐，知列国之典彝。王泽竭而颂声寝，伯功衰而诗道缺。秦皇灭学，星琯千年；汉武崇文，市朝八变。通儒作相，征博士于诸侯；中使驱车，访遗编于四海。……其后鼓吹乐府，新声起于邺中；山水风云，逸韵生于江左。言古兴者，多以西汉为宗；议今文者，或用东朝为美。落梅芳树，共体千篇；陇水巫山，殊名一意。亦犹负日于珍狐之下，

---

① 张伯伟：《钟嵘诗品研究》，南京大学出版社1993年版，第113页。

沈萤于烛龙之前。辛勤逐影，更似悲狂，罕见凿空，曾未先觉。潘、陆、颜、谢，蹈迷津而不归；任、沈、江、刘，来乱辙而弥远。其有发挥新题，孤飞百代之前；开凿古人，独步九流之上。自我作古，粤在兹乎！①

卢照邻此序为中书郎令贾言忠《乐府杂诗集》所作，贾诗已佚，他指出旧题乐府创作"共体千篇""殊名一意"的问题，即程式化，提出可以"发挥新题""开凿古人"，自我作古。卢照邻之后，吴兢撰著《乐府古题要解》，其序云：

> 乐府之兴，肇于汉魏。历代文士，篇咏实繁。或不睹于本章，便断题取义。赠夫利涉，则述《公无度河》；庆彼载诞，乃引《乌生八九子》；赋雉斑者，但美绣颈锦臆；歌天马者，唯叙骄驰乱蹋。类皆若兹，不可胜载。递相祖习，积用为常，欲令后生，何以取正？余顷因涉阅传记，用诸家文集，每有所得，辄疏记之。岁月积深，以成卷轴，向编次之，目为《古题要解》云尔。②

吴兢认为，历代文士在模拟乐府古题时断题取义、不顾古题原旨依题面任意发挥，失去了汉魏乐府的古意。因此，撰《乐府古题要解》正本清源，使后世诗人得以知晓乐府古题本义。

元白新乐府强调诗歌讽喻现实，补察时政的作用，元稹《乐府古题序》云：

> 《诗》讫于周，《离骚》讫于楚，是后，诗之流为二十四名：赋、颂、铭、赞、文、诔、箴、诗、行、咏、吟、题、怨、叹、章、篇、操、

---

① 《卢照邻集·杨炯集》，中华书局1980年版，第73—74页。
② 吴兢：《乐府古题要解》，见丁福保辑：《历代诗话续编》，中华书局1983年版，第24页。

引、谣、讴、歌、曲、词、调，皆诗人六义之余，而作者之旨。由操而下八名，皆起于郊祭、军宾、吉凶、苦乐之际。在音声者，因声以度词，审调以节唱。句度短长之数，声韵平上之差，莫不由之准度。而又别其在琴瑟者为操、引，采民甿者为讴、谣，备曲度者，总得谓之歌、曲、词、调，斯皆由乐以定词，非选调以配乐也。由诗而下九名，皆属事而作，虽题号不同，而悉谓之为诗可也。后之审乐者，往往采取其词，度为歌曲，盖选词以配乐，非由乐以定词也。而纂撰者，由诗而下十七名，尽编为《乐录》。乐府等题，除《铙吹》、《横吹》、《郊祀》、《清商》等词在《乐志》者，其余《木兰》、《仲卿》、《四愁》、《七哀》之辈，亦未必尽播于管弦明矣。后之文人，达乐者少，不复如是配别。但遇兴纪题，往往兼以句读短长，为歌诗之异。刘补阙云：乐府肇于汉魏。按仲尼学《文王操》，伯牙作《流波》、《水仙》等操，齐犊沐作《雉朝飞》，卫女作《思归引》，则不于汉魏而后始，亦以明矣。况自《风》、《雅》，至于乐流，莫非讽兴当时之事，以贻后代之人。沿袭古题，唱和重复，于文或有短长，于义咸为赘剩。尚不如寓意古题，刺美见事，犹有诗人引古以讽之义焉。曹、刘、沈、鲍之徒，时得如此，亦复稀少。近代唯诗人杜甫《悲陈陶》、《哀江头》、《兵车》、《丽人》等，凡所歌行，率皆即事名篇，无复倚傍。予少时与友人乐天、李公垂辈，谓是为当，遂不复拟赋古题。①

元稹将后世文学的源头追溯至《诗》，"由操而下八名"是"由乐定词"的乐府歌词，"由诗而下九名"即"诗、行、咏、吟、题、怨、叹、章、篇"是文人拟乐府，为属事而作，都是"选词配乐，非由乐以定词"。编纂者将以上这十七种全都视为乐府，编在《乐录》中。他批评拟古乐府"沿袭古题，唱和重复，于文或有短长，于义咸为赘剩"，肯定"寓意古题，刺美见

---

① 元稹：《元稹集》，中华书局1982年版，第254—255页。

事"的古乐府，重在强调乐府讽喻时事的功能。元稹强调乐府起源于《诗》，试图构建新的乐府体系。卢照邻在《乐府杂诗序》中将乐府的起源追溯到上古时期，"庭坚有歌虞之曲"。晚唐皮日休也持有同样观点，其《正乐府十篇》序曰：

> 乐府盖古圣王采天下之诗，欲以知国之利病，民之休戚者也。得之者，命司乐氏入之于埙篪，和之以管籥。诗之美也，闻之足以观乎功。诗之刺也，闻之足以戒乎政。故《周礼》太师之职，掌教六诗。小师之职，掌讽诵诗。由是观之，乐府之道大矣。今之所谓乐府者，唯以魏晋之侈丽，梁陈之浮艳，谓之乐府诗，真不然矣。故尝有可悲可惧者，时宣于咏歌，总十篇，故命曰《正乐府诗》①。

皮日休有《补周礼九夏系文·九夏歌九篇》，明显是学习、模仿元结补充三代乐歌的做法，元结《补乐歌十首》是补充"六代乐"："无云门咸池韶夏之声，故探其名义以补之。"② 每首诗题下有序，如《大夏》，"有夏氏之乐歌也。其义盖称禹治水。其功能大中国"③，《二风诗》以"风诗"名题。元结之后，顾况的《上古之什补亡训传十三章》也是拟《诗》，补《诗》之亡佚，仿照《诗经》体制，取首二字为题目，四言体，针砭时弊，深刻揭示中唐社会存在的矛盾与问题。诗前也有小序，如名篇《囝一章》题下："囝，哀闽也。"此诗约作于德宗贞元三、四年间，顾况时任校书郎。《新唐书·宦者传上·吐突承璀传》载："是时，诸道岁进阉儿，号'私白'，闽、岭最多，后皆任事，当时谓闽中为中官区薮。"④ 全诗以被掠，主仆之别，怨愤"天道无知"，父子诀别等场景将买卖儿童，阉以为奴这一惨绝人寰的现象展

---

① 彭定求：《全唐诗》，中华书局1960年版，第7018页。
② 元结：《元次山集》，孙望校，中华书局1960年版，第1页。
③ 元结：《元次山集》，孙望校，中华书局1960年版，第4页。
④ 欧阳修、宋祁：《新唐书》，中华书局1975年版，第5870页。

现在读者面前，有自诉，有对话，悲切生动，动人心魄。《唐诗别裁》评曰："即事直书，闻者足诫。"① 而采用闽地方言"囝"与"郎罢"，也被认为更近风雅。白居易的《新乐府五十首》"首句标其目，卒章显其志"的形式也是"诗三百之义也"②。如《立部伎》题下序云："刺雅乐之替也"，"太常选坐部伎，无性识者，退入立部伎，又选立部伎绝无性识者，退入雅乐部，则雅声可知矣"。坐、立二部伎是唐代宫廷燕乐，坐部伎地位高于立部伎，而当时，"坐部退为立部伎，击鼓吹笙和杂戏。立部又退何所任？始就乐悬操雅音"③，可见雅乐的衰落。

超出汉乐府的范围，将乐府的起源追溯到《诗》，无疑是希望以此建构更具权威性的乐府传统，相比于理论，唐人重构乐府传统的努力更多地体现在创作实践中。乐府创作是唐代复古思潮的重要实践途径，唐人摆脱齐梁以来用近体写乐府的情况，恢复汉乐府相对自由的体制，学习汉乐府语言质朴、率真，叙事如画、叙情如诉的特点。唐人从理论和实践两个方面重新建构了乐府传统，再次确认了汉乐府的经典地位，也可以说，在文人诗发展成熟之后，真正确认了汉乐府的经典性。

宋代郭茂倩《乐府诗集》"琴曲歌辞"四卷，收《箕子操》《拘幽操》《文王操》《克商操》《越裳操》以及孔子《猗兰操》《将归操》等，这些都是汉代之前的作品，说明郭茂倩认为汉之前已有乐府。理论上，宋人将乐府的源头上溯至《诗》，周紫芝更是将其追溯至上古三代之际：

> 世之言乐府者，知其起于汉魏，盛于晋宋，成于唐，而不知其源实肇于虞舜之时。舜命夔典乐教胄子，而曰："诗言志，歌永言，声依永，律和声。"及《益稷篇》叙舜与皋陶赓歌之词，而曰："股肱喜哉，元首起哉。百工熙哉，元首明哉。股肱良哉，庶事康哉。"则歌诗之作，自

---

① 沈德潜：《唐诗别裁集》，上海古籍出版社1979年版，第255页。
② 朱金城：《白居易集笺校》，上海古籍出版社1988年版，第136页。
③ 朱金城：《白居易集笺校》，上海古籍出版社1988年版，第150—151页。

是而兴。至孔子删诗定书，取三百六篇。当时燕飨祭祀、下管登歌，一皆用之，乐府盖起于此。而议者以谓自汉高祖作《大风歌》，使沛中小儿和而歌之，乃有乐府，是不然。《维朝飞》者，齐宣王时牧犊子之所作也；《薤露歌》者，田横死而门人作此歌以葬横也；《秋胡行》者，秋胡子之妻死，后人哀而作焉。秋胡子，鲁人也。《杞梁妻》者，杞植妻妹朝日之所作也。杞植战死，而其妻哭之哀，植亦齐人也。凡此之类不一，皆见于春秋战国之时，则其来远矣。①

在创作上，宋人以乐府写时事。如李复的长诗《兵馈行》写徭役之苦。大量民夫被征调随军运粮，"调丁团甲差民兵，一路一十五万人。鸣金伐鼓别旗帜，持刀带甲如官军"。与亲人离别之时"儿妻牵衣父抱哭，泪出流泉血满身。""人负六斗兼蓑笠，米供两兵更自食。高卑日槩给二升，六斗才可供十日。大军夜泊须择地，地非安行有程驿。更远不过三十里，或有攻围或鏖击。十日未便行十程，所负一空无可索。"每个人负重三个人十天的粮食，途中随时可能有战斗，以致行进缓慢，未及战地，粮已耗尽，诗人指出这是战事谋划的失误，本可以通过击破敌军获得粮草，却让百姓长途奔送，以致大半死于途中，"古师远行不裹粮，因粮于敌吾必得。不知何人画此计，徒困生灵甚非策。但愿身在得还家，死生向前须努力。征人白骨浸河水，水声呜咽伤人耳。来时一十五万人，雕没经时存者几。"而朝廷的方法是再度征调劳力，女子和老弱也不能幸免，"运粮惧恐乏军兴，再符差点催馈军。比户追索丁口绝，县官不敢言无人。尽将妇妻作男子，数少更及羸老身"。这些女子被驱赶到军中，被迫与亲人离别，"冥冥东西不能辨，被驱不异犬豕群。到官未定已催发，哭声不出心酸辛。负米出门时相语，妻求见夫女见父"。然而，等她们到了军中，被认为会削弱军队气势，下令遣归。身处战乱之地，归途中又会遇到敌军，这些女子欲哭无泪。这首诗控诉徭役之重，

---

① 周紫芝：《古今诸家乐府序》，见《太仓稊米集》卷五十二，文渊阁四库全书，台湾商务印书馆1983年版，第360页。

用兵政策使得民不聊生。

明代李梦阳的《内教场歌》讽刺明武宗练兵于内廷的荒唐行为。

> 雕弓豹鞬骑白马，大明门前马不下。径入内伐鼓。大同邪？宣府邪？将军者许邪？武臣不习威，奈彼四夷。西内树旗，皇介夜驰。鸣炮烈火，嗟嗟辛苦。

正德七年，武宗调宣府、大同、延绥等地的边军入驻紫禁城，令宫中太监组队，与边军日夜驰逐大闹取悦君王。戍守边疆的重军居然被拉来做游戏取悦君王，可见明武宗的荒唐。《君马黄》讽刺锦衣卫的横行霸道，不可一世，他们甚至为了走自己的车马不惜拆掉百姓居所。

第六章　记忆与互文性

　　文字及其保存技术的日益发达必然导致文本的极速增长，日积月累的文本构成庞大的文本空间，几乎所有文本都处在与其他文本的联系中。因此，无论阅读还是写作，只要开始就置身于这一空间之中。当你阅读姜夔的《平甫见招不欲往》："老去无心听管弦，病来杯酒不相便。人生难得秋前雨，乞我虚堂自在眠"，会想到或者有像钱锺书这样的人提醒你这首诗与吕希哲的一首《绝句》的联系："老读文书兴易阑，须知养病不如闲。竹床瓦枕虚堂上，卧看江南雨后山"。"假如姜夔作这首诗的时候，没有记起那首诗，我们读这首诗的时候也会想到它。"①

第一节　互文性与记忆研究

一、互文性和记忆的交会

　　作为近几十年文化、文学研究领域的热词，互文性和记忆研究有很多相似之处。

---

① 钱锺书：《宋诗选注》，生活·读书·新知三联书店2002年版，第356页。

第一,互文性和记忆研究都是跨领域、跨学科、跨媒介、多中心研究。因此,一方面,基于互文性和记忆现象本身的复杂性,难以通过单一学科获得有效研究,即使进行单一学科研究也可能充满矛盾;另一方面,几十年来不断被各种学科使用、探索和拓展,使得这两个概念变得更加复杂甚至混乱。正如法国学者蒂费纳·萨莫瓦约指出的,互文性"这个词如此多地被使用、被定义和被赋予不同的意义,以至于它已然成为文学言论中含混不清的一个概念"①。大体而言,"互文性理论的两个走向通常被称为广义互文性和狭义互文性。所谓广义,就是用互文性来定义文学或文学性,即把互文性当作一切(文学)文本的基本特征和普遍原则(正如把隐喻性、诗性当作文学的基本特征一样),又由于某些理论家对'文本'一词的广义使用,因此广义互文性一般是指文学作品和社会历史(文本)的互动作用(文学文本是对社会文本的阅读和重写);所谓狭义,是用互文性来指称一个具体文本与其他具体文本之间的关系,尤其是一些有本可依的引用、套用、影射、抄袭、重写等关系。广义和狭义之分并不是互文性理论家们自己的提法,比如克利斯特瓦并不需要把自己的理论叫做广义互文性,互文性对她来讲没有广狭之分。只是在与后来的诗学范围的互文性的对比中,学术界才感到有必要用广义和狭义来区别早期的互文性理论和后来的互文性理论。"②"记忆"概念本身涵盖甚广,近年来各领域记忆研究的兴盛也使得它充满神秘和混乱。

第二,记忆研究和互文性研究仍然保持强劲的势头和持续的魅力。记忆研究表现得更为明显,仍不断有来自各领域的相关研究涌现,它们带着各自的研究范式参与记忆研究,某种程度上可以说,记忆研究已经不仅仅是一个问题或领域,而是处理社会总体性问题的路径或方式。

第三,除了本身的学术生命力,近几十年媒介技术的极速发展是它们保持强劲势头和持续魅力的重要原因。我们正在经历技术飞跃或大变革,随着

---

① [法]蒂费纳·萨莫瓦约:《互文性》,邵炜译,天津人民出版社2003年版,第1页。
② 秦海鹰:《互文性理论的缘起与流变》,载《外国文学评论》2004年第3期。

电子媒介技术的发展，记忆的外置存储能力超乎人们的想象，其震撼意义不亚于文字和印刷术的发明。数字技术和互联网建构的文本网络凸显了互文性，或者说，互文性正是网络文本的主要特征。已有文本进入互联网，构成几乎没有边界的文本网络，不同文本通过各种方式建立链接，读者可以通过任意路径进入任意文本，也可以通过链接从一个文本进入另一个文本。这一文本网络是去中心化的、非线性的、开放的、充满互动和不确定的。网络文本不仅指已有文本进入互联网，还包括网络写作产生的文本，"所谓'网络写作'，确切地说，是指互联网上的'即时写作'，也可称为'在线写作'"，"网络写作""具有高自由度、非功利性等特点，与传统写作不同的是，它以电子文本为其载体，这导致了网络写作的虚拟性"，"作为语言艺术的文学创作在网络写作中变成了'电子的艺术''技术的艺术'"。[1] 互文性和记忆研究都要面对由技术变革带来的格局变动，在数字时代，文字这一过去千年文化发展的核心媒介，正在经受前所未有的挑战，近二三十年的社会现象和学术研究都证明，至少图像已经对文字构成了不小的冲击和威胁。因此，媒介对于互文性和记忆研究都非常重要。

第四，就文学研究而言，互文性和记忆研究在研究内容和路径、方法等方面有诸多交汇。如文本阐释、媒介或符号、传统、阅读与写作、文学史等，但这些并没有促成它们真正意义上的互通，特别是互文性研究，很少涉及记忆问题。萨莫瓦约极有见地地指出了互文性与记忆内在的联系：

> 互文性是技术和客观的结果，它是记忆文学作品的结果。这种记忆文学的努力是长期、微妙、有时又是偶然的。作品本身的独立和个性取决于它和整个文学之间可变的联系，在这种变化中，作品描画出自己的位置。这个位置并不是一成不变的，因为它是从不同的角度被确定的：

---

[1] 赵宪章：《论网络写作及其对传统写作的挑战》，载《东南大学（哲学社会科学版）》2002年第1期。

历史上讲,看作品是否从属于一个历史上特定的流派,看作品在它所处那个时代的表徵,而且后者也是变化着的;从类型上讲,看作品与它所隶属的类别之间的关系;从知名度上讲,看该作品是否属于经典,这也是可变的;从话语风格上讲,看一篇文本的话语特点可能发生的变化。所有这些都说明了,"作品的记忆"(朱迪斯·施朗热 Judith Schlanger 的妙语)是一个不定的空间,里面满是遗忘、稍纵即逝的回忆、猛然的回想、暂时的忘却。互文手法告诉我们一个时代、一群人、一个作者如何记取在他们之前产生或与他们同时存在的作品。①

如果过去的文本都随着时间的流逝而消散,没有留下任何痕迹,那文本间的联系也无从谈起。所以,互文性确实是记忆的结果。影响文学作品保存和流传的因素很多,如萨莫瓦约指出的传统、流派、经典、风格、遗忘与回忆等。从互文性中可以看到文学的记忆功能,看到文学如何记忆自身与外部世界。萨莫瓦约没有提及媒介因素,可能因为互文性理论本身主要是基于书面文本提出的。

二、口语与书面的互文性

互文性理论无疑主要是针对书面文本提出的,但并不意味着口头文本不具有互文性,事实上,口头文学似乎更适用于互文性研究。口头文本具有很强的开放性,它与其他文本共享原型、母题、主题以及叙事结构和范型等基本要素,其编创主体也是多元的、不确定的,文本间的联系很多时候看起来更明显、清晰。口头文本的媒介是人本身,即作为人之自然禀赋的记忆力,依靠口耳相传保存和流传,口头文本的变化,往往是一个更新的过程,过去的文本通常不会被完整保留且和新文本并存。书面文本则不同,文字的发明解放了人的记忆,客观上为所有文本提供了保存的可能性,

---

① [法]蒂费纳·萨莫瓦约:《互文性》,邵炜译,天津人民出版社2003年版,第58页。

有的文本即便被遗忘在历史的角落，甚至沉寂上千年，仍有可能重新被激活，回到人们的视野中。尽管在文字发明后相当长的时期内，文字的保存并非易事，很多时候仍要依靠人的记忆本能保存文字文本，先秦文献得以保存很大程度上正是因为其不独以竹帛书故，还有不同学术流派的师徒授受，但文字仍因其无可比拟的存储能力获得了神圣性。文字不仅可以保存群体的重要经验，原则上，文字还可以属于每个掌握它的人，这对个体而言无疑是巨大的诱惑，借由文字，个体可以获得不朽。虽然文字的学习与使用受到严格的限制，但对个体而言，无疑比仪式更具开放性。文字本身并不提供不朽，所有文本都需要经过重重审查、考验与筛选，其中还充满了偶然性和不确定性，能够被完整保存，传之不朽，是书面文本的魅力，也是所有创作者必然要面对的压力。所有过去的文本都可能被完整保存下来，这意味着任何重复都将无所遁形，新的文本不得不寻求创新，必须经得起和过去文本放在一起比较，只有成一家之言，才能传之不朽，原创性是文学的生命。陆机认为即使是暗合也要割爱："必所拟之不殊，乃暗合乎曩篇。虽杼轴于予怀，怵他人之我先。苟伤廉而愆义，亦虽爱而必捐。"[①]刘勰也认为用他人已用之语是一种偷窃行为："又制同他文，理宜删革，若掠人美辞，以为己力，宝玉大弓，终非其有。"[②] 重复是文学创作的大忌，同一诗人作品重复率过高也难免为人诟病。创作或者说保存诗歌作品最多的陆游，其作品的重复不断被后人批评。朱彝尊直指陆游诗"句法稠叠，读之终卷，令人生憎"[③]。洪亮吉认为："诗可以作、可以不作，则不作可也。陆剑南六十年间万首诗，吾以为贻误后人不少。"[④] 钱锺书指出："放翁多文为富，而意境实少变化。古来大家，心思句法，复出重见，无如渠之多者。"他还

---

① 张少康：《文赋集释》，人民文学出版社2002年版，第145页。
② 范文澜：《文心雕龙注》，人民文学出版社1958年版，第638页。
③ 孔凡礼、齐治平：《陆游资料汇编》，中华书局1962年版，第155页。
④ 洪亮吉：《北江诗话》，人民文学出版社1998年版，第79页。

罗列"三叠凄凉渭城曲,数枝闲淡阆中花"(《阆中作》)等数十条重复之处①。赵翼十分推崇陆游,称赞陆游:"古来作诗之多,莫过于放翁……今合计全集及遗稿,实共一万余首。每一首必有一意;就一首中,如近体每首二联,又一句必有一意。凡一草、一木、一鱼、一鸟,无不裁剪入诗,是一万首即有一万大意,又有四万小意。自非才思灵敏,功力精勤,何以得此?信古来诗人未有之奇也。"②但他也无法对陆诗重复过多的现象视而不见,如"智士固知穷有命,达人元谓死为归"与"达士共知生是赘,古人尝谓死为归"等。他为陆游辩护:"放翁万首诗,遣词用事,少有重复者。惟晚年家居,写乡村景物,或有见于此,又见于彼者。"③钱锺书认为这完全是对陆游的偏袒,但赵翼也点出陆游诗重复的部分特点和原因。陆游诗主要有两类:爱国诗和闲适诗,相对而言,重复现象更多地出现在闲适诗中。特别是晚年,即淳熙十六年(1189年)罢官还乡至嘉定二年(1209年)逝世之间约二十年,这段时间陆游基本都在家乡,乡居生活相对简单,自然景物有限,诗作难免重复。

第二节 模仿与创新

一、互文性源于模仿

人类的活动都起源于模仿,文学创作也是如此,没有没有开始的文本。摹拟作品在汉代就已经开始,拟骚是一时之风尚。王逸描述当时的情况:

---

① 钱锺书:《谈艺录》,生活·读书·新知三联书店2001年版,第380页。
② 赵翼:《瓯北诗话》,见郭绍虞编选:《清诗话续编》,上海古籍出版社1983年版,第1220页。
③ 赵翼:《瓯北诗话》,见郭绍虞编选:《清诗话续编》,上海古籍出版社1983年版,第1235页。

"屈原之词,诚博远矣。自终没以来,名儒博达之士著造辞赋,莫不拟则其仪表,祖式其模范,取其要妙,窃其华藻。"① 若进一步追溯,屈原的"依诗取兴"也是一种模仿。对于屈原形式和内容的摹拟,是基于共同的情感,拟作者有感于和原作者相近相契之情,在感同身受的情境下,藉由摹拟表达自己的情志。不仅汉代,后来对屈原的摹拟,通常都是通过屈原的遭际,抒发自身不遇的感慨。如曹植的《远游》等游仙诗就是摹拟《楚辞》。陆云《九愍序》云:"昔屈原放逐,而《离骚》之辞兴。自今及古,文雅之士,莫不以其情而玩其辞,而表意焉。遂厕作者之末,而述《九愍》。"② 魏晋南北朝时期有更大规模的诗歌拟古活动,"拟古"是这一时期诗坛的风尚,《文选》"杂拟"类收录陆机、张载、陶渊明、谢灵运、鲍照等诗人的拟古诗。对某位诗人或某个作品的不断模仿无疑有助于确定其经典地位,而对经典的摹拟则隐含着价值判断,往往希望藉由摹拟而依附经典,进而达到流传于世的目的。这些诗人并没有因为摹拟行为而感到不安或害怕丧失主体性。"尝怪两汉间所作骚文,未尝有新语,直是句句规模屈宋,但换字不同耳。至晋宋以后,诗人之词,其弊亦然。若是虽工,亦何足道!盖当时祖习共以为然,故未有讥之者耳。"③

当著作权越来越为人们所重视,抄袭、原创逐渐成为文学领域被关注的话题,只要遇到相似作品,总要判定其归属权,但很多时候这并非易事。判断是否存在抄袭,首先要确定何者为原创,关于原创最难确定的莫过于同时代人的作品,如李贺有"桃花乱落如红雨",刘禹锡有"花枝满空迷所处,摇落繁英堕红雨",两人诗作都以"红雨"写落花。吴开认为"刘李同出一时,决非相为剽窃"④。吴开虽然言之凿凿,其中仍隐约透露出疑虑,因为李

---

① 洪兴祖:《楚辞补注》,中华书局1983年版,第49页。
② 刘运好:《陆士龙文集校注》,凤凰出版社2010年版,第958页。
③ 叶梦得:《石林诗话》,见何文焕辑:《历代诗话》,中华书局1981年版,第434页。
④ 吴开:《优古堂诗话》,见丁福保辑:《历代诗话续编》,中华书局1983年版,第241—242页。

贺"以此名世"。如果不是"相为剽窃",那么也只能用"偶似"来解释,也就是所谓的"不谋而合"。

抄袭、剽窃无疑是文学的大忌,但面对互文性,古人并不轻易判定抄袭或剽窃:

> 读古人诗多,意所喜处,诵忆之久,往往不觉误用为己语。"绿阴生昼寂,孤花表春余",此韦苏州集中最为警策,而荆公诗乃有"绿阴生昼寂,幽草弄秋妍"之句。大抵荆公阅唐诗多,於去取之间,用意尤精,观《百家诗选》可见也。如苏子瞻"山围故国城空在,潮打西陵意未平",此非误用,直是取旧句纵横役使,莫彼我为辨耳!①

> 唐人句云:"乡心正无限,一雁度南楼。"宋人句云:"正思秋信到,一叶坠中庭。"古今人下笔,往往不谋而合。②

> 吕东莱喜晏元献诗:"楼台冷落收灯后,门巷清虚扫雪天。"盖说得上元后天气极佳。故东莱自有诗云:"江城气候犹含雪,草市人家已挂灯。"盖因元献之诗触类而长。③

> 惠崇诗有"剑静龙归匣,旗闲虎绕竿"。其尤自负者,有"河分冈势断,春入烧痕青"。时人或有讥其犯古者,嘲之"河分冈势司空曙,春入烧痕刘长卿。不是师兄多犯古,古人诗句似师兄"。④

> 杜工部有"峡束苍江起,岩排石树圆",顷苏子美遂用"峡束苍江,岩排石树"作七言句。子美岂窃诗者,大抵讽古人诗多,则往往为己得也。⑤

---

① 叶梦得:《石林诗话》,见何文焕辑:《历代诗话》,中华书局1981年版,第421页。
② 袁枚:《随园诗话》,人民文学出版社1982年版,第220页。
③ 曾季貍:《艇斋诗话》,见丁福保辑:《历代诗话续编》,中华书局1983年版,第323页。
④ 司马光:《温公续诗话》,见何文焕辑:《历代诗话》,中华书局1981年版,第274页。
⑤ 刘攽:《中山诗话》,见何文焕辑:《历代诗话》,中华书局1981年版,第284—285页。

无论暗合还是触类而长都是长久学习的结果,理想的学习应该是:

今之学诗者,但知以偷语为戒,而以偷势偷意为尚,即可谓高手矣,而不知其尚有进也。纪文达师曰:"诗之为道,非惟语不可偷,即偷势偷意,亦归窠臼。夫悟生于相引,有触则通;力追于相持,势穷则奋。善为诗者,当先取古人佳处涵泳之,使意境活泼,如在目前,拟议之中,自生变化。如'萧萧马鸣,悠悠旆旌',王籍化为'蝉噪林逾静';'光风转蕙泛崇兰',王荆公化为'扶舆度阳焰,窈窕一川花',皆得其句外意也。水部《咏梅》有'枝横却月观'句,和靖化为'水边篱落忽横枝','疏影横斜水清浅',东坡化为'竹外一枝斜更好',皆得其句中味也。'春水满四泽',变为'野水多于地';'夏云多奇峰',变为'山杂夏云多',就一句点化也。'千峰共夕阳',变为'夕阳山外山';'日华川上动',变为'夕阳明灭乱流中',就一字引伸也。'到江吴地尽,隔岸越山多',变为'吴越到江分',缩之而妙也。'曲径通幽处,禅房花木深',变为'微雨晴复滴,小窗幽且妍。盆山不见日,草木自苍然',衍之而妙也。如是有得,乃立古人于前,竭吾力而与之角。如双鹄并翔,各极所至;如两鼠斗穴,不胜不止。思路断绝之处,必有精神坌涌,忽然遇之者,正不必捃撦玉溪,随人作计也。"①

而实际情况往往是:

抑有端求复古,不知通变,譬之书家,妙于临模,不自见笔,斯为弱手,未同盗侠。何则?亦犹孺子行步,定须提携,离便僵仆。故孺子依人,不为盗力,博文依古,不为盗才。作者至此,勿忘自强,然而有

---

① 梁章钜:《退庵随笔》,见郭绍虞编选:《清诗话续编》,上海古籍出版社1983年版,第1991页。

充养之理，无助长之法也。①

除了天分、学力之外，摹仿而难成一家的原因还在于，随着诗歌意象化的不断发展，文本世界不断扩大，自然世界或者说经验世界相应退却，文本逐渐成为人们认识世界的主要媒介，遮蔽了经验世界。从宋代诗话中很多"亲证"经验的记录可以看到文本的影响：

> 老杜所题诗，往往亲到其处，益知其工。激昂之言，《孟子》所谓"不以文害辞，不以辞害志"，初不可形迹考，然如此乃见一时之意。余游武侯庙，然后知《古柏诗》所谓"柯如青铜根如石"，信然，决不可改。②
>
> "日出雾露余，青松如膏沐"，予家旧有大松，偶见露洗而雾披，真如洗沐未干，染以翠色，然后知此语能传造化之妙。③
>
> 苏东坡称陶靖节诗云："'平畴交远风，良苗亦怀新。'非古之耦耕植杖者，不能识此语之妙也。"仆居中陶，稼穑是力。秋夏之交，稍旱得雨，雨余徐步，清风猎猎，禾黍竞秀，濯尘埃而泛新绿，乃悟渊明之句善体物也。④
>
> 余顷年游蒋山，夜上宝公塔，时天已昏黑，而月犹未出，前临大江，下视佛屋峥嵘，时闻风铃，铿然有声。忽记杜少陵诗："夜深殿突兀，风动金琅珰。"恍然如己语也。又尝独行山谷间，古木夹道交阴，惟闻子规相应木间，乃知"两边山木合，终日子规啼"之为佳句也。又暑中濒溪，与客纳凉，时夕阳在山，蝉声满树，观二人洗马于溪中。曰，此少陵所谓"晚凉看洗马，森木乱鸣蝉"者也。此诗平日诵之，不见其

---

① 毛先舒：《诗辩坻》，见郭绍虞编选：《清诗话续编》，上海古籍出版社1983年版，第11页。
② 范温：《潜溪诗眼》，见郭绍虞辑：《宋诗话辑佚》，中华书局1980年版，第322页。
③ 范温：《潜溪诗眼》，见郭绍虞辑：《宋诗话辑佚》，中华书局1980年版，第328页。
④ 张表臣：《珊瑚钩诗话》，见何文焕辑：《历代诗话》，中华书局1981年版，第459页。

工，惟当所见处，乃始知其为妙。①

经典文本可以涵泳诗情，陆机《文赋》中已经提到"伫中区以玄览，颐情志於典坟"。但是当文本成为诗情和灵感的主要来源，诗人们必然离经验世界越来越远，杨万里已经意识到这样的问题，所以他"努力要跟事物——主要是自然界——重新建立嫡亲母子的骨肉关系，要恢复耳目观感的天真状态"②。实际情况是，他确实重新进入自然，重返经验世界，但却很难"恢复耳目观感的天真状态"。

宋代诗人常有"拾得"诗句的说法，如陆游《山行》："眼边处处皆新句，尘务经心苦自迷。今日偶然亲拾得，乱松深处石桥西。"苏轼《书昙秀诗》：

> 予在广陵，与晁无咎、昙秀道人同舟送客山光寺。客去，予醉卧舟中。昙秀作诗云："扁舟乘兴到山光，古寺临流胜气藏。惭愧南风知我意，吹将草木作天香。"予和云："闲里清游借隙光，醉时真境发天藏。梦回拾得吹来句，十里南风草木香。"予昔对欧阳文忠公诵文与可诗云："美人却扇坐，羞落庭下花。"公云："此非与可诗，世间元有此句，与可拾得耳。"③

这种现象正是习惯于用诗的眼光看待外部世界的结果，这也是宋诗的特点，即便杨万里那些"诗句自来"的感觉往往也是这种情况。

二、创新的压力与策略

随着书写与保存技术的发展和参与创作的人数的增加，文本以惊人的速度增长，脱颖而出或者说至少不被淘汰的难度越来越大，创新的难度自然也越

---

① 周紫芝：《竹坡诗话》，见何文焕辑：《历代诗话》，中华书局1981年版，第343页。
② 钱锺书：《宋诗选注》，生活·读书·新知三联书店2002年版，第255页。
③ 苏轼：《苏轼文集》，中华书局1986年版，第2154页。

来越大。诗人们常常有"好语都被前人说尽","我们来得太晚"的感叹。在唐诗高峰之后,王安石感慨道:"世间好言语,已被老杜道尽;世间俗言语,已被乐天道尽。"① 苏轼则认为:"诗至于杜子美,文至于韩退之,书至于颜鲁公,画至于吴道子,而古今之变,天下之能事情毕矣。"② 袁枚亦有"眼前欲说之语,往往被人先说","物理人情,无有不被古人说过者"的感叹。

> 眼前欲说之语,往往被人先说。余冬月山行,见柏子离离,误认梅蕊,将欲赋诗,偶读江岷山太守诗云:"偶看柏子梢头白,疑是江梅小着花。"杭堇浦诗云:"千林乌柏都离壳,便作梅花一路看。"是此景被人说矣。晚年好游,所到黄山、白岳、罗浮、匡庐、天台、雁宕、南岳、桂林、武夷、丹霞,觉山水各自争奇,无重复者。读门生邵玘诗云:"探奥搜奇兴不穷,山连霄汉水连空。较量山水如评画,画稿曾无一幅同。"知此意又被人说过矣。③

> 余少年时,最怕早起。国初人有句云:"从来甘寝处,最是欲明天。"凡种松者,初往上长,到五六十年后,便不锐上,而枝叶平铺。六朝人有句云:"泉高下溜急,松古上枝平。"每见雀斗,必一齐下地。李铁君有句云:"斗禽双坠地,交蔓各升篱。"游天台,夜闻雨,自觉败兴,不料早起,而路已干可游。查他山有句云:"梦里似曾听雨过,晓来仍不碍山行。"方知物理人情,无有不被古人说过者。④

文本间的联系随处可见:

> 张燕公"秋风树不静,君子叹何深",即杜之"凉风起天末,君子

---

① 胡仔:《苕溪渔隐丛话》,人民文学出版社 1962 年版,第 90 页。
② 苏轼:《苏轼文集》,中华书局 1986 年版,第 2210 页。
③ 袁枚:《随园诗话》,人民文学出版社 1982 年版,第 241 页。
④ 袁枚:《随园诗话》,人民文学出版社 1982 年版,第 828 页。

意如何"所本也;"洞房悬月影,高枕听江流",即"入帘残月影,高枕远江声"所本也。①

东坡《梅花》诗云:"裙腰芳草抱山斜。"即白乐天诗"谁开湖寺西南径,草绿裙腰一道斜"是也。②

前人诗言立鹭者凡三:欧公"稻田水浸立白鹭",东坡"颍水清浅可立鹭",吕东莱"稻水立白鹭",皆本于李嘉祐"漠漠水田飞白鹭"。③

柳子厚诗:"壁空残月曙,门掩候虫秋。"语意极佳。东湖诗云:"明月江山夜,候虫天地秋。"盖出于子厚也。④

杜子美《曹将军丹青引》云:"将军魏武之子孙,于今为庶为清门。"元微之《去杭州诗》亦云:"房杜王魏之子孙,虽及百代为清门。"则知老杜于当时已为诗人所钦服如此。残膏胜馥,霑丐后代,宜哉!故微之云:"诗人以来,未有如杜子美者。"⑤

刘贡父《诗话》载花蕊夫人《宫词》云:"厨船进食簇时新,列坐无非侍从臣。日午殿头宣索鲙,隔花催唤打鱼人。"予观王建《宫词》云:"御厨进食索时新,每到花开即苦春。白日卧多娇似病,隔帘教唤女医人。"不惟第一句同,而末章词意皆相缘以起也。⑥

面对过去的文本,后来者深刻地感觉到新与旧、过去与现在的区别,也更加深刻地体会到个体的存在,只有把自己的作品和前人的作品放在一起,才能说自己的作品有创新性,当然更多时候面临的可能是打击和沮丧。无论如何,所有创作者都必然要面对过去的文本。被保存下来的作品一般被认为

---

① 翁方纲:《石洲诗话》,见郭绍虞编选:《清诗话续编》,上海古籍出版社1983年版,第1366页。
② 曾季狸:《艇斋诗话》,见丁福保辑:《历代诗话续编》,中华书局1983年版,第309页。
③ 曾季狸:《艇斋诗话》,见丁福保辑:《历代诗话续编》,中华书局1983年版,第289页。
④ 曾季狸:《艇斋诗话》,见丁福保辑:《历代诗话续编》,中华书局1983年版,第306页。
⑤ 葛立方:《韵语阳秋》,见何文焕辑:《历代诗话》,中华书局1981年版,第484页。
⑥ 吴开:《优古堂诗话》,见丁福保辑:《历代诗话续编》,中华书局1983年版,第254页。

是经过了重重考验的，甚至是历久弥新的，这些作品随着时间的流逝不断增值，它们足够优秀才能脱颖而出，如同自然法则的优胜劣汰。对于后来者，它们构成了完整的系统或者说传统，新的作品总不免要与它们发生关系。艾略特描述这一过程："现存的不朽作品联合起来形成一个完美的体系。由于新的（真正新的）艺术品加入到它们的行列中，这个完美体系就会发生一些修改。在新作品来临之前，现有的体系是完整的。但当新鲜事物介入之后，体系若还要存在下去，那么整个的现有体系必须有所修改，尽管修改是微乎其微的。于是每件艺术品和整个体系之间的关系、比例、价值得到了重新的调整；这就意味着旧事物和新事物之间取得了一致。"① 艾略特的描述看起来似乎是一个相对温和和顺利的过程，但需要注意的是，他所说的新作品，如他自己强调的，是"真正新的"作品，而当新作品出现后，体系必须有所修改才能存在，这说明艾略特关注和讨论的不是一般的作品，是能够在已有传统中立足的作品。他还认为，每个作者都应具有这样的历史意识，"对于任何一个超过二十五岁仍想继续写诗的人来说，我们可以说这种历史意识几乎是绝不可少的。这种历史意识包括一种感觉，即不仅感觉到过去的过去性，而且也感觉到它的现在性。这种历史意识迫使一个人写作时不仅对他自己一代了若指掌，而且感觉到从荷马开始的全部欧洲文学，以及在这个大范围中他自己国家的全部文学，构成一个同时存在的整体，组成一个同时存在的体系。这种历史意识既意识到什么是超时间的，也意识到什么是有时间性的，而且还意识到超时间的和有时间性的东西是结合在一起的。有了这种历史意识，一个作家便成为传统的了。这种历史意识同时也使一个作家最强烈地意识到他自己的历史地位和他自己的当代价值。"② 显然，艾略特对传统的包容性和个体与传统的关系持相对乐观的态度，但判断何为"真正新的"作品并

---

① ［英］托斯·艾略特：《艾略特文学论集》，李赋宁译，百花洲文艺出版社1994年版，第3页。
② ［英］托斯·艾略特：《艾略特文学论集》，李赋宁译，百花洲文艺出版社1994年版，第2—3页。

不是简单的、短期的事情。譬如陶渊明,在他生活的时代和之后的几百年里,他并没有进入一流诗人之列,也不是构成传统的重要组成部分,但在宋代他获得了极大的关注,特别是经过苏轼的推崇,他不仅成为超一流的诗人,甚至成为审美典范和人格范型。陶渊明从此成为最重要的诗人之一,其所代表的审美典范和人格范型成为中国文学乃至文化不可或缺的组成部分,时至今日,陶渊明仍然备受推崇和喜爱,甚至可以说,他在文学史和文化史的地位隐约仍有上升的可能。很多研究都证明,陶渊明能在数百年后被推到诗歌乃至文学传统的顶级位置,与其个体的策略不无关联,陶渊明的作品具有很强的自传性。他不是第一位隐士,但他"将自己弃官归隐、躬耕自足的实际生活和感受记录于诗篇,使自己的归隐行为具体化和文本化,自我塑造为历史上第一位真正将隐逸付诸实践的诗人"。"陶渊明以自己的诗作,使'不事王侯,高尚其事'的抽象道德变成了活生生的实践行为。诗中描绘的由仕到隐的心路历程,就像是心灵痛苦得到净化的仪式。正是借助于文本的这种叙事功能,陶渊明令人信服地证实了一个官人向隐士的彻底转化。"① 应该说,陶渊明具有艾略特所说的历史意识,他的作品也确实足以让传统作出调整,但这个过程也同样充满偶然性和不确定性。

所有作者都不可避免地要面对传统,不同时代、不同作者对传统的反应和策略不尽相同,融入、竞争或突破创新。如上所述,书写传统中,时间赋予被保存文本以价值。因而,过去的、老旧的、传统的本身就含有价值取向的意味,以古为尊的思想普遍存在。这使得传统对后来者而言可能常常是挥之不去的幽灵和阴影,是异己的庞然大物,甚至是超载的、让人绝望的压力,他们想要立足,就要与前代诗人竞争。"一位新作者不仅认识到他自己在与一位前辈的形式和精神作斗争,而且同时也会被迫意识到就他之前已产生的事物而论他那位前辈新占有的地位,而在他有了这个认识的时刻,文学传统就开始了。"② 当

---

① 蒋寅:《陶渊明隐逸的精神史意义》,载《求是学刊》2009年第5期。
② [美]哈罗德·布鲁姆:《比较文学影响论——误读图示》,朱立元、陈克明译,骆驼出版社1992年版,第28页。

然，不同时代、不同作者感受的压力不同，通常情况下，传统越强大，后来者的压力就越大。在中国古代诗歌史中，首先真正感受到传统的强大和不可逾越的无疑是宋代的诗人们。钱锺书这样评价宋代诗人与唐诗的关系：

> 前代诗歌的造诣不但是传给后人的产业，而在某种意义上也可以说向后人挑衅，挑他们来比赛，试试他们能不能后来居上、打破记录，或者异曲同工、别开生面。假如后人没出息，接受不了这种挑衅，那末这笔遗产很容易贻祸子孙，养成了贪吃懒做的膏粱纨绔。有唐诗作榜样是宋人的大幸，也是宋人的大不幸。看了这个好榜样，宋代诗人就学了乖，会在技巧和语言方面精益求精；同时，有了这个好榜样，他们也偷起懒来，放纵了摹仿和依赖的惰性。瞧不起宋诗的明人说它学唐诗而不像唐诗，这句话并不错，只是他们不懂这一点不像之处恰恰就是宋诗的创造性和价值所在。①

传统是压力也是养分，汉魏六朝诗为唐诗提供了丰富的养分，唐诗对于宋人而言却构成了巨大的压力和挑战。但面对唐诗高峰，宋人并不是完全"放纵了摹仿和依赖的惰性"，只"会在技巧和语言方面精益求精"。宋代诗人的终极目标当然是在唐诗之外自成一家，他们完全清楚自己的困境，当然也知道原创才是立身之本，自成一家，才能传之不朽。黄庭坚说"文章最忌随人后"（《赠谢敞王博喻》），戴复古《论诗十绝》（其四）说"意匠如神变化生，笔端有力任纵横。须教自我胸中出，切忌随人脚后行"。杨万里《跋徐恭仲省干近诗三首》（其三）云："传派传宗我替羞，作家各自一风流。黄陈篱下休安脚，陶谢行前更出头。"其《见苏仁仲提举书》中记：

> 韦苏州之诗，天下之所同美也。客有效韦公之体以见公者，而公不

---

① 钱锺书：《宋诗选注》，生活·读书·新知三联书店2002年版，第10—11页。

悦。既而以己平生之诗见公,而公悦之。当其效人之诗体,以求合于人,自以为巧矣。而其巧适所以为拙,则夫舍己以徇于人,与夫信己以俟于人,其巧拙未易以相过也。①

即便是摹拟古人,宋人也知道要以"关键""法度"为主,最终要创作属于自己的作品,并不肯一味地雷同抄袭,拾人牙慧。黄庭坚认为,摹拟是自成一家的必经阶段,"闲居当熟读《左传》、《国语》、《楚辞》、《庄周》、《韩非》。欲下笔,略体古人致意曲折处,久之乃能自铸伟词,虽屈、宋亦不能超此步骤也"②。但大多数宋代诗人确实停留在未能自铸伟词的阶段或钻研如何摹拟学习的阶段,只有少数强者诗人获得了成功。然而,宋诗整体虽不能超越或比肩唐诗,仍然走出了自己的路,因为他们找到了与强势传统共存的方法。

一般认为,中国古代诗歌在唐代达到了顶峰,宋人首先面对的传统或者说典范就是唐诗,向上追溯,唐诗之前的典范是汉魏古诗,再往前是《诗经》《楚辞》。《诗经》《楚辞》不仅是文学领域内具有奠基性意义的经典,也是文化经典,这些经典是不能超越也不必试图超越的。因此,它们通常不会成为后来者的压力,反而能在很多时候提供庇护和合法性,可以从这些原始经典中寻找抵御最近过去的力量,并且这些经典已经成为公共资源,不受文本所有权限制,可以任意取用。唐诗宪章汉魏,取材六朝,建构了汉唐诗歌传统,如果从纯粹诗的角度而言,汉唐是中国古代诗歌真正发展的第一个大时代,所以宋代诗人很难避免对唐诗的摹拟和学习,也几乎不可能通过复古获得超越唐诗的路径。因此,如何在学习唐诗的过程中摆脱"抄袭""偷窃"是宋人首先要面对的问题,他们的策略是将唐诗奉为经典,从而在某种程度上取消其所有权,应当说,唐诗的经典化是在宋代完成的。在唐代诗人中,杜甫无疑是对宋诗影响最大的,如胡应麟所说:

---

① 辛更儒:《杨万里集笺》,中华书局2007年版,第2763页。
② 刘琳等点校:《黄庭坚全集》,四川大学出版社2001年版,第2287页。

"力侔分社稷，志屈掩经纶"，欧苏得之而为论宗。"江山如有待，花柳更无私"，程、邵得之而为理窟。"鲁卫弥尊重，徐陈略丧亡"，鲁直得之而为沉深。"白屋留孤树，青天失万艘"，无己得之而为劲瘦。"烟花山际重，舟楫浪前轻"，圣俞得之而为闲澹。"江城孤照日，山谷近含风"，去非得之而为浑雄。①

王安石以能学得杜甫模式为荣：

蔡天启云："荆公每称老杜'钩帘宿鹭起，丸药流莺啭'之句，以为用意高妙，五字之模楷。他日公作诗，得'青山扪虱坐，黄鸟挟书眠'，自谓不减杜语，以为得意，然不能举全篇。"余顷尝以语薛肇明，肇明后被旨编公集，求之，终莫得。或云，公但得此一联，未尝成章也。②

对杜甫的普遍学习随处可见：

鲁直谓后山学诗如学道，此岂寻常雕章绘句者之可拟哉。客有为余言后山诗，其要在于点化杜甫语尔。杜云"昨夜月同行"，后山则云"勤勤有月与同归"。杜云"林昏罢幽磬"，后山则云"林昏出幽磬"。杜云"古人去已远"，后山则云"斯人日已远"。杜云"中原鼓角悲"，后山则云"风连鼓角悲"。杜云"暗飞萤自照"，后山则云"飞萤元失照"。杜云"秋觉追随尽"，后山则云"林湖更觉追随尽"。杜云"文章千古事"，后山则曰"文章平日事"。杜云"乾坤一腐儒"，后山则曰"乾坤著腐儒"。杜云"孤城隐雾深"，后山则曰"寒城著雾深"。杜云"寒花只暂香"，后山则云"寒花只自香"。如此类甚多，岂非点化老杜

---

① 胡应麟：《诗薮》，上海古籍出版社1958年版，第72页。
② 叶梦得：《石林诗话》，见何文焕辑：《历代诗话》，中华书局1981年版，第406页。

之语而成者？余谓不然。后山诗格律高古，真所谓"碌碌盆盎中，见此古罍洗"者。用语相同，乃是读少陵诗精熟，不觉在其笔下，又何足以病公。①

以上这段还透露出宋人对于互文性的辩护，即熟读内化，不觉在其笔下。宋人在学习杜甫的过程中，指出杜诗也有所本：

> 自作语最难，老杜作诗，退之作文，无一字无来处，盖后人读书少，故谓韩、杜自作此语耳。古之能为文章者，真能陶冶万物，虽取古人之陈言入于翰墨，如灵丹一粒，点铁成金也。②

黄庭坚并不是以杜甫摹拟为自己开脱，而是要说明摹拟古人实际上是不可避免的。

第三节 共享中的阅读

"互文性成为复杂而交互的游戏，它由构成文学空间的两类互补的活动来完成，也就是写作和阅读，两者就是这样不断地互相追忆。"③ 就阅读而言，没有一定知识储备，是无法理解所读内容的。

> 荆公绝句云："有似钱塘江上见，晚潮初落见平沙。"两句皆有来历。《才调集》诗云："还似琵琶弦畔见，细圆无节玉参差。"此上句来历也。张籍诗云："闲寻泊船处，潮落见平沙。"此下句来历也。第读诗

---

① 葛立方：《韵语阳秋》，见何文焕辑：《历代诗话》，中华书局1981年版，第495页。
② 刘琳等点校：《黄庭坚全集》，四川大学出版社2001年版，第475页。
③ [法]蒂费纳·萨莫瓦约：《互文性》，邵炜译，天津人民出版社2003年版，第88页。

不多,则不知耳。①

当然也有如王安石"排闷"那样,是否知道典故来源可能都不影响基本的理解与欣赏,但少了一份特殊的惊喜和由此而来的审美愉悦。所以说,互文性不仅是对阅读者知识的挑战,本身也是审美活动的一部分,或者说,书面传统中互文性本身就是审美的构成维度。阮籍《拟咏怀》八十二首第一首:"夜中不能寐,起坐弹鸣琴。薄帷鉴明月,清风吹我襟。孤鸿号外野,翔鸟鸣北林。徘徊将何见。忧思独伤心。"仅从字面理解比较简单,诗人夜不能寐,起而弹琴,看到如水的月光照在薄薄的幔帐上,清风吹拂衣襟,孤鸿在野外哀嚎,飞鸟悲鸣,诗人在月下徘徊,独自伤心。如果对阮籍之前的文本有所了解,看到第一联会想到王粲《七哀三首》(其二)的"独夜不能寐,摄衣起抚琴",曹叡《长歌行》的"静夜不能寐,耳听众禽鸣",以及《古诗十九首》的"忧愁不能寐,揽衣起徘徊"。最后一联,可能想到曹植《杂诗》的"形景忽不见,翩翩伤我心"。孤鸿、翔鸟是当时常见的意象,"孤鸿"可能源自《诗·小雅·鸿雁》,而"翔鸟"源自《诗·秦风·晨风》,象征贤人慕明君而来归,联系阮籍所处的时代和他的个人经历自然大有深意。

随着诗人与作品的不断增加,文本间的联系变得越来越复杂、隐匿。

苕溪渔隐曰:"荆公《春日绝句》云:'春风过柳绿如缲,晴日蒸红出小桃。'余尝疑蒸红必所有据,后读退之《桃源图诗》云:'种桃处处惟开花,川原远近蒸红霞。'盖出此也。"②

《艺苑雌黄》云:"予顷与荆南同官江朝宗论文,江云:'前辈为文,皆有所本,如介甫《虎图诗》,语极道健,其间有神闲意定始一扫之句,为此只是平常语,无出处,后读《庄子》,宋元君画图,有一史后至,儃儃然不趋,受揖不立,因之舍,解衣盘礴臝,君曰:是真画者也。郭

---

① 曾季貍:《艇斋诗话》,见丁福保辑:《历代诗话续编》,中华书局1983年版,第326页。
② 胡仔:《苕溪渔隐丛话》,人民文学出版社1962年版,第235页。

象注：内足者神闲而意定。乃知介甫实用此语也。'又言：'杜陵有《王十五阁会诗》：病身虚俊味，何幸饫儿童。俊味亦有来处，《本草》葫注中云：此物煮为羹臛，极俊美，除风破冷，足为馔中之俊。'又言：'韩退之《叉鱼诗》：骈首类同条。骈首虽是常语，然考之《周易》：贯鱼以宫人宠。王弼注：贯鱼，谓五阴骈头相次，似贯鱼也。退之盖取此。又杜诗《赠李校书》：众中每一见，使我潜动魄。按《文选》江淹《杂体诗序》云：蛾眉讵同貌，而俱动于魄，芳草宁共气，而皆悦于魂。则动魄之说，杜亦有所本也。'"①

又如李商隐的《安定城楼》，"迢递高城百尺楼，绿杨枝外尽汀洲。贾生年少虚垂泪，王粲春来更远游。永忆江湖归白发，欲回天地入扁舟。不知腐鼠成滋味，猜意鹓雏竟未休！"一般认为，此诗与杜甫《登楼》意致颇近。除此之外，李诗颔联"贾谊"对"王粲"，杜甫诗中也有以贾谊、王粲作对，"群盗哀王粲，中年召贾生"（《春日江村五首》其五），"去国哀王粲，伤时哭贾生"（《久客》），这样的联系若不熟悉二人诗则无法看出。

---

① 胡仔：《苕溪渔隐丛话》，人民文学出版社1962年版，第180—181页。

第七章 创伤记忆

第一节 怀乡记忆与创伤记忆

诸多领域关于记忆的研究已经向我们证明,我们的经验并非完整有序地保存在头脑中等待我们回顾,有太多记忆会随着时间的流逝褪色、消散,但也有些挥之不去或以为已经忘记,其实还在影响我们的生活,影响我们对自我和外部世界的认识,影响我们的行为选择。这些记忆往往喻示着深层的社会文化心理,或者也可以说,建构着社会文化心理。

主体回忆/记忆的历史,即我们习惯说的对历史的记忆,可区分为两类:怀乡记忆与创伤记忆。怀乡记忆是主体在现实中对过去经验的美好回忆,主体在心理上有着期待这种经验再次在场的要求,例如一些时代的复古情结与个人表现的怀旧。创伤记忆则易使主体陷于悲痛与伤感之中。怀乡记忆与创伤记忆的出现,往往来自两种情境。一种是由于主体在体验生活时,在场行为被用来与主体的经历进行比较,如果它们满足或违背了主体的期望,便有可能被主体倍加关注而进入记忆,并不至遗忘,最终构成主体在事物缺场时的怀乡记忆与创伤记忆。另一种,如果主体在现时生活中的体验较为艰辛或美满，也很容易以此与不同时间中相关体验的记忆进行比较，赋予那些已经进入历史思维，但过去没有突出特征或带着其他特征的经验一种新的情感特征，使它们变更为怀乡记忆与创伤记忆。[①]

怀乡与创伤经验的形成和影响都不仅仅是一种个体体验，往往与集体有着千丝万缕的联系。个体的怀乡和创伤经验可能成为集体的，为集体成员所共享，影响其他集体成员。而集体的怀乡与创伤也可能以各种形式进行代际甚至跨越时空的传递。

怀乡记忆中主体所向往的过去的美好经验是不可能真正重现的。因此，怀乡记忆的本质是回忆。但怀乡记忆不是一般意义上的回忆，因为"乡"具有原初性，可以提供归属感。个体记忆也不仅指主体生命时限内的经历，还包括他通过阅读等方式获得的过去。"乡"是每个人生命的起点，一切的开始，借由这个在个体生命中的意义超越个体生命将其初始意义投向全部历史时空的起点，可能是人类的起点，甚至是超越人类历史的永恒的自然，"乡"具有了哲学意义。也是因为"乡"不是一般意义上的过去，虽然无法真正"还乡"，"乡"仍然昭示着一种强烈的归属感，时时招引游子归来。可以说，"乡"在其现实意义和象征意义之间有广阔的空间，容纳了丰富的内涵，个体关于自我与社会乃至宇宙的关系，或者说，在社会、宇宙中的生存状态的感受、体验和思考都可以容纳其中。同时，现实意义和象征意义之间又如此的接近，种种关于宇宙人生的思考常常与实际生活中的思乡情绪融为一体。这也是文学怀乡的特质，人生体验和哲学思考往往体现或融合在具体的怀乡情绪的表达中。

第二节　乡愁难解

与"怀乡"相似的表述很多。"怀旧""乡愁"与"思乡"是比较常用

[①] 陈新：《历史认识——从现代到后现代》，北京大学出版社2010年版，第19—20页。

的,它们与"怀乡"的涵义大体相同,因而常常相互换用,不过它们之间还是有一些差别的。首先需要说明的是,"乡"就一般意义而言,是一个空间概念,但这里的"乡",则不仅具有空间的维度还具有时间的维度,即过去,这一点下文将进行详细分析。在四个概念中外延最宽泛的是"怀旧",其他三个概念都有"乡"的出现,"旧"与"乡"都指过去,但"乡"特别强调过去的美好且内涵更为丰富。"乡"既可以指现实生活中的故乡也可以指精神与文化上的,而"旧"泛指过去,当然"怀旧"作为一种回忆形式也可能隐含着对过去的美化。"思乡"与"怀乡"在词义上基本相同,只是在实际应用当中"思乡"常常指一种具体的思念故乡的心理活动与情感体验。"乡愁"与其他概念相比突出的是"愁",也就是思乡过程中的一种感伤情绪。"怀乡"还隐含着"归"的概念,但通常归的渴望都是徒劳的。

思乡可以说是古典诗歌的母题,就题材内容而言,举凡送别、离乱、相思、贬谪、边塞、田园山水、怀古、隐逸、送别等都可与怀乡诗关联。就所表达的情绪而言,伤时叹逝、孤独感、渴望归属和自由等都能引起怀乡情绪。反之,以上所列的题材也都可能涉及怀乡内容,种种情绪也可能引发乡愁。登高、望月、夜坐等情境,雁鸣、鹃啼、虫鸣、笛声等声响,都是表达怀乡情绪的方式,也是触发乡情的诱因。不同个性、不同遭遇的诗人都不约而同地表达怀乡的情感或用怀乡的形式来表达生活中的体验与思考。

"强欲登高去,无人送酒来。遥怜故园菊,应傍战场开"(岑参《行军九日思长安故园》)是战乱中的乡愁,怀乡情绪中渗透着对国事的忧虑。"走马西来欲到天,辞家见月两回圆。今夜不知何处宿,平沙万里绝人烟"(岑参《碛中作》)是边塞戎马生涯中的思乡,思念中透着一股豪情。"古台摇落后,秋日望乡心。野庙人来少,云峰水隔深。夕阳依旧垒,寒磬满空林。惆怅南朝事,长江独至今"(刘长卿《秋日登吴公台上寺远眺》)是怀古伤今的乡愁,于历史无常的感慨中兴起思乡之情。"旅馆寒灯独不眠,客心何事转凄然。故乡今夜思千里,愁鬓明朝又一年"(高适《除夜作》)感叹年华在对故乡无边的思念中流逝。"一片愁心怯杜鹃,懒妆从任鬓云偏。怕郎却起阳关意，常掩琵琶第四弦"（陈梅庄《述怀三首》其二）是相思中的思乡。"旅馆无良伴，凝情自悄然。寒灯思旧事，断雁警愁眠。远梦归侵晓，家书到隔年。沧江好烟月，门系钓鱼船"（杜牧《旅宿》）是羁旅中的孤独引发的乡愁。"长与故根绝，万岁不相当。奈何此征夫，安得去四方？戎马不解鞍，铠甲不离傍。冉冉老将至，何时返故乡？神龙藏深泉，猛兽步高冈。狐死归首丘，故乡安可忘"（曹操《却东西门行》）表达了征夫在征戍艰苦、年华老去中对还乡的极度渴望。"扰扰从役倦，屑屑身事微。少壮轻岁月，迟暮惜光辉。一涂今未是，万绪昨如非。新知虽已乐，旧爱尽暌违。望乡空引领，极目泪沾衣。旅客长憔悴，春物自芳菲。岸花临水发，江燕绕樯飞。无由下征帆，独与暮潮归"（何逊《赠诸游旧》）是由纷扰且碌碌无为的宦游生活的厌倦而引发的思乡之情。"平生最识江湖味，听得秋声忆故乡"（姜夔《湖上寓居杂咏十四首》其一）是萧索秋声引起的乡愁。"孤雁飞南游，过庭长哀鸣。翘思慕远人，愿欲托遗音"（曹植《杂诗七首》其一），"草虫鸣何悲，孤雁独南翔。郁郁多悲思，绵绵思故乡"（曹丕《杂诗二首》其一）是因雁的哀鸣而怀乡。"谁家玉笛暗飞声，散入春风满洛城。此夜曲中闻《折柳》，何人不起故园情"（李白《春夜洛城闻笛》）是闻笛而起的乡愁。"露从今夜白，月是故乡明"（杜甫《月夜忆舍弟》）是望月思乡。

故乡，是我们出生成长的地方，人生的起点，生命之所由出，也是记忆的开始，生命的旅程由此开始。当人们离开故乡或故国的时候，最先感受到的是由空间上的距离产生的疏离感，因此，怀乡之人对距离非常敏感。

> 秋风起兮佳景时，吴江水兮鲈鱼肥。三千里兮家未归，恨难得兮仰天悲。（张翰《思吴江歌》）
>
> 千里常思归，登台临绮翼。才见孤鸟还，未辨连山极。四面动清风，朝夜起寒色。谁知倦游者，嗟此故乡忆。（谢朓《临高台》）
>
> 故园望断欲何如？楚水吴山万里余。今日因君访兄弟，数行乡泪一封书。（白居易《江南送北客因凭寄徐州兄弟书》）

>一夕高楼月，万里故园心。（白居易《江楼闻砧》）
>流云溶溶水悠悠，故乡千里空回头。（韩偓《驿楼》）
>乡邦万里不能往，妻孥近寄颍川上。（苏辙《三不归行》）
>千里故园魂梦里，百年生事寂寥中。（苏辙《初得南园》）

空间上的疏离还体现在对故乡的渺茫不可见。

>故乡邈已敻，山川修且广。（谢朓《京路夜发》）
>故乡杳无际，日暮且孤征。（陈子昂《晚次乐乡县》）
>乡国茫茫何处是，珠江一片夕阳愁。（王撼《重阳前一日登镇海楼》）

离开故乡不仅意味着在空间上与其远隔万里，也意味着在时间上离人生的起点越来越远。贺知章著名的还乡诗表现了这种时间距离："少小离家老大回，乡音无改鬓毛衰。儿童相见不相识，笑问客从何处来。"（《回乡偶书》）这首诗有伤老之情，却没有太多悲伤的意味，更多的是对世事沧桑的感慨，这与他当时的心境有关，此诗是他八十六岁告老还乡时所作，心情较为平静，儿童的笑问让他意识到只是回到了空间意义上的故乡，并不能返回人生的起点。更多时候，时间上的距离会引发强烈的悲伤情绪，因为时间距离中包含了无法抗拒的个体生命的流逝，并且在某种程度上正是因为时间的距离，人们才无法回到真正意义上的故乡。随着时间的流逝，故乡的人与事都和离家时不一样了，这是生活的常识，贺知章对这个常识的表述体现为一种生活的情趣。其他类似的表达却带来完全不同的效果，如宋俊认为："魏文帝诗：'回头四向望，眼中无故人。'陈思王诗：'不见旧耆老，但睹新少年。'每于羁旅淹留之后，乍还乡井，讽咏此言，不自觉其酸风贯眸子也。"[①] 像贺知

---

① 宋长白：《柳亭诗话》，见河北师范学院中文系古典文学教研组编：《三曹资料汇编》，中华书局1980年版，第173页。

章一样，离开家乡奔赴功名通常都意味着长时间的离乡，对时间的流逝也比较敏感。如"一年将尽夜，万里未归人。愁颜与衰鬓，明日又逢春。"（戴叔伦《除夜宿石头驿》）"旅馆寒灯独不眠，客心何事转凄然。故乡今夜思千里，愁鬓明朝又一年。"（高适《除夜作》）这两首诗都写于除夕夜，思乡的感伤不只是因为在团圆的日子里诗人却漂泊在外，还因为此夜之后就意味着这一年过去了，而依旧功业无成；同样，一天之中的黄昏也会引发人们的紧迫感。

> 日暮长风起，客心空振荡。（薛据《西陵口观海》）
> 移舟泊烟渚，日暮客愁新。（孟浩然《宿建德江》）
> 日暮乡关何处是，烟波江上使人愁。（崔颢《黄鹤楼》）

怀乡是空间与时间双重意义上的思乡，当两种距离叠加引发的将不只是双倍的悲伤。正如叶嘉莹对《古诗十九首·行行重行行》"相去日已远"一句中"日已远"三个字的解读，"其所表现的乃是除空间以外更兼有时间的双重的悲感"，"以时间与空间相乘积，是则时间之久既属无期，而空间之远又更为无尽。"①

乡愁是一种冲突的心理状态，一旦产生，人们必然会想办法消解或补偿，登高是常见的方法，如"殷勤望归路，无雨即登山"（刘禹锡《谪居悼往二首》其二），"殷勤最高顶，闲即望乡来"（刘禹锡《题招隐寺》）。登高远望，个体处于一个广阔的空间中，可以暂时摆脱当下的情绪，这可以在一定程度上缓解感伤的情绪，但通常登高是因为"远望可以当归"（汉乐府《悲歌》）。登高望乡的结果却常常是：

> 故乡不可见，长望始此回。（汉乐府《古八变歌》）

---

① 叶嘉莹：《迦陵论诗丛稿》，河北教育出版社1997年版，第137—138页。

乡泪客中尽，孤帆天际看。迷津欲有问，平海夕漫漫。(孟浩然《早寒江上有怀》)

白雪楼中一望乡，青山蔟蔟水茫茫。朝来渡口逢京使，说道烟尘近洛阳。(白居易《登郢州白雪楼》)

荒山秋日午，独上意悠悠。如何望乡处，西北是融州。(柳宗元《登柳州峨山》)

已恨碧山相阻隔，碧山还被暮云遮。(李觏《乡思》)

登高不但没有使人在广阔的空间环境中获得心灵的开阔，反而"使有愁者添愁而无愁者生愁"。① 因此沈约劝人们不要登高望乡：

高台不可望，望远使人愁。连山无断绝，河水复悠悠。所思竟何在？洛阳南陌头。可望不可见，何用解人忧？(《临高台》)

很明显，不要登高远望是因为山岭连绵不绝，流水悠悠也看不到尽头，遮蔽了远望的目光，因此沈约质疑远望可以解忧的说法。类似表述还有"游人莫登眺，迢递故乡程"(刘辟《登楼望月》)，以及"忆归休上越王台，归思临高不易裁。为客正当无雁处，故园谁道有书来？"(曹松《南海旅次》)

游子在异乡常常夜不能寐。如《古诗十九首·明月何皎皎》："明月何皎皎，照我罗床帷。忧愁不能寐，揽衣起徘徊。"即使能眠，思乡情绪也会带到梦中，乡梦是怀乡诗常见的表现方式。如"五更归梦三百里，一日思亲十二时"(黄庭坚《思亲汝州作》)，思乡的情绪从白天到夜晚，愁思又进入梦乡。在外漂泊的日子，常常是乡梦连连：

逆旅乡梦频，春风客心碎。(刘长卿《草春赠别赵居士还江左时长

---

① 钱锺书：《管锥编》，中华书局1979年版，第876页。

卿下第归嵩阳旧居》)

  莎败蛩犹噪，乡遥梦亦劳。(寇准《宿江西寺》)
  晓觉茅檐片月低，依稀乡国梦中迷。(王九龄《题旅店》)
  乡心入旅梦，一叶舞澎湃。(范成大《清逸江》)
  离心逛落叶，乡梦入寒流。(茅坤《夜泊钱塘》)
  东风吹旅怀，乡梦无夜无。(鲍溶《留辞杜员外式方》)

诗人们在梦中回到家乡：

  枕上片时春梦中，行尽江南数千里。(岑参《春梦》)
  家在梦中何日到，春来江山几人还。(卢纶《长安春望》)
  近来乡国梦，夜夜到长安。(戎昱《罗江客舍》)
  容颜岁岁愁边改，乡国时时梦里还。(杜俨《客中作》)
  了知不是梦，忽忽心未稳。(陈师道《示三子》)

"有时做梦一直做到回家之时，表明情感补偿能量太强以致吞没了真实感觉。如元稹《西归》：'双堠频频减去程，渐知身得近京城。春来爱有还乡梦，一半犹疑梦里行。'……然而更多的是梦醒后凄凄迷迷的痛苦，补偿只是补偿而已"[①]，只能做永远的异乡客。

  去者日已疏。来者日已亲。出郭门直视。但见丘与坟。古墓犁为田。松柏摧为薪。白杨多悲风。萧萧愁杀人。思还故里闾。欲归道无因。(《古诗十九首》)

这首诗的开篇两句看起来有些突兀，按照一般的逻辑作者应该是出郭门，

[①] 胡晓明：《中国诗学之精神》，江西人民出版社2001年版，第178页。

看到古墓变成田地，松柏也成为薪柴，风吹杨树的悲鸣让作者沉浸在悲伤之中，引发他的思乡之情，欲还乡而不可得，无法还乡的原因没有具体指出，却有很大的想象空间。回过头来看前两句，过去的已经过去，未来的渐渐来到，没有提到当下因为当下就在时间之流中，时间从过去走向未来，人只能随着时间之流无法反抗，就像坟墓变成耕田一样。欲还乡而不可行的原因可能也如时间之流一样无法对抗，不说也罢。陆时雍说："此诗其来无端，其止无尾。"① 朱筠认为，"末二句一掉，生出无限曲折来。"② 其实，这首诗可以形成一个首尾相连的循环，由无法还乡感叹命运的不由自主，因看不到尽头的漂泊之旅而悲伤。古代士人一旦离开家乡开始宦游，短时间内是不可能回到家乡的，甚至不如大雁有一年一次回乡的机会："入春才七日，离家已二年。人归落雁后，思发在花前"（薛道衡《人日思归》）。人对故乡以外的地方始终存在一种心理距离，"独在异乡为异客，每逢佳节倍思亲"（王维《九月九日忆山东兄弟》）。这种"异客"感觉对于离家的游子而言始终存在，很难摆脱身处一个异己的世界的感觉，如"吴会非我乡，安得久滞留？弃置勿复陈，客子常畏人"（曹植《杂诗二首》其二），"万里悲秋常作客，百年多病独登台"（杜甫《登高》）。

怀乡是中国古人的一种日常情绪，而且是不可消解的。因为它是基于现实环境生成的，在漂泊过程中，故乡的存在不仅是一个温暖、宁静的后盾，更时时照见征途的艰险。乡愁是一种实际生存的漂泊与孤独，也是一种心理体验。乡愁是一种缠绵的感伤，总是萦绕在人们心头挥之不去。怀乡意味着无法还乡，无家可归，因此怀乡本身即是一种创伤。创伤可以代际传递，进而融入集体记忆。而集体创伤是对社会生活基础组织的打击，它破坏了联系人们的纽带，损害人们的集体感。集体创伤缓慢地发挥作用，甚至不知不觉地进入那些身历创伤（遭受创伤）的人们的意识之中，所以，它没有通常与"创伤"相联系的突然性。但它依然是一种震惊，一种逐渐形成的意

---

① 隋树森：《古诗十九首集释》，中华书局1957年版，第22页。
② 隋树森：《古诗十九首集释》，中华书局1957年版，第58页。

识，集体不再作为支持的一个有效来源而存在，自我的一个重要部分已经消失了……"我"仍然存在，虽然已遭破坏而且可能被永远地改变。"你"仍然存在，虽然遥远而不可及。但"我们"不再作为一个集体结构中相互联系的组成部分或细胞而存在。① 在中国古代有一种乡愁含有极为强烈的情感，就是弃子逐臣的乡愁。贬谪是古人离乡主要的原因之一，相对于宦游之人的感伤，逐臣的内心充满无限的悲愤，因为他们不仅是实际上的无家可归之人，还是精神与文化上的无家可归之人。这其中最典型的代表应属屈原，作为一种文化模式，屈原在民族集体记忆中的意义某种程度上是通过创伤记忆建构的。

第三节 回不去的故乡与忘不了的乡愁

屈原不是中国历史上第一个逐臣，成为最突出的代表很大原因在于其作品中的无限悲愤与痛苦，以及在极度痛苦中的执着与坚持，"虽体解吾犹未变兮，岂余心之可惩"。而将这些表达出来的不仅是他极具感染力的艺术处理，更重要的是"临沅湘之玄渊兮，遂自忍而沉流"的决绝行为。

屈原个人的创伤经验逐渐成为中国古代士人的集体记忆，这一建构开始于汉代。有汉一代，刘安、司马迁、杨雄、班固、王逸等人构建了对屈原及其作品的阐释模式。西汉君臣偏爱楚地文化，第一个解读屈原及其作品的是淮南王刘安，《汉书·楚元王传》云："初，安入朝，献所作内篇，新出，上爱秘之。使为《离骚传》，旦受诏，日食时上。"② 刘安肯定屈原的高洁品格：

> 淮南王安叙《离骚传》，以《国风》好色而不淫，《小雅》怨悱而

---

① Cathy Caruth (ed.), *Trauma: Explorations in Memory*, Baltimore and London: The Johns Hopkins University Press, 1995, p. 187.

② 班固：《汉书》，中华书局1962年版，第2145页。

不乱,若《离骚》者,可谓兼之。蝉蜕浊秽之中,浮游尘埃之外,皭然泥而不滓。推此志,虽与日月争光可也。①

扬雄同情屈原的遭遇,但对其处理生命困境的最终选择不认同:

先是时,蜀有司马相如,作赋甚弘丽温雅,雄心壮之,每作赋,常拟之以为式。又怪屈原文过相如,至不容,作《离骚》,自投江而死,悲其文,读之未尝不流涕也。以为君子得时则大行,不得时则龙蛇,遇不遇命也,何必湛身哉!②

贾谊也对屈原的选择不解:"历九州而相其君兮,何必怀此都也?"③班固对屈原自沉的批评更加强烈,"今若屈原,露才扬己,竞乎危国群小之间,以离谗贼。然责数怀王,怨恶椒、兰,愁神苦思,强非其人,忿怼不容,沉江而死,亦贬洁狂狷景行之士。"④东汉王逸反对扬雄、班固等人对屈原的批评,他在《楚辞章句叙》中说:"今若屈原,膺忠贞之质,体清洁之性,直若砥矢,言若丹青,进不隐其谋,退不顾其命,此诚绝世之行,俊彦之英也。而班固谓之'露才扬己','竞于群小之中,怨恨怀王,讥刺椒、兰'。……是亏其高明,而损其清洁者也。"⑤

加缪曾说:"真正严肃的哲学问题只有一个:自杀。判断生活是否值得经历,这本身就是在回答哲学的根本问题。"⑥应当说,自杀在中国历史中并不普遍,特别是秦汉以后,只有在对终极价值取向"仁"的追求与维护中才

---

① 洪兴祖:《楚辞补注》,中华书局1983年版,第49页。
② 班固:《汉书》,中华书局1962年版,第3515页。
③ 贾谊:《吊屈原赋》,见司马迁:《史记》,中华书局1959年版,第2494页。
④ 洪兴祖:《楚辞补注》,中华书局1983年版,第49页。
⑤ 洪兴祖:《楚辞补注》,中华书局1983年版,第48页。
⑥ [法]阿尔贝·加缪:《西西弗的神话》,杜小真译,生活·读书·新知三联书店1987年版,第2页。

会采用"杀身"的方式。王逸正是从这个角度为屈原辩护,"且人臣之义,以忠正为高,以伏节为贤。故有危言以存国,杀身以成仁。是以伍子胥不恨于浮江,比干不悔于剖心,然后忠立而行成,荣显而名著。若夫怀道以迷国,详愚而不言,颠则不能扶,危则不能安,婉娩以顺上,逡巡以避患,虽保黄耇,终寿百年,益志士之所耻,愚夫之所贱也"。① 无论儒家的"独善"还是道家的"超然物外",都提供了超越人生困境的方法。在汉代"士不遇"主题的作品中,屈原不是唯一选择自杀的,伯夷、叔齐也选择了死亡,汉人何以对屈原的自杀如此关注?颜阳昆认为伯夷、叔齐的死亡"出于自主性之选择,故被决定之命遇色彩较低。其死亡又为殉道之自主性选择,别人从客观的立场视此事件,虽为一悲剧,但从夷齐主观之情志而言,实无悲怨,借孔子的一句话来说是:'求仁得仁,又何怨乎?'但屈原之不遇,非出于自主之选择,特显其被决定之命遇色彩。其死亡亦在命遇的逼迫下,所作不得已之选择。"② 屈原与伯夷、叔齐的死都是自己选择的结果,因此,扬雄等人才认为可以不做此种选择,只不过屈原强烈地表达了他的不由自主,甚至可以说《离骚》全篇几乎都在表达自己的不由自主。汉人之所以如此关注屈原自杀行为,是因为自身的处境与遭际让他们对屈原产生了共鸣,这种共鸣是屈原常常被汉人讨论的主要原因,正如徐复观所说:

> 《离骚》在汉代文学中所以能发生巨大的影响,一方面固然是因为出身于丰沛的政治集团,特别喜欢"楚声",而不断加以提倡。另一方面的更大原因,乃是当时的知识分子,以屈原的"信而见疑,忠而被谤,能无怨乎"的"怨",象征着他们自身的"怨";以屈原的"怀石遂自投汨罗以死"的悲剧命运,象征着他们自身的命运。③

---

① 洪兴祖:《楚辞补注》,中华书局1983年版,第48页。
② 颜阳昆:《论汉代文人"悲士不遇"的心灵模式》,见《汉代文学与思想叙述研讨会论文集》,台北文史哲出版社1991年版,第221页。
③ 徐复观:《西汉知识分子对专制政治的压力感》,见《两汉思想史》第一卷,华东师范大学出版社2001年版,第168页。

汉人从屈原的遭遇中看到了自己的影子，因此对其遭遇以及处理方法与态度的讨论"成了汉代文人思考生命问题的一个特殊的角度"。[①] 屈原寄托着从诸侯分立的战国进入天下一统的汉帝国的士人感受到的压迫。如贾山说："雷霆之所击，无不摧折者；万钧之所压，无不糜灭者。今人主之威，非特雷霆也；势重，非特万钧也。开道而求谏，和颜色而受之，用其言而显其身，士犹恐惧而不敢自尽，又乃况于纵欲恣行暴虐，恶闻其过乎！震之以威，压之以重，则虽有尧舜之智，孟贲之勇，岂有不摧折者哉？"[②] 春秋战国时期，士人们享有相对广阔的精神自由与生存空间，进入汉帝国，士人们要么融入新的政治系统，要么成为隐士，无论采取哪种生存方式，不得不面对的现实是士人身份的消解，他们在很大程度上丧失了人格力量和道德优势。贾谊的被贬正是代表了汉代士人在大一统政体下的历史境遇，也是后世士人必然要面对的现实。

汉代对屈原的接受与建构中，贾谊和司马迁影响最大。贾谊与屈原一样也被流放到长沙，"谊既辞往行，闻长沙卑湿，自以寿命不得长，及渡湘水，为赋以吊屈原。"[③] 他认为自己与屈原的遭遇相同，以屈原的遭遇抒发自己的哀怨之情。后世有人对这点并不认同，如王安石的《贾生》诗："一时谋议略施行，谁道君王薄贾生。爵位自高言尽废，古来何啻万公卿。"他认为贾谊的"谋议"获得了施行，而谏言不被采纳的现象非常普遍。王安石的看法当然与他自身的经历有关，但也说明贾谊的遭遇可能并不像他自己认为的那样悲惨。屈原的人生遭际虽然具有普遍性，但他决绝的解决方式使创伤成为他生命的全部，也构成了后来士人的创伤。对于多数士人而言，个人命运不由自己掌握，但也是浮浮沉沉而并不一定是一味沉沦。贾谊在后来成为贬谪文学的代表之一，也是因为在他具体生命情境和心理体验方面与一般士人更接近。司马迁在屈原形象建构的过程中起到更加关键的作用，他将自己的遭

[①] 钱志熙：《唐前生命观和文学生命主题》，东方出版社1997年版，第133页。
[②] 班固：《汉书》，中华书局1962年版，第2330页。
[③] 司马迁：《史记》，中华书局1959年版，第2492页。

遇投射到屈原身上，因此他对屈原更多的是同情，认为屈原"信而见疑，忠而被谤，能无怨乎？""屈平之作《离骚》，盖自怨生也。"① 后来无数作者也像司马迁一样将屈原的命运和遭际看成是自己命运的预演。屈原的作品是悲剧性的自传，是俊杰之士被放逐的哀歌，几乎成为所有政治上遭受挫折和失败的士人抒发情感的主要途径。

  余读《离骚》、《天问》、《招魂》、《哀郢》，悲其志。适长沙，观屈原所自沉渊，未尝不垂涕，想见其为人。及见贾生吊之，又怪屈原以彼其材，游诸侯，何国不容，而自令若是？读《服乌赋》，同生死，轻去就，又爽然自失矣！②

司马迁在极度痛苦之中选择以另外一种方式消解人生的困境——发愤著书，这是另外一种执着。中国古典文学的创作动机主要有两个：感物言志与发愤著书，后者正是在屈原与司马迁的创伤经验中形成。发愤著书当然可以追溯到"诗可以怨"，但《诗》没有明确的作者，也就是说，"怨"的主体无法确定，而从屈原到司马迁，"怨"的主体转化为士人，自此，从"不平则鸣"到"诗穷而后工"，渐成中国古典文学一重要传统。贾谊和司马迁构建了屈原经验的两个走向，或者说应对创伤的两种方式：超越与执着。

  楚王疑忠臣，江南放屈平。晋朝轻高士，林下弃刘伶。一人常独醉，一人常独醒。醒者多苦志，醉者多欢情。欢情信独善，苦志竟何成？兀傲瓮间卧，憔悴泽畔行。彼忧而此乐，道理甚分明。愿君且饮酒，勿思身后名。(白居易《效陶潜体诗六十首》其十三)

---

① 司马迁：《史记》，中华书局1959年版，第2482页。
② 司马迁：《史记》，中华书局1959年版，第2503页。

白居易以刘伶与屈原对比，指出屈原执着于独自清醒，只能徘徊江畔，不如像刘伶那样沉醉酒乡、忘怀得失，选择独善之路。"长笑灵均不知命，江篱丛畔苦悲吟"（白居易《咏怀》），他认为屈原没有必要过于执着，不如委顺从命。孔仲平的看法与白居易类似，"进居卿相谋何拙，退卧林泉道未降。堪笑先生不知命，褊心一忿便沉江"（孔仲平《屈原》），又如"秋来张翰偶思鲈，满箸鲜红食有余。何事灵均不知退，却将闲肉付江鱼"（李觏《屈原》），"屈原怀沙贾谊贬，身后忠名何足观。不如宴坐碧山里，笑傲每携云月欢"（郭祥正《忆五松山》）等都是对屈原创伤经验的超越。从汉代开始的超越，虽然不是屈原接受的全部，但在士人群体中具有一定的普遍性，是一种集体性书写。这是士人从自身处境出发，基于贬谪生活的深刻体验形成的。屈原九死不悔的执着固然令人崇敬，但对于宦海沉浮中的士人不具有实际的效仿意义，贾谊的模式反而更能获得士人的认可。需要指出的是，对于屈原模式的超越并不意味着对屈原高洁人格的否定与消解，从汉代开始，对于屈原人格精神的追慕从未停止，应当说，屈原坚持理想、不屈从于流俗的品格，是后代士人精神力量的源泉，也是士人自我认同的支柱。对屈原模式的超越与其说是对其执着的超越，不如说是对执着导致的自杀结局的超越，可以说，这种超越是一种心理需求而不是精神追求。

事实上，屈原所处的历史时代和政治环境，特别是他本人的身份，与汉代以来的士人有很大的区别。但从贾谊到司马迁，都将屈原的创伤经验与他们自己的经验结合并传递，逐渐成为古代士人的集体创伤记忆。屈原对其痛苦经历的书写，深深地印在士人群体的记忆中，难以磨灭，仿佛是他们生平遭际的预演。因为屈原经验体现的是政治的压力甚至是个人与社会制度的冲突，处于一定社会环境中的人很难超越社会制度，这不一定是士人群体的独特感受，只不过士人积极入仕的追求使他们常常要面对与社会制度的冲突。创伤记忆对于群体成员的影响不仅在于其表征着群体的过去，更在于其改变了群体的未来。只要踏上仕途的人，无论是否已经遭遇困境，都不免对自己未来的遭遇心怀惕惕。痛苦的遭遇不会因为事先的准备而有所减轻，反而会使人对痛苦的感知变得特别敏感。

  怀乡是回忆过去的美好而终无法再现,创伤是想忘却痛苦却难以自拔,总之,过去没有过去,历史正在其中,我们也在其中。

结论

无论东方还是西方,学术研究领域还是常识话语系统,"记忆"都是近年来的"热词"。通过对中西方文化传统中记忆问题的梳理发现,记忆在中西方很早就获得了关注,并且主要都集中在记忆作为人的心理过程的一种如何实现以及与其他心理活动的关系。记忆都被认为是知识的来源,与人们认识世界、寻找真理密切相关。由此,两个传统中的记忆研究都转向了实用性研究,即如何提高记忆力,快速有效地记住更多知识,但在具体方法上,西方发展出复杂精致的记忆术,中国古人则直接记忆文字,这与汉字的特点不无关联,汉字能指和所指的贴近给人以文字符号即所指本身的感觉,因此,我们很难也没有必要建构如记忆术那样复杂的联想。

诗的产生与人们对自身记忆禀赋的探索密切相关,早期文明的重要信息和事件常常以诗的形式保存,因为诗的形式便于记忆,诗作为记忆的媒介,早于图像和文字。不同于其他媒介,诗不仅是多种媒介互动的结果,也能探索激发媒介的记忆力量。意象是语言和心理表象系统的双重编码,某种程度上具有超越文字的记忆力量,这甚至在一定程度上促使意象不断将外部世界对象化,诗与经验世界渐行渐远。但深植于比兴传统的意象与经验世界关系亲密,诗人们可以激活意象的体验性,这是自宋代以来,推动诗歌发展的重要力量。日常生活中那些不易被人们关注却易于引起共鸣的原始经验也是诗记忆的手段或媒介。

当历史成为过去的代言,诗的记忆功能并没有失落,关于记忆,关于过去，文学从未沦为历史叙述的资料来源，特别是诗歌，就记忆功能而言，仍在道德和文化上具有一定的优越性。根本原因在于在建构早期经典时对《诗》的历史化阐释，由此，记忆功能深植于诗学传统中，即便诗逐渐成为个体记忆的表达并更多地朝向抒情性发展，仍是极为重要的记忆媒介。诗也被赋予记忆的责任，即记忆的伦理。

"立言不朽"是中国古代文人的终极追求之一，诗歌创作是古代文人获得身份认同、追求不朽的重要途径之一。在中国古代文化和文学传统中，诗是个体真诚的表达，但却并不是纯粹的私人表达，具有公共性和道德意味。

早期经典普遍具有文学性，相比其他符号系统，文学具有文化上的优先性，在文化传统建构中具有天然的优势，因此，文学经典的建构是文化传统建构的重镇。随着文字的不断普及和技术的发展，能够被保存的文本越来越多，平衡这些文本需要筛选，建构文学史秩序与文学传统。同时，当传统断裂或秩序崩溃的时候，经典可以起到建构新秩序与传统的作用。经典对延续文学自身的发展有重要作用，文学史就是一系列经典作品。

文字和保存技术的不断发展必然导致文本的极速膨胀，文本日积月累，构成巨大的文本空间，文本间有着千丝万缕的联系，无论创作还是阅读，都意味着身处这一空间，面对无尽的文本和联系。面对文本的策略也构成诗歌发展的影响因素。

思乡是中国古代诗歌的母题之一，乡代表的不仅是家乡，还是美好的、无法返回的过去，因此，思乡是一种结构性创伤。在中国古代有一种乡愁含有极为强烈的情感，就是弃子逐臣的乡愁。贬谪是古人离乡主要的原因之一，相对于宦游之人的感伤，逐臣的内心充满无限的悲愤，因为他们不仅是实际上的无家可归之人，还是精神与文化上的无家可归之人。创伤记忆对于群体成员的影响不在于其表征着群体的过去，而在于其改变了群体的未来。只要踏上仕途的人，无论是否已经遭遇困境，都不免对自己将来的遭遇心怀惕惕。痛苦的遭遇不会因为事先的准备而有所减轻，反而会使人对痛苦的感知变得特别敏感。

参考文献

彭定求:《全唐诗》,中华书局1960年版。

司马迁:《史记》,中华书局1959年版。

班固:《汉书》,中华书局1962年版。

范晔:《后汉书》,中华书局1965年版。

房玄龄等:《晋书》,中华书局1974年版。

李延寿:《南史》,中华书局1975年版。

魏徵等:《隋书》,中华书局1973年版。

欧阳修、宋祁:《新唐书》,中华书局1975年版。

刘昫:《旧唐书》,中华书局1975年版。

董诰等:《全唐文》,中华书局1983年版。

郑樵:《通志略》,上海古籍出版社1990年版。

洪兴祖:《楚辞补注》,中华书局1983年版。

顾炎武:《日知录集释》,上海古籍出版社2006年版。

孙诒让:《周礼正义》,中华书局1987年版。

十三经注疏整理委员会:《春秋正义》,北京大学出版社2000年版。

黄晖:《论衡校释》,中华书局出版社1990年版。

王琯:《公孙龙子悬解》,中华书局1992年版。

刘运好:《陆士龙文集校注》,凤凰出版社2010年版。

卢照邻、杨炯：《卢照邻集·杨炯集》，徐明霞点校，中华书局 1980 年版。

马其昶：《韩昌黎文集校注》，上海古籍出版社 1986 年版。

朱金城：《白居易集笺校》，上海古籍出版社 1998 年版。

元稹：《元稹集》，冀勤点校，中华书局 2010 年版。

元结：《元次山集》，孙望校，中华书局 1960 年版。

欧阳修：《欧阳修全集》，李逸安点校，中华书局 2001 年版。

辛更儒：《杨万里集笺校》，中华书局 2007 年版。

苏轼：《苏轼文集》，孔凡礼点校，中华书局 2004 年版。

黄庭坚：《黄庭坚全集》，刘琳等点校，四川大学出版社 2001 年版。

周紫芝：《太仓稊米集》，台湾商务印书馆 1983 年版。

王阳明：《王阳明全集》，上海古籍出版社 1992 年版。

钱谦益：《牧斋有学集》，上海古籍出版社 1996 年版。

吴伟业：《吴梅村全集》，上海古籍出版社 1990 年版。

张岱：《琅嬛文集》，岳麓书社 1985 年版。

张大复：《梅花草堂笔谈》，岳麓书社 1991 年版。

隋树森：《古诗十九首集释》，中华书局 1957 年版。

吴淇：《六朝选诗定论》，广陵书社 2009 年版。

吕延济等：《日本足利学校藏宋刊明州本六臣注文选》，人民文学出版社 2008 年版。

张溥：《汉魏六朝百三家集题辞注》，中华书局 2007 年版。

张载：《张载集》，中华书局 1978 年版。

黎靖德：《朱子语类》，中华书局 1986 年版。

胡仔：《苕溪渔隐丛话》，人民文学出版社 1962 年版。

何良俊：《四友斋丛说》，中华书局 1997 年版。

洪迈：《容斋随笔》，中华书局 2005 年版。

刘克庄：《后村诗话》，中华书局 1983 年版。

汪元量：《增订湖山类稿》，中华书局1984年版。

魏庆之：《诗人玉屑》，上海古籍出版社1978年版。

惠洪：《冷斋夜话》，中华书局1988年版。

范文澜：《文心雕龙注》，人民文学出版社1958年版。

张少康：《文赋集释》，上海古籍出版社1984年版。

胡应麟：《诗薮》，上海古籍出版社1979年版。

胡震亨：《唐音癸签》，上海古籍出版社1981年版。

王定保：《唐摭言》，上海古籍出版社2012年版。

王夫之著、《船山全书》编辑委员会编校：《船山全书》，岳麓书社1988年—1996年版。

叶燮、薛雪、沈德潜：《原诗·一瓢诗话·说诗晬语》，人民文学出版社1979年版。

王嗣奭：《杜臆》，上海古籍出版社1983年版。

王士禛：《香祖笔记》，上海古籍出版社1982年版。

谢榛：《四溟诗话》，人民文学出版社1961年版。

袁枚：《随园诗话》，人民文学出版社1982年版。

浦起龙：《史通通释》，上海古籍出版社2009年版。

刘义庆：《世说新语校笺》，徐震堮校笺，中华书局1984年版。

王楙：《野客丛书》，上海古籍出版社1991年版。

孙联奎、杨廷芳：《司空图〈诗品〉解说二种》，齐鲁书社1980年版。

叶瑛：《文史通义校注》，中华书局1985年版。

朱弁：《风月堂诗话》，中华书局1988年版。

徐师曾：《文体明辨序说》，人民文学出版社1962年版。

方以智：《物理小识》，台湾商务印书馆1978年版。

王利器：《颜氏家训集解》，上海古籍出版社1980年版。

龚自珍：《龚自珍全集》，上海人民出版社1975年版。

李肇等：《唐国史补·因话录》，上海古籍出版社1979年版。

徐坚等：《初学记》，中华书局 2004 年版。

南卓等：《羯鼓录·乐府杂录·碧鸡漫志》，上海古籍出版社 1988 年版。

朱熹、吕祖谦：《近思录集释》，岳麓书社 2010 年版。

俞剑华：《中国历代画论大观（第一编 先秦至五代画论）》，江苏凤凰美术出版社 2015 年版。

俞剑华：《中国历代画论大观（第二编 宋代画论）》，江苏凤凰美术出版社 2016 年版。

何志明等编：《唐五代画论》，湖南美术出版社 1997 年版。

章学诚：《章学诚遗书》，文物出版社 1985 年版。

何文焕辑：《历代诗话》，中华书局 1981 年版。

丁福保辑：《历代诗话续编》，中华书局 1983 年版。

王夫之等撰：《清诗话》，上海古籍出版社 1963 年版。

郭绍虞编选：《清诗话续编》，上海古籍出版社 1983 年版。

郭绍虞辑：《宋诗话辑佚》，中华书局 1980 年版。

吴文治主编：《宋诗话全编》，江苏古籍出版社 1998 年版。

程毅中主编：《宋人诗话外编》，国际文化出版社 1996 年版。

郭绍虞编：《中国历代文论选》，上海古籍出版社 2001 年版。

陶秋英编选：《宋金元文论》，人民文学出版社 1984 年版。

龙榆生：《中国韵文史》，上海古籍出版社 2002 年版。

闻一多：《神话与诗》，上海人民出版社 2006 年版。

钱锺书：《管锥编》，中华书局 1979 年版。

钱锺书：《谈艺录》，生活·读书·新知三联书店 2008 年版。

钱锺书：《宋诗选注》，生活·读书·新知三联书店 2002 年版。

梁启超：《饮冰室合集》，中华书局 1989 年版。

钱穆：《中国文化与中国文学》，生活·读书·新知三联书店 2002 年版。

北京大学中文系文学史教研室编：《陶渊明资料汇编》，中华书局 2005 年版。

裴斐、刘善良编：《李白资料汇编》，中华书局2004年版。

河北师范学院中文系古典文学教研组编：《三曹资料汇编》，中华书局1980年版。

孔凡礼、齐治平：《陆游资料汇编》，中华书局1962年版。

陈植锷：《诗歌意象论：微观诗史初探》，中国社会科学出版社1990年版。

程千帆：《被开拓的诗世界》，河北教育出版社2000年版。

樊浩：《中国伦理精神的历史建构》，江苏人民出版社1992年版。

傅斯年：《史学方法导论：傅斯年文学辑》，中国人民大学出版社2004年版。

龚鹏程：《汉代思潮》，商务印书馆2005年版。

过常宝：《制礼作乐与西周文献的生成》，中国社会科学出版社2015年版。

胡晓明：《中国诗学之精神》，江西人民出版社2001年版。

蒋寅：《古典诗学的现代诠释》，中华书局2003年版。

张伯伟：《中国古代文学批评方法研究》，中华书局2002年版。

张伯伟：《全唐五代诗格汇考》，江苏古籍出版社2002年版。

周勋初：《周勋初文集》，江苏古籍出版社2000年版。

张伯伟：《钟嵘诗品研究》，南京大学出版社1993年版。

叶嘉莹：《迦陵论诗丛稿》，河北教育出版社1997年版。

李世英、陈水云：《清代诗学》，湖南人民出版社2000年版。

李泽厚、刘纪纲：《中国美学史》，中国社会科学出版社1987年版。

林庚：《唐诗综论》，人民文学出版社1987年版。

张晖：《诗史》，台北学生书局2007年版。

张晖：《中国"诗史"传统》，生活·读书·新知三联书店2012年版。

钱志熙：《唐前生命观和文学生命主题》，东方出版社1997年版。

陈良运主编：《中国历代诗学论著选》，百花洲文艺出版社1995年版。

周裕锴：《宋代诗学通论》，巴蜀书社1997年版。

彭聃玲 张必隐：《认知心理学》，浙江教育出版社2004年版。

徐复观：《两汉思想史》，华东师范大学出版社2001年版。

杨豫，胡成：《历史学的思想和方法》，南京大学出版社1995年版。

袁行霈：《中国诗歌艺术研究》，北京大学出版社1987年版。

张高评主编：《清代文学与学术：近世文学国际研究会论文集》，台北新文丰出版社年2007版。

袁红章：《表象学》，科学技术文献出版社1995年版。

吴晓：《意象符号与情感空间：诗学新解》，中国社会科学出版社1990年版。

傅斯年：《史学方法导论——傅斯年史学文辑》，中国人民大学出版社2004年版。

陈新主编：《当代西方历史哲学读本》，复旦大学出版社2004年版。

陈新、彭刚主编：《文化记忆与历史主义》，浙江大学出版社2014年版。

王国维：《人间词话》，上海古籍出版社1998年版。

王国维：《观堂集林》，河北教育出版社2001年版。

周晓虹：《现代社会心理学——多维视野中的社会行为研究》，上海人民出版社1997年版。

［英］托·斯·艾略特：《艾略特文学论文集》，李赋宁译，百花洲文艺出版社1994年版。

［德］阿斯特莉特·埃尔、冯亚琳主编：《文化记忆读本》，余传玲等译，北京大学出版社2012年版。

［意］翁贝托·艾柯：《植物的记忆与藏书乐》，王建全译，译林出版社2014年版。

苗力田主编：《亚里士多德全集（第三卷）》，人民大学出版社1992年版。

［古罗马］奥古斯丁：《忏悔录》，周士良译，商务印书馆1963年版。

［德］扬·阿斯曼：《文化记忆——早期高级文化中的文字、回忆和政治身份》，金寿福、黄晓晨译，北京大学出版社 2015 年版。

［德］扬·阿斯曼：《宗教与文化记忆》，黄亚平译，商务印书馆 2018 年版。

［德］阿莱达·阿斯曼：《回忆空间：文化记忆的形式和变迁》，潘璐译，北京大学出版社 2016 年版。

［德］雅克·德里达：《论文字学》，汪家堂译，上海译文出版社 1999 年版。

［英］E. H. 贡布里希：《艺术与错觉》，林夕译，广西美术出版社 2012 年版。

［古希腊］柏拉图：《柏拉图全集·美诺篇》，王晓朝译，人民出版社 2002 年版。

［美］哈罗德·布鲁姆：《西方正典》，江宁康译，译林出版社 2011 年版。

［美］哈罗德·布鲁姆：《比较文学影响论——误读图示》，朱立元、陈克明译，骆驼出版社 2011 年版。

［法］米歇尔·福柯：《性史》，姬旭升译，青海人民出版社 1999 年版。

［德］汉斯-格奥尔格·伽达默尔：《真理与方法》，洪汉鼎译，上海译文出版社 1999 年版。

［法］莫里斯·哈布瓦赫：《论集体记忆》，毕然、郭金华译，上海人民出版社 2002 年版。

［法］阿尔贝·加缪：《西西弗的神话》，杜小真译，生活·读书·新知三联书店 1987 年版。

［意］伊塔洛·卡尔维诺：《为什么读经典》，黄灿然、李桂蜜译，译林出版社 2006 年版。

［美］保罗·康纳顿：《社会如何记忆》，纳日碧力戈译，上海人民出版社 2000 年版。

［美］欧文·戈夫曼：《日常生活中的自我呈现》，冯钢译，北京大学出版社2008年版。

［英］柯林武德：《历史的观念（增补版）》，何兆武，张文杰，陈新译，北京大学出版社2010年版。

［英］法兰西丝·叶兹：《记忆之术》，薛绚译，台北大块文化2007年版。

［美］孙康宜 宇文所安主编：《剑桥中国文学史》，生活·读书·新知三联书店2013年版。

［法］皮埃尔·诺拉：《记忆之场——法国国民意识的文化社会史》，黄艳红等译，南京大学出版社2017年版。

［英］约翰·洛克：《人类理解论》，关文运译，商务印书馆1959年版。

［法］雅克·马利坦：《艺术与诗中的创造性直觉》，刘有元等译，生活·读书·新知三联书店1991年版。

［加］埃里克·麦克卢汉、［加］弗兰克·秦格龙：《麦克卢汉精粹》，何道宽译，南京大学出版社2000年版。

［日］浅见洋二：《距离与想象——中国诗学的唐宋转型》，金程宇、冈田千穗译，上海古籍出版社2005年版。

［法］蒂费纳·萨莫瓦约：《互文性》，邵炜译，天津人民出版社2003年版。

［美］爱德华·希尔斯：《论传统》，傅铿、吕乐译，上海人民出版社2009年版。

［美］丹尼尔·夏克特：《找寻逝去的自我》，高申春译，吉林人民出版社1999年版。

［美］宇文所安：《追忆》，郑学勤译，生活·读书·新知三联书店2004年版。

［美］宇文所安：《盛唐诗》，贾晋华译，生活·读书·新知三联书店2004年版。

[美]宇文所安:《中国"中世纪"的终结——中唐文学文化论集》,陈引驰、陈磊译,生活·读书·新知三联书店2006年版。

[美]宇文所安:《他山的石头记——宇文所安自选集》,田晓菲译,江苏人民出版社2006年版。

[英]齐格蒙·鲍曼:《立法者与阐释者——论现代性、后现代性与知识分子》,洪涛译,上海人民出版社2000年版。

[法]亨利·伯格森《材料与记忆》,肖聿译,华夏出版社1999年版。

[德]约恩·吕森:《历史思考的新途径》,綦甲福、来炯译,上海人民出版社2005年版。

[英]查尔斯·霍顿·库利:《人类本性与社会秩序》,包凡一、王源译,华夏出版社1999年版。

赵宪章:《语图互仿的顺势与逆势——文学与图像关系新论》,载《中国社会科学》2011年第3期。

赵宪章:《语图符号的实指和虚指——文学与图像关系新论》,载《文学评论》2012年第2期。

赵宪章:《语图传播的可名与可悦——文学与图像关系新论》,载《文艺研究》2012年第11期。

赵宪章:《论网络写作及其对传统写作的挑战》,载《东南大学(哲学社会科学版)》2002年第1期。

刘亚秋:《记忆研究的"社会—文化"范式——对"哈布瓦赫—阿斯曼"研究传统的解读》,载《社会》2018年第1期。

刘亚秋:《哈布瓦赫集体记忆理论中的社会观》,载《学术研究》2016年第4期。

沈坚:《记忆与历史的博弈:法国记忆史的建构》,载《中国社会科学》2010年第3期。

蒋寅:《孟郊创作的诗歌史意义》,载《华南师范大学学报·社会科学版》2005年第2期。

蒋寅:《语象 物象 意象 意境》,载《文学评论》2002 年第 3 期。

刘学锴:《李商隐咏史诗的主要特征及其对古代咏史诗的发展》,载《文学遗产》1993 年第 1 期。

杨庆峰:《当代记忆研究的哲学透视》,载《华东师范大学学报(哲学社会科学版)》2017 年第 5 期。

[日]丸山茂:《作为回忆录的〈白氏文集〉》,蒋寅译,载《周口师范高等专科学校校报》1999 年第 1 期。

毛毓松:《关于孔子"诗可以兴"的理解》,载《孔子研究》1989 年第 3 期。

秦海鹰:《互文性理论的起源与流变》,载《外国文学评论》2004 年第 3 期。